KB007288

문제적 캐릭터 심리 사전

창작자를 위한 캐릭터 설정 가이드

문제적 캐릭터 심리 사전

불완전한 인간의 빛과 그림자를 어떻게 이야기에 담을까?

한민·박성미·유지현 지음

일러두기

1. 책에는 'OO성 성격'과 'OO성 성격장애'를 동시에 표기했는데, 성격적 스펙트럼으로의 특성을 설명할 때는 'OO성 성격'으로, 병리적인 증상을 언급할 때는 '성격장애'로 표기했다.
2. 도서는 《 》, 영화 및 TV 프로그램 등 영상은 〈 〉로 표시했다.
3. 다양한 작품을 예시로 활용하여 캐릭터를 분석하기 때문에, 작품들의 스포일러를 포함한다.

문제적 캐릭터의 서사가 탄탄하면 이야기는 다채로워진다

바야흐로 대창작의 시대다. 〈기생충〉, 〈오징어 게임〉, 〈이태원 클라쓰〉, 〈사랑의 불시착〉 등 영화, 드라마, 웹툰, 웹소설 등 다양한 매체를 통해 K-콘텐츠는 세계인들에게 많은 사랑을 받고 있다. 수년째 사람들의 발을 묶어 놓은 코로나19 사태는 넷플릭스, 디즈니, 애플티비플러스 등 OTT 서비스의 확장과 그곳에서 서비스될 수많은 콘텐츠들의 제작 열풍으로 이어졌다.

영화 및 드라마로 제작되는 한국의 콘텐츠들은 웹툰이나 웹소설에서 시작된 것들이 많은데, 네이버나 카카오 웹툰, 문피아, 노벨피아 등의 콘텐츠 플랫폼은 국내외 제작자들이 가장 눈여겨보고 있는 곳들이기도 하다. 한국에는 수많은 창작자들이 자유롭게 이야기를 만들어 업로드 할 수 있는 콘텐츠 플랫폼이 작가 수에 조금 못 미칠 정도로 많으며, 창작 기법에 관련된 서적이나 강의들이 인기를 끌고 있다.

이야기 속에서 수많은 인물들이 탄생하며, 이 가상의 인물들은 실존 인물들처럼 독자와 시청자, 관객을 매혹한다. 그러나 소설이나 시나리오를 통해 이야기를 만들어본 사람이라면, 이야기를 만드는 과정이 얼마나 큰 고통으로 이어지는지 잘 알 것이다. 더구나 사람들을 공감하게 하고 빠져들게 하는 인물을 만들어낸다는 건 생각보다 까다로운 일이다. 매력적인 인물들의 성격과 주요 사건의 전개, 인물 간 갈등에는 심리학적 지식이 숨어 있으며, K-콘텐츠를 사랑하는 세 명의 심리학 관련 종사자들이 모여 그 비밀을 밝혀보고자 했다.

저자들은 '문제적 캐릭터'에 주목했다. 저자들 자체가 약간씩은 문제적 캐릭터이기도 하거니와, 창작물에서 문제적 캐릭터 만큼 중요한 존재가 없기 때문이다. 주연이 됐든 조연이 됐든 인물이 가진 어둠은 서사에 깊이와 이야기를 부여한다. 그림으로 비유하자면 단조로운 색채에 다양한 명도와 채도가 추가되는 것이다. 잔잔한 파스텔 톤의 이야기를 원하는 이들도 있겠지만 한층 한층 덧입혀간 유화의 풍부한 색감은 보는 이들의 감성과 상상력을 자극한다.

그렇게 탄생한 《문제적 캐릭터 심리 사전》은 '성격 스펙트럼'으로 캐릭터 설정을 정리했다. 성격 스펙트럼은 《DSM-5》의 성격장애 분류를 바탕으로 한다. 하지만 장애(disorder) 진단은 본인이나 주변인들의 삶에 심각하고 현저한 부작용을 유발한다고 판단

될 때 내려지는 것으로, 성격의 유형을 언급하는데 성격'장애'라는 분류명을 사용하는 것은 너무 병리적으로 보일 수 있다고 판단하였다. 따라서 이 책에서는 각 성격의 일반적 측면, 장점 등의 긍정적인 면을 포괄하는 '스펙트럼'이라는 용어를 사용하였다.

일반적으로 적응적인 성격들은 다양한 이유에서 유사한 특징을 보인다. 적응적이란, 예를 들면 욕구와 감정 표현 등에 있어 자기 통제에 능하고, 대인관계에 친화적이며, 자신에게 맡겨진 역할을 능동적으로 수행하고, 타인과의 갈등을 현명하게 조절할 줄 아는 것이다.

이들은 대개 인성이 바르다, 싹싹하다, 친절하다, 겸손하다, 빠릿빠릿하다, 맺고 끊기를 잘한다 등의 평가를 받는 사람들로 원만한 관계 유지 능력과 업무 수행 능력을 갖춘, 사실상 우리가 만날 수 있는 사람 중에 상당 부분을 차지하는 유형이다. 다시 말해, 뚜렷한 특징이 없다. 뚜렷한 특징이 없다는 것은 갈등이나 그로 인한 서사 전개, 즉 이야기가 만들어져 움직이는 동력 역시 없다는 것을 의미한다. 우리의 삶은 우리가 완벽한 존재가 아니기 때문에 허구의 서사보다 더 많은 우연과 갈등, 좌절 및 극복으로 이루어져 있다. 따라서 허구의 서사를 창작할 때도 적응적인 인물들만으로는 매력적인 이야기를 만들어내기 어렵다.

반면 성격 스펙트럼은 본래 성격장애 분류에서 출발한 만큼 각각의 개성이 뛰어나며, 그러한 성격을 갖게 된 발달상의 서사 부여가 가능하다는 장점이 있다. 그리고 장애가 아닌 성격 유형의 범위

(스펙트럼)를 다루기 때문에 다양한 캐릭터 창조가 가능하다. 캐릭터는 의도했든 의도하지 않았든 이야기 속에서 끊임없이 위기에 직면하는데, 가장 심각한 위기는 스스로에게서 온다. 무의식적으로 자신의 결핍을 채워나가려는 과정에서 위기를 마주하는 문제적 캐릭터가 이야기의 맥을 형성하고 독자의 마음을 끈다. 문제적 캐릭터는 본인만의 방식으로 세상과 자신과의 관계를 설정해나간다. 독자는 문제적 캐릭터에게 연민을 느끼고, 이야기 속에서 그들이 겪는 고난과 역경에 함께 힘들어하고 그들의 성취에 기뻐한다. 그 과정에서 문제적 캐릭터에서 나의 모습을 발견한다. 이야기의 캐릭터가 생명력을 얻게 되는 순간이다.

이 책에는 성격 스펙트럼 뿐 아니라, 캐릭터를 더욱 입체적으로 만들 수 있도록 방어기제와 더불어 문화와 사회가 개인에게 미치는 영향에 대한 심리학적 설명을 덧붙였다. 심리학을 전공하지 않은 창작자들의 이해를 돕고자 최근 유행하는 MBTI에 따른 E－I, S－N, T－F, J－P별 성격 스펙트럼 설명을 구성하기도 했다. 마지막 장은 심리학 지식을 활용해 캐릭터를 구축하는 데에 바로 응용할 수 있는 장으로, 본격적인 창작에 돌입하기 전 아이디어 개발 과정에 도움이 될 수 있게 구성했다.

서로 다른 영역에서 활동하며 좋아하는 이야기 취향도 다르지만, 이야기를 좋아하는 것만큼은 일치하는 세 명의 저자들은 코로나 시대에 인간을 위로하는 건 이야기라고 생각한다. 어떻게 하면 창작자들에게 도움이 될 것인가 치열하게 고민하는 과정을 거쳐

한 권의 책으로 완성했다.

부디 이 책이 창작자들에게 어떤 식으로든 도움이 되어, 매력적인 이야기들이 탄생할 수 있기를!

문제적 캐릭터 심리 사전 차례

불안을 느끼며 두려워한다

'불안 초조' C군 성격 스펙트럼

• 4장 •

방어기제, 인간의 본능과 감정을 다루는 무기

1장

자기중심적이며, 자기 믿음이 강하다

'자기 확신' A군 성격 스펙트럼

A군 성격 스펙트럼은 사고방식에서 독특성을 보이는 유형으로, 사람 참 특이하네, 돌I네…… 등의 느낌을 주는 사람들이다. 대인관계에는 큰 관심이 없고 자기중심적인 생활반경을 갖는다. 이런 성격을 가진 사람들의 특징은 '자기 확신', 즉 스스로에 대한 믿음이 강하다는 점이다. 편집성 성격의 경우 남들이 내게 피해를 줄 거라는 확신, 조현성과 조현형 성격의 경우 자신이 창조한 세계에 대한 확신을 갖는다.

편집성 성격

기억력이 좋고 치밀하다. 특히 편집 능력이 우수하여 자신의 느낌대로 스토리를 풀어가는 능력이 뛰어나다. 창의력과 공감 능력이 뒷받침되면 연출자(PD), 영상 감독 등으로 대성할 수 있다. 자신의 판단에 대한 확신이 강하기 때문에 인간관계에서 마찰을 빚기 쉬우나 강한 자기 확신은 불도저 같은 추진력으로 작용할 수 있다.

조현성 성격

상상력이 뛰어나다. 자신만의 세계에서 독특한 생각에 잠기는 것을 좋아하여 남들이 하지 못하는 생각을 한다. 자기표현에 대한 열망이 결합 되면 예술가, 작가 등 훌륭한 창작자가 될 수 있다. 의외로 수변에 많은 유형으로, 직장생활을 하기 어려워 혼자 프리랜서로 살아가는 사람들이 많다. 약간의 편집성이 가미된 경우, 일을 맡겨 놓으면 자기 일은 기가 막히게 한다.

조현형 성격

독특한 상상력이 시공의 경계를 뛰어넘는 수준이다. 자신만의 세계에 몰입한 나머지 환각을 보거나 망상의 단계를 넘나들지만, 바로 그러한 상상력이 필요한 분야에서는 두각을 나타낼 수 있다. 〈에일리언〉의 창조자 한스 기거가 이 유형의 인물이다. 이 성격 유형에 편집성 성격의 특성이 더해지고 자기 확신의 방향이 종교성으로 흐른다면 신흥 종교의 교주 같은, 종교에 엄청나게 몰입하는 캐릭터가 될 수 있다.

편집성 성격, 복수의 화신 '조커'

편집성(paranoid) 성격의 인물은 끊임없이 의심하고 자신의 잘못된 믿음에 대한 근거를 찾아 복수한다. 그는 타인의 선한 행위도 악의적으로 해석하면서 갈등을 유발하는 인물로, 이야기에서 주로 주인공이나 세상을 위협하는 빌런으로 등장한다. 따라서 편집성 성격의 등장은 스릴과 서스펜스를 유발한다. 그의 왜곡된 사고와 지속적인 원한은 극 중 인물들이 어떤 노력을 하더라도 이야기를 파국으로 이끌기에 충분하다. 왜냐하면 편집성 성격의 인물은 사소한 친설에서도 부정적인 신호를 읽고(예. 슈퍼마켓 직원이 자신에게 웃으면서 인사했다고 자신을 호구로 보는 것으로 해석), 모욕과 경멸 등 부정적 감정을 자주 경험하고 적대적인 감정을 오랫동안 품으며 절대 용서하지 않는다. 독자와 관객은 주인공이 그를 처치했을 때 안도감을 느끼고, 때로는 빌런의 승리로 공포감이 극대화되기도 한다.

편집성 인물의 시선은 항상 외부로 향해 있고, 내면적 성찰을 거부한다. 그가 고통을 느낀다면 그것은 분명히 누군가가 잘못했기 때문이고, 그가 성공했다면 다른 사람들이 멍청하기 때문이다. 어쨌든 잘못은 오롯이 타인에게 있다. 작가는 편집성 성격의 인물을 통해 주인공을 위기에 처하게 하고, 세상의 어두운 면을 드러낸다.

끝없는 의심과 집착으로 타인을 믿지 않는다

의부(처)증, 프로 민원러, 블랙 컨슈머, 악플러. 기본적으로 다른 사람들에 대한 신뢰가 부족하다. 타인이 악의를 갖고 자신에게 해를 끼치려 한다는 믿음이 있고, 자신의 믿음을 강화하는 쪽으로 상황과 기억 등을 '편집'한다. 끝없는 의심과 집착으로 주위에 있는 이들을 지치게 하며 관계는 파국으로 치닫기 쉽다.

행동 특성

끊임없는 의심과 경계. 의심스러운 대상에 대한 공격과 비난. 평소에 냉정하고 무뚝뚝하며 화를 잘 낸다. 높지만 왜곡된 자존감은 누구도 자신을 함부로 할 수 없는 사람이라고 생각한다. 또한 스스로 잘못이나 약점을 인정하지 못한다는 점에서 자기애성 성격과 강박성 성격의 특징도 나타난다. 타인을 믿지 못하고 상대방의 사소한 행위를 악의적으로 해석하여 복수심을 품기도 한다. 타인은 믿을 수 없는 존재이기 때문에 의존을 극도로 꺼린다. 망상(피해망상)은 편집성 성격의 자연스러운 결과다.

무의식적 행동과 욕구

투사(projection)가 주요 방어기제다. 투사란 자신의 무의식적 욕구나 갈등이 다른 사람에게 있다고 믿는 것이다. 자신의 바람직하지 못한 욕구나 동기를 타인에게 전가함으로써 그에 대한 공격을 정당화한다. 즉, 자신이 타인을 믿지 못하는 이유를 '다른 사람들이 자신을 속이려 하기 때문'이라고 생각한다.

한국에서 2005년에 개봉한 영화 〈쏘우〉 1편은 마지막 몇 분 동안에 펼쳐진 반전으로 화제성이 높았던 작품이다. 빛도 제대로 들어오지 않는 낯선 공간에서 정신을 차린 두 남자. 그들의 발목은 족쇄와 쇠사슬에 붙들려 있고, 그들 사이에는 시체가 누워있다. 이들은 8시간 안에 상대를 죽이지 않으면 모두 죽게 된다는 생존 게임을 시작하게 된다. 이 생존 게임을 시작한 직쏘는 사실 영화 내내 두 남자와 그 공간에 있었던 시체였고, 영화 마지막에 몸을 일으켜 이 생존 게임을 왜 시작했는지 알려준다. 자신은 말기 암 환자로 죽음이 눈앞에 있는데, 이 두 남자는 살아있는 것에 대해 감사할 줄 모르기 때문이라고 말한다. 영화에서 직쏘가 어떻게 말기 암 환자가 되었는지, 암으로 인해 삶의 어떤 부분을 포기했는지 자세히 다루지는 않는다(후속작에서는 직쏘의 과거와 미래를 포함해 다른 이야기를 보여주고 있긴 하지만, 그에 공감하기는 어렵다). 현실적으로 점검해보자면, 가족적 병력이 있을 수도 있고, 환경적 소인이 있을 수도 있다. 그러나 직쏘는 그쪽으로는 관심을 두지 않는 인물로 짐작해볼 수 있다. 왜냐하면 자신이 암으로 죽게 된 것의 분노를 정당화하기 위해 적정한 대상들을 발견한 것이다. 또한 자신이 세운 근거로 자기 행동을 정당화하며 그들의 생명을 가지고 게임을 시작했기 때문이다.

그럴듯한 이유를 대고 있는 것처럼 보이지만, 면밀하게 들여다보면 직쏘의 논리는 모순적이고 오류와 망상으로 채워져 있다. 직쏘는 자신과 달리 삶을 소중히 여기지 않는 것 같아 보이는 사람들을 납치해 생존 게임에 내던지며, 그들에 대한 살인을 '삶의 소중함을 깨닫게 하기 위해'서라고 정당화한다. 자신이 완벽하게 통제할 수 있는 특수한 상황을 만들어, 타인을 공포에 몰아넣으면서 자신에게 다가온 죽음의 공포를 잠시 잊으며, 마치 자신을 타인의 생과 사를 결정할 수 있는 신과 같이 여기기도 한다. 자신이 겪는 고통의 원인과 해결 방안을 끊임없이 외부(타인이나 사회 구조적 문제)에서만 찾고 이를 변화하는 데에 노력하기보다는 파괴하는 데에만 초점을 맞춘다. 우리가 영화 속 직쏘의 자기중심적 논리가 낯설지 않은 이유는 많은 범죄자들이 자신의 범죄 이유를 직쏘와 같이 설명하기 때문이다.

왜 편집성 성격이 되는가?

부모의 학대적인 양육

영아기(0~2세)의 신뢰 형성에 문제가 있는 경우, 특히 부모(주양육자)의 학대적인 양육을 원인으로 추정할 수 있다. 에릭슨은 이 시기를 '신뢰 vs. 불신'으로 명명하는데, 갓 태어난 아이가 처음으로 타인(부모)을 접하며 외부 세계에 대한 신뢰를 형성하는 시기이기 때문이다.

부모는 아이의 욕구를 충족시켜주며 아이는 부모의 태도로부터 자기상 및 대인관계의 기술을 받아들인다. 이때 부모의 애정에 기반한 일관적인 양육 태도는 아이가 세상을 신뢰 있게 지각하는 데에 큰 영향을 미친다. 또한 부모의 학대적인 양육은 아이에게 타인이 자신을 해칠 것이라는 믿음을 갖게 한다. 나를 낳은 사람조차 나에게 해를 끼치는데, 피가 한 방울도 섞이지 않은 다른 사람들은 오죽할까.

인간에 대한 근원적인 불신

편집성 성격을 가진 사람들은 인간에 대한 근원적인 불신이 있다. 남을 의심하고 남이 나를 해하려 한다고 믿는다. 심지어 남을 공격하는 것은 그러한 불신에 대처하기 위한 삶의 방식(성격, character)이다.

학대적인 양육은 타인의 무시나 공격, 비판으로 인해 과민한 성격을 만든다. 이를 회피하는 쪽으로 동기화되기도 하지만, 자존감이 높은 경우는 자신을 보호하기 위해 거꾸로 타인을 공격하는 방향의 행동이 나오기도 한다. 공격은 최선의 방어라는 말이 있듯이.

편집성 성격이 병(disorder)이 될 때

인간관계 파탄

끊임없는 의심과 자신의 의심을 뒷받침하기 위한 집요한 증거수집과 추궁은 함께 지내는 사람들을 지치게 만들고 떠나가게 한다. 대인관계의 실패는 고립으로 이어지고, 고립을 통해 더욱 자신의 믿음을 강화한다.

음모론에 심취

자신만의 가설 수립과 이를 뒷받침하기 위한 증거수집을 해 가설을 이론화한다. 자신의 이론에 대한 반박을 철저히 무시하면서 다른 사람의 도움이나 개입을 원천 차단한다. 이들은 자신의 공포를 투사한 음모론에 쉽게 빠져들며, 자신과 같은 편집성 믿음 체계를 공유하는 다른 사람들과 함께 집단을 형성해, 광신도적인 모습을 보이기도 한다.[1]

심한 외상 경험(트라우마) 이후 자신을 보호하기 위해 편집적으로 변하거나 기질적으로 가지고 있던 편집성이 더 심해질 수 있다. 강박성 성격장애와 공병(comorbidity, 한 사람이 하나 이상의 질병, 질환을 앓는 것)하는 경우 안정감을 느끼기 위해 익숙하거나 믿을만한 물건을 거주지나 그 주변에 모아서 쌓아두는 '저장 강박'을 보이기도 한다.

피해망상

청와대 앞이나 광화문 광장 같은 남의 이목을 끄는 장소에서 지리멸렬하고 이상한 문구가 쓰인 플래카드나 호소문을 걸고 시위하는 사람들을 본 적이 있을 것이다. 그들이 주장하는 말도 안 되는 내용은 그들에겐 명확한 사실이고 실제 피해이며, 그들 나름의 증거도 있는 일이다. 그들은 정부 관료, 유명인, 혹은 자신과 관련된 특정인이 의도를 가지고 자신에게 범죄를 저질러 놓고 수단 방법을 가리지 않고 법망을 빠져나갔으며, 지금도 자신을 괴롭힌다고 주장한다. 그들은 공기관에 전화하거나 투서하고 게시판에 중언부언하는 글을 반복하여 올린다.

심각한 우울 에피소드(episode, '삽화'라고도 하며, 증상이 지속되지 않고 일정 기간 나타나고 호전되기를 반복하는 패턴을 의미함) 중 환청, 환각을 경험하거나 양극성 장애[2] 중 조증 에피소드일 때 말도 안 되는 논리 점프로 인한 무언가를 주장하는 경우, 조현병 증상[3]으로 나타나기도 한다.

관계망상

편집성이 불러온 관계망상으로 인한 의처증, 의부증이 아주 전형적인 사례다. 하지만 최근에는 불법 촬영과 관련한 범죄가 늘어나고 있다. 여자 친구가 배신할지 모른다는 의심 때문에 약점을 잡기 위해 여자 친구의 나체나 성관계 장면을 불법으로 촬영 혹은 사적 포르노 제작을 강요하거나, 이렇게 만든 불법 촬영물을 무단 유포하거나 지인과 공유하고, 심지어 영상을 판매하여 수익을 올리는 일 등이다. 강박성 성격과 동시에 앓는 경우 피해자를 극도로 압박하기 때문에 피해자가 이를 벗어나기 쉽지 않다.

냈시 프라이스의 소설을 원작으로 만든 영화 〈적과의 동침〉에서 아내 로라(줄리아 로버츠)는 의처증과 결벽증을 가지고 있는 남편 마틴(패트릭 버긴)에게 지속적으로 행해지는 폭력과 집착으로 힘들어하는 인물이다. 로라를 '공주'라고 부르면서 겉으로는 아내를 위하는 것처럼 위장하고 있지만, 사실은 아내를 자신과 동일한 인격체로 존중하지 않고 자신의 소유물로 다루고 있다. 로라는 마틴에게서 벗어나기 위해 물에 빠져 죽은 것으로 위장해 새로운 삶을 살아보려 하지만, 이를 눈치 챈 마틴이 로라를 추적해온다. 영화 마지막에서 마틴은 자신에게 총을 겨누며 떨고 있는 로라에게 '공주'라고 부르면서 절대 자신을 벗어날 수 없다고 말한다. 로라는 더 이상 물러설 수 없음을 깨닫고 마틴에게 총을 발사한다.

편집성 성격의 캐릭터 설정하기:
분노는 복수의 화신을 낳고

부모와의 관계, 양육

부모(주양육자)의 학대적이고 분노에 찬 태도가 기본적. 강한 분노를 가진 부모에게 양육된 아이는 자신을 부모와 동일시하면서 누적된 분노를 타인에게 투사한다. 캐릭터 설정 시에 자연히 부모가 아이에게 분노를 드러낼 이유도 있어야 하는데, 그 이유로 원하지 않은 아이가 태어난 경우, 부모의 심각한 좌절이나 상실, 감정 조절에 문제가 있는 경우 등이 있다.

취약 상황, 갈등 요인

근본적인 신뢰의 결여 때문에 인간관계 자체가 쉽지 않다. 자신에게 먼저 다가오는 이들에게도 뭔가 나쁜 의도를 발견하고 차단하거나 공격하려 한다. 주인공을 안타깝게 여기고 사랑하는 이들마저 주인공의 편집증적 행동 때문에 상처를 입고 불행하질 수 있다는 것이다.

편집성 성격을 가진 사람이 실제로 어떤 피해를 겪었을 때, 나쁜 의도가 없었을지라도 피해를 준 사람에 대한 의심이 증폭되면서 편집성 성격이 더 강화될 수 있다.

특정 상황에서의 행동

일상: 모든 것을 집요하게 확인하려 든다

편집성 성격의 인물이야말로 누구에게나 그 개념을 설명했을 때 "아, 나 그런 사람 알아!"라는 반응을 나올 만큼 일반적인 성격 특성을 지닌 유형이다. 누구나 양보와 타협하지 못하는 면이 있고, 때론 건드려서는 안 될 '역린'이라는 걸 갖고 있기 마련이다. 그들에게는 일관적으로 사용하는 인생의 규칙이란 게 있다. 편집성은 이것이 상식적, 도덕적 그리고 인간적인 면에서 뒤틀린 사람들이 움켜잡고 있는, 어떤 '바이블' 같은 것이라고 이해하면 쉽다.

강박성 성격의 사람이 인생의 목표를 수행하기 위해 '방식(how)'에 해당하는 것을 집요하게 통제하려 한다면, 편집성 성격인 사람은 세상을 바라보는 '관점(perspective)'에서부터 오류가 있어 집요하게 자신의 관점이 맞는다는 것을 확인하려고 든다. 그래서 편집성 성격인 사람의 삶은 타인을 원망하고 벌주면서 자신의 의심을 끊임없이 확인하고, 자기 행동으로 처벌을 받게 되는 악순환을 겪게 되고, 점차 사회에서 소외되면서 자신의 관점을 더 견고하게 유지한다.

갈등: 인간 본연의 두려움과 광기

강박성 캐릭터가 스스로 만들어낸 페르소나를 유지하기 위한 이중생활에서 고초를 겪는다고 한다면, 편집성 캐릭터는 자기 내부에서 들려오는 어두운 목소리에서 도망칠 수 없기에 두려움에 떤다. 두 캐릭터 모두 트라우마로 인해 현재의 모습을 만들고 유지할 수 있지만, 편집성 캐릭터의 어둠은 강박성 캐릭터의 어둠보다는 더 인간 본연의 두려움 및 광기에 가까워 보인다.

어떤 목표를 위해 하는 행동이 자신을 망치는 강박성 캐릭터와는 달리, 편집성 캐릭터는 이미 편집성 자체가 '영혼을 더럽힌 상태'이다. 강박성 캐릭터가 어떻게든 이상향으로 나아가려 노력한다면, 편집성 캐릭터는 지옥으로 끌려가지 않으려고 발버둥 치는 것이다.

범죄: 과대망상이 불러온 히어로의 숙적

편집성 캐릭터가 어떤 규칙이나 규범을 어길 때의 키워드는 '그렇게 되도록 허락할까 보냐?'가 될 것이다. 편집성 캐릭터는 자기 내부에서 들려오는 목소리가 자기를 해칠까 봐 두려워하며, 이를 막기 위해서는 수단과 방법을 가리지 않고 남을 해치는 것에도 저항이 없다.

히어로의 숙적, 안티테제(antithesis)로서 등장시키기에 손색이 없는 특성이다. DC코믹스에는 배트맨의 숙적인 조커, 마블코믹스의 스파이더맨에게는 그린 고블린이 이에 해당한다. 특히 조커와 그린 고블린은 정신적으로 불안정한 면이 강조되며, 이는 편집성 성격장애 그 자체나 마찬가지이다. 조커와 그린 고블린 모두 자신의 존재 인식과 숙적을 타도하는 명분에 대해 과대망상을 갖고 있는

데, 연출한 감독과 연기한 배우에 따라 캐릭터 해석이 달랐다.

하지만 상대방에 대한 집착, 자신만이 상대를 이해하기 때문에 상대방을 쓰러뜨리는 사람도 자신이어야만 한다는 논리는 변하지 않는다. 팀 버튼 감독의 〈배트맨〉에서 조커를 연기한 잭 니콜슨, 샘 레이미 감독의 〈스파이더맨〉 3부작에서 그린 고블린을 연기한 윌럼 더포가 이를 매우 잘 묘사하였다.

편집성 성격과 관련된 키워드

#아무도믿을수없어 #나만믿어 #GOODOMENS

#어떻게그걸믿지않는거야_다가버려 #타협이불가능한빌런

조현성 성격, 조용하고 별난 '아웃사이더'

조용하지만 독특하고 때로는 살짝 이상한 조현성(schizoid) 성격의 인물은 친밀한 관계에 대한 욕구가 결핍된 특징을 가지고 있다. 따라서 조현성 캐릭터의 내면과 갈등 상황을 그리는 것은 스토리 창작자의 역량에 따라 매우 도전적인 과제가 될 수 있다.[4]

조현성 성격의 인물은 외부 세계에 별로 관심이 없고 골방에 자신만의 왕국을 만들어 만족하며, 사람들의 눈에 띄지 않는다. 그는 감각적이거나 신체적인 대인관계 경험(예. 해 질 녘 해변을 산책하거나 사랑을 나누는 등)에서 즐거움을 누린 경험이 없어[5] 혼자 있을 때가 많다. 조현성 성격의 인물이 사회적 신호 없이 혼자 하는 일에 대해선 두각을 드러내기도 하는데, 수학이나 조립, 컴퓨터 프로그래밍과 같은 일이다.

창작자들이 이런 캐릭터를 만들 때 유념할 것은 그가 외부 사람들에게 눈에 띄지 않을 정도로 매우 빈약하게 맺는 외부 세계(실제 영역과의 관계와 풍요롭게 구축된 내면세계), 환상 영역의 대조이다. 외부와 단절된 채 환상의 영역에 머무를 때가 많은 창작자들은 자신과 비슷한 모습을 한 조현성 성격의 인물을 보이지 않는 영역에서 불러와 우리 세계의 사람들에게 소개할 수 있을까.

타인과의 관계에 관심이 없다

아싸(아웃사이더), 오타쿠. 내향적 성격으로 보이지만 내향적인 성격에도 여러 이유가 있다. 회피성 성격의 사람들이 자신에 대한 평가를 두려워하여 내향적인 모습을 보인다면, 조현성 성격은 타인과의 관계에 관심이 없다. 관계 형성에 관심이 없고 감정 표현이 부족하여 사회생활에 현저한 어려움이 있다.

정도가 약한 경우에는 사람들의 주의를 끌지 않고 조용히 취미를 즐기거나 애완동물을 기르며 혼자 지내기 좋아하지만, 정도가 심하면 정서적으로 메마르고 대인관계에 무관심하며 과도한 몽상에 빠지게 된다.

아동기와 청소년기부터 징후가 나타나는 경우가 있으며, 여성보다 남성이 많은 편이다. 사람들과 잘 어울리지 못하지만, 혼자 하는 일에서는 두각을 나타내기도 한다. 스트레스가 크면 조현병으로 발전할 가능성도 있다.

행동 특성

무기력하고 비활동적. 게을러 보이기까지 한다. 실제로 피로를 쉽게 느끼며, 언어 습관 또한 느리고 단조롭다. 다른 사람의 감정을 잘 읽지 못하거나 주의를 기울이지 않는다. 자신의 감정 표현 역시 제한적이고 냉담하다.

사람에 대해 관심이 적고 사회적 상호작용이 요구될 때는 매우 피상적인 수준에서 참여하며, 누군가와 친밀한 관계에 이르기 어렵다. 자기 자신을 순하고 내향적인 사람이라고 생각해, 홀로 지내는 삶에 만족한다. 사회적 성공이나 명성에도 관심이 없다.

무의식적 행동과 욕구

감정의 인식과 공감이 어려워 자기 자신의 경험이나 문제를 지극히 형식적이고 무미건조하게 기술하는 경향이 있다. 본인을 이성적이고 합리적이라고 생각하지만, 감정능력의 결여에서 비롯된 결과에 가깝다.

왜 조현성 성격이 되는가?

편집성 성격과 마찬가지로 기본적 신뢰의 결여와 관련 있다고 여겨진다. 편집성 성격이 부모의 학대적인 태도로부터 방어적인(타인을 의심하고 공격하는) 행동이 이어진다면, 조현성 성격은 부모의 무관심하고 비정서적 태도로부터 타인에 관심이 없고 정서적 교감이 어려운 인간형이 파생된다고 볼 수 있다.

부모의 무관심이나 방치

어려서부터 부모로부터 거부당하거나 충분히 수용 받지 못한 경험이 있을 가능성이 크다. 특히 영아기(0~2세)는 부모(주양육자)의 눈 맞춤과 스킨십 등으로 부모의 감정을 이해하고 공유하며 정서적 발달이 이루어지는 시기인데, 이 시기에 정서적 기아를 유발할 정도의[6] 부모의 무관심이나 방치는 아이의 감정표현과 이해에 문제를 야기할 수 있다. 자연히 대인관계에 관심이 없고 혼자만의 세계에 빠지는 경향이 있다.

메마른 대인관계와 깊은 내면세계의 괴리

감정을 이해하기 어렵기 때문에 대인관계 기술이 떨어지고, 어차피 이해 안 되는 사람들과 지내느니 혼자 시간을 보내길 택한다. 흔히 공상 속에서 자신의 좌절된 욕구를 해소하는데, 독특하고 독창적인 예술적 재능으로 나타나기도 한다. 단조롭고 메마른 대인관계와 깊고 풍부한 내면세계의 괴리에서 '조현성'이라는 말을 이해할 수 있다. 이러한 자기 분열성으로 인해 자신이 누구이며 무엇을 원하는지에 대한 확신이 없고, 그것이 다시 타인과의 관계 형성을 어렵게 한다.

오타쿠, 히키코모리 계열 주인공. 히키코모리가 되는 이유는 두

가지가 있는데, 사회에서 상처받았거나 타인의 평가를 두려워하는 경우(회피성)와 조현성 성격처럼 성격상 혼자 지내는 게 더 편한 경우다.

영화 〈컷뱅크〉는 몬태나주의 '컷뱅크'라는 평화로운 마을에서 두 남녀가 동영상을 촬영하다가 우연히 마을의 집배원이 살해당하는 장면을 찍게 된다. 집배원의 죽음으로 더비 밀튼(마이클 스털버그)은 예정되어 있던 소포를 못 받게 된다. 한동안 집 밖으로 나오지 않고 마을에서 은둔했던 그는 소포를 받기 위해 적극적으로 죽음을 파헤치게 된다. 더비 밀튼의 비밀스러운 움직임을 통해 우체부의 죽음과 그에 얽혀 있는 사연이 드러나고, 동시에 더비 밀튼이 사건을 파헤치는 과정에서 사람을 해치면서까지 그토록 받고 싶었던 소포가 무엇인지 궁금증을 극대화한다. 더비 밀튼의 소포는 파란 가방 모형으로, 그가 만들고 있는 피규어를 완성할 수 있는 마지막 소품이었다. 마을의 어떤 사람과도 왕래가 없던 그는 집 안에 자신만의 완벽한 가족을 만들고 있었다. 그는 영화 내내 그가 마주치는 사람들의 정서적 표현에 반응하지 않았고, 그 또한 정서적으로 표현하지 않았다. 그의 관심은 오로지 소포에만 있었다.

조현성 성격이 병이 될 때

분열형 성격장애나 조현병으로 진행, 망상장애화. 조현성 성격의 인물이 자신의 성격적 특질로 인해 지속적으로 문제가 발생한다면, 조현성 성격장애로 진단한다. 조현성 성격장애는 망상장애나 조현병 초기 증상으로 나타나기도 하며, 주요우울장애(우울증)가 발병하기도 한다. 가장 흔히 병발하는 성격장애는 조현형 성격장애, 편집성 성격장애, 회피성 성격장애다.[7]

친밀한 관계와 일체 사회적 신호에 대한 거부

이들은 어릴 때부터 다양한 형태의 관계 형성에 실패하면서 성인이 되어 친밀한 관계(가족 포함)에 대한 흥미를 상실하고, 항상 혼자 있기를 원한다. 그러다 가족에게 무슨 일이라도 일어나면 어떻게 해야 할지 몰라 당황하거나 또는 그마저도 무관심하게 지나가기도 한다.

정서적 표현의 부재

타인의 감정에도 무관심할 뿐 아니라, 자신 또한 기쁨이나 분노와 같은 감정을 잘 느끼지 못한다. 그는 자신의 내면세계에만 관심을 기울일 뿐이다. 누군가가 자신에게 칭찬하거나 비난하더라도 아무 반응이 없다.

심리적 요새를 파괴하려고 할 때

이런 타입의 캐릭터들은 꽤 오래 전형적 유형으로 장르문학에 존재해왔다. 어려서 큰 충격을 받고 말문을 닫았으나 어딘가 남다른 비범함이 있어 주인공의 중요 조력자가 되는 사람이라거나, 은둔하는 고수 같은 사람들이다. 고도로 분업화, 파편화된 현대사회에서는 그들이 극도로 소심하거나 내향적이어서 다른 사람과 어울리는 것을 불편해하는 것으로 오해를 살 수 있고, 그들도 굳이 그 오해를 풀려고 하지 않을 것이다.

그들은 자신이 설계하여 성곽처럼 두른 심리적 요새 안에서 안전하게 지내려고 한다. 스스로 주변 세상의 참여자가 아닌 관찰자로 생각한다.[8] 그들은 누군가 이 요새를 침입하거나 파괴하려고 들지 않는 이상 극적인 움직임을 보이지 않을 것이다. 이 캐릭터를 움직이게 하려면 아주 극적인 일이 일어나야 하며, 만약 이들이 동요했다면 직전에 혹은 만성적으로 이들을 위협한 요인이 존재해야 한다.

서울 모 대학에서 자신의 지도교수에게 폭발물 택배를 보냈던 실제 사례처럼, 평소 문제를 전혀 일으키지 않았던 사람이 예정된 취업을 앞두고 좌절하면서 동기가 그 결과에 비해 명확하지 않아 보이는 엄청난 짓을 저지를 수도 있다. 만약 그들이 어떤 중요한 범죄의 중요 목격자나 증인이라면, 자신의 평화가 깨진다는 이유로 협조하지 않을 수도 있다. 안타깝게도 사회적 관계를 잘 형성하지 못해, 가정도 꾸리지 않고 가족 구성원이 되는 걸 포기해버리거나 가족으로부터 버림받아 노숙자로 지내기도 한다.

영화 〈나 홀로 집에 2〉의 비둘기 부인이 조현성 성격장애 노숙자의 전형적인 캐릭터라고 할 수 있다. 그는 과거의 실패한 사랑 때문에 스스로 사회로부터 고립시켜 비둘기와만 지내고 있었다. 케빈은 처음엔 비둘기 부인의 차갑고 무뚝뚝한 모습에 놀라 비명까지 지르며 도망가지만, 사랑받고 자란 밝은 어린아이 특유의 긍정적인 태도로 그와 소통하려고 노력한다. 결국 '따뜻한 포옹'이라는 가장 밀접하고 인간적인 교류를 하게 된다.

조현성 성격의 캐릭터 설정하기: 빈약한 정서 경험, 유전될까?

부모와의 관계, 양육

부모의 형식적이고 경직된 태도, 정서적 무관심이 전제된다. 지나치게 바빠서 자녀와 시간을 보낼 수 없는 경우, 많은 형제 중 중간쯤의 출생 순위, 부모 자신의 정서 표현이 메말라 있는 경우 등 부모로부터의 정서적 친밀감을 경험하지 못할 가능성이 큰 상황들이 요구된다. 반면에 빈약한 정서 경험에 비해 내면세계를 발달시킬 시간은 많다. 어렸을 때부터 책이나 만화, 애니메이션, 영화, 게임 등에 깊이 빠져 지낸 경험이 있을 수 있다.

조현성(분열성) 성격장애는 유전과 관계가 있다. 가족 중에 조현병이나 조현형 성격장애의 사람이 있을 수 있다.

취약 상황, 갈등 요인

타인과의 밀접한 상호작용이 요구되는 상황을 견디기 어려워한다. 본인의 지나친 이성적(비정서적) 접근으로 친밀한 관계를 원하는 이들과의 갈등을 유발할 수 있다.

혼자만의 삶이 방해받을 때 심리적 평정이 깨진다. 특히 소중히 발전시켜왔을 내적 세계에 대해 간섭받거나 무시당할 때 큰 충격을 받을 수 있다.

조현성 성격과 관련된 키워드

#혼자가오히려좋아 #외톨이 #은둔자

#이럴땐어떤표정을지어야할지모르겠어

조현형 성격, 머릿속의 꽃밭 '오타쿠'

조현성 성격과 회피성 성격의 심화형으로, 두 성격의 특징과 유사하다. 조현형(schizotypal) 성격의 경우 정도가 더 심하게 나타나고 조현성 성격의 사람들이 자기 내면을 잘 드러내지 않는 데 반해, 조현형 성격은 기이한 생각이나 행동을 밖으로 표출시키는 경향이 있다. 과거에는 조현병으로 분류했던 증상을 세분화해, 현재는 조현병에 취약한 성격 유형의 조현형 성격과 조현병 스펙트럼으로 나누어 진단하고 있다.

조현형 성격의 인물은 현실을 뛰어넘는 마술적 세계에 심취하기 좋아하면서, 현실에서 사회적 관계를 맺는 데에 필요한 감정 표현, 공감, 친밀감에 대한 욕구가 매우 제한되어 있다. 그래서 자신의 상상에 머물 때가 많다.

이들의 마술적 사고는 가상의 새로운 세계를 구축하는 판타지,

SF 작품과 비슷하다. 또 이들이 보이는 '누군가 나를 해치려 한다'와 같은 편집증적인 태도는 미스터리, 스릴러 작품과 비슷한 데가 있다. 그러나 판타지, SF, 미스터리, 스릴러 작가들은 자신의 상상을 현실로 인식하지 않지만, 조현형 성격의 인물은 자신의 상상을 현실로 인식하거나 현실을 자신만의 방식으로 해석한다는 데에 차이가 있다.

작품에서 조현형 성격의 인물을 다룰 때 나타나는 극적 효과는 이들이 '어디로 튈지 모른다는' 특성으로 재미와 스릴감을 더할 수 있다는 것이다. 조현형 성격의 인물을 통해 이야기의 결말에서 작가가 원하는 반전 효과를 주기에 좋다.

기이한 언행과 공상 가득한 내적 세계

기괴한 언행을 일삼으며 대인관계에 심각한 어려움이 있다. 사회생활에 부적응적이며, 심한 스트레스를 받으면 일시적으로 환각, 망상 등의 조현병 증상을 나타낸다. 분열성, 편집성, 회피성, 경계선 성격장애와 함께 나타날 수 있다.

조현형 성격의 인물들은 사회적으로 고립되어 대인관계에 어려움을 겪으며, 괴이한 사고와 공상으로 가득한 내적 세계를 발달시킨다. 여성보다 남성에게 약간 더 많으며 유전적 영향이 강하다.

행동 특성

기괴하고 일탈적인 언행. 예측할 수 없는 행동. 학교나 직장 등 사회생활을 유지하는 데에 어려움을 보이며, 결혼 등 친밀한 관계를 유지하지 못한다. 사람들과의 상호작용을 선호하지 않지만 평범해 보이지 않는 활동에는 적극적으로 참여한다(오컬트, 심령 등).

일상생활에서 접하기 힘든 이상한 언어를 사용하며 독특한 개념과 용어를 내뱉지만, 자신의 내면세계가 반영된 나름의 논리 구조를 갖는다. 자신만의 세계에 살면서 심한 경우 혼란스러워 보일 만큼 이 생각에서 저 생각으로 튄다. 이런 경향 때문에 타인의 이해와 공감을 받기 어려우며, 고립의 원인이 될 수 있다.

무의식적 행동과 욕구

스스로 고독하고 무가치한 사람으로 인식하며, 이인증을 포함한 해리장애를 경험하기도 한다. 이인증은 행동하는 자신과 행동하는 자신을 관찰하는 자신으로 분열되는 것처럼 느끼는 상태를 뜻한다. 종종 남들의 생각을 읽을 수 있다거나 초감각적인 능력이 있다는 초현실적인 사고에 빠지며, 그러한 행위에 집착하는 모습을 보인다.

왜 조현형 성격이 되는가?

조현형 성격(조현병 포함)은 유전적 원인이 가장 중요하다고 알려져 있다. 조현병 환자의 가족이나 친척에서 이 유형의 성격장애가 나타날 확률이 높으며, 쌍둥이 연구에서도 일란성 쌍둥이의 일치율이 이란성보다 높게 나타났다.

조현형 성격장애와 관련해 국내 연구진이 뇌의 특정 부분과의 관련성을 세계 최초로 규명한 바 있다. 허지원 교수(고려대 심리학과)와 권준수 교수(서울대병원 정신건강의학과)의 관련 연구가 그것인데, 뇌과학·정신의학 분야 세계 최고 권위 학술지인 '미국 의사협회 정신의학저널(JAMA Psychiatry)' 온라인판에 게재됐다.

〈세상에 이런 일이〉 같은 TV 프로그램에 유별난 사람이라며 출연하는 이들이 조현형 성격장애를 앓고 있을 가능성이 크다. 연구진은 조현형 성격장애를 앓는 21명과 대조군인 일반인 38명을 대상으로 점으로 구성된 움직이는 애니메이션을 보여줬다. 그 결과 조현형 성격장애 군은 맛있는 음식을 먹거나 좋아하는 사람과 함께 있을 때 활성화되는 '쾌락 중추'가 유의미하게 활성화된다는 사실이 확인됐다. 일반인에게는 움직이는 점처럼 보이는 화면이 조현형 성격장애 군에는 사람이 움직이는 모습으로 보이며 여기에서 큰 즐거움을 느낀다는 것이다. 결국 일반인이라면 흥미를 느끼지 않는 염력이나 예지몽 등 황당한 이야기를 조현형 성격장애 사람들의 뇌에서 쾌락으로 느낀다는 것이다.[9]

허지원 교수는 특이한 것에 끌리고 몰두하면서 다른 사람과의 교류를 피하는 자폐 스펙트럼에 있는 사람들과는 달리, 이들은 다른 사람과 자신의 관심 분야를 나누고자 하는 욕구가 있기에 쉽게

다른 사람들에게 조롱의 대상이 되어 우울증을 동시에 앓는 경우가 많다고 지적했다.[10]

부모와의 불안정한 애착 관계

유아기 부모와의 불안정한 애착 관계와 관련 있다. 이들의 기질적인 수동성은 부모의 애정과 관심을 끌어내지 못해 공감 능력이나 대인관계 기술 등을 습득하기 어렵게 만든다. 또한 부모의 무관심과 무시가 대인관계의 의지를 꺾고 내면세계에 침잠하게 하는 원인이 되었을 수도 있다.

가족력과 유전적 요인

조현병 가족력 등 유전적 요인이나 아동, 청소년기의 주요우울장애(우울증)가 원인이 될 수 있다. 부모의 무관심 등과 같은 일반적인 양육 방식만으로는 이 정도의 심각성으로 진행되기 어렵다. 따라서 조현형 성격장애를 가진 인물의 친족들에게서 조현병 관련 질병이 있을 가능성이 크다.

조현형 성격이 병이 될 때

사회적 고립 + 기이한 언행(이상한 소리 하는 오타쿠 캐릭터).

관계 사고가 지나칠 때

우연히 일어난 사건을 자신에게 특별한 의미가 있는 것으로 해석하고, 다른 이들에겐 보이지 않는 연결성을 자신의 상상 속에서 확신한다. 관계 사고가 지나치면 자신에게 초자연적인 능력이나 미래를 보는 힘 등이 있다고 믿어, 그와 관련된 활동에 몰두한다. 그리고 자신이 접하는 정보를 왜곡해 망상에 따른 확신을 한다.

타인과 소통할 수 없는 특이한 언어로 표현하거나 주변인들이 자신에게 해를 끼치려 한다는 의심을 하며, 사회성 욕구가 낮아 가족 외에 사회적 관계를 맺는 것에 대한 어려움이 많다. 유명 인사로는 '빵상' 할머니 황선자 씨가 있다. 그는 한 케이블 채널에서 채널러, 즉 우주인과 소통하는 사람으로 출연하여 특이한 언행으로 유명해졌다. 우주 창조신이 사용한다는 언어를 사용하여 외계인과 소통한다며, '빵상 깨랑까랑('인간들아! 무엇이 알고 싶으냐'는 뜻)'이란 말을 히트시켰다. 그는 우주신이 자신을 매개로 지구인들에게 조언해준다고 주장하며, 책을 세 권이나 쓰기도 했다. 채널러로 활동하는 것 외에는 평범한 생활을 하는 할머니라고 한다.

증상이 심하지 않을 때는 독특한 내면세계를 바탕으로 예술이나 창작활동에 몰두하여 좋은 결과를 낼 수 있다. 〈에일리언〉 시리즈의 예술감독 한스 기거는 어렸을 때부터 기괴한 상상을 그림으로 옮기기 좋아했고, 이러한 습관은 영화사에 길이 남을 '크리처'의 탄생으로 이어졌다.

호주의 실존 피아니스트 데이비드 헬프갓의 인생을 다룬 영화 〈샤인〉에서 데이비드(제프리 러시)는 늘 혼자 중얼거리며 이리저리 튀는 사고를 하는 모습을 보인다. 소심하고 내성적이던 데이비드는 아버지의 과도한 집착으로 인한 부담과 가족에게서 버려졌다는 충격으로 어린 시절의 무의식으로 퇴행하여 정신병원에서 수십 년을 보내게 된다.

관계 망상적 사고와 편집성 사고

관계 망상적 사고의 경우, 영화 〈히 러브스 미〉의 안젤리끄(오드레 토투)는 우연히 마주친 옆집 남자 로익이 자신을 사랑한다는 망상에 빠진다. 그로 인해 임신한 그의 아내를 유산시키고, 그에게 피해를 준 이들을 공격하는 등의 범죄를 저지른다. 안젤리끄는 화가였던 아버지(아마도 어머니와 이혼한)에게 홀로 양육되었고, 늘 일에 바빴던 아버지의 사랑을 대체하기 위해 자신만의 기이한 습관이 있었다.

편집성 사고는 누군가 자신에 대한 안 좋은 소문을 내거나 자신에게 해를 가하려 한다고 생각한다. 또한 자신의 주변에 있는 특정 인물에 대해 의심하고, 이에 대해 상상 속에서 확신한다. 그리고 자신만이 이 일을 해결할 수 있다고 믿는다면, 정당성을 내세워 특정 인물에게 위해를 가할 위험이 크다.

호아킨 피닉스가 주연한 영화 〈조커〉는 보호와 치료를 받아야 하는 정신질환자 아서 플렉이 어떻게 사회적 혼란을 일으키는 조커라는 인물로 변해 가는지 잘 보여주는 작품이다. 〈조커〉의 이야기는 관객이 아서 플렉이 인식하는 것처럼 상상을 현실로 인식하게 하기도 한다. 또한 주변인들과의 관계를 통해 자꾸 위기에 처하는 모습을 보여준다. 영화는 위기에서 가장 끔찍한 선택을 하는 아서 플렉의 모습을 통해 사회 시스템 문제와 인간의 어두운 내면을 잘 보여주고 있다. 〈조커〉가 관객의 마음을 어지럽히고 불편하게 만드는 것은 현재 우리 사회가 조현형 성격장애의 사람을 외면하고 있기 때문이다. 호아킨 피닉스의 〈조커〉는 조현형 성격장애 인물을 통해 우리가 외면하고 있는 진실, 사회 시스템의 문제를 드러내고 그들과 우리가 크게 다르지 않다는 것을 잘 표현하고 있다.

영화 〈택시 드라이버〉에서 주인공 트래비스(로버트 드 니로)는 월남전에 참전하고서 명예 제대를 한다. 불면증으로 고생하며 택시 기사로 생계를 꾸리던 트래비스는 점차 '사회의 악을 처단하고 누군가를 구원해야 한다'는 강박에 빠진다. 황당한 내용을 기괴한 어투로 이야기하며 이상 행동을 보인 트래비스는 결국 머리를 박박 밀고 권총을 준비해 상원의원을 암살하려는 시도까지 한다.

조현형 성격의 캐릭터 설정하기: 우울증, 기이한 언행, 내면세계에 빠져 있음

부모와의 관계, 양육

조현병 환자가 있는 가계 설정에 대한 언급이 필요하다. 또는 아동, 청소년기의 트라우마로 인한 우울증을 경험한 적이 있어야 한다. 그 외에 정서 교류가 적고 냉담한 가족 분위기, 무관심하고 자녀를 무시하는 부모의 양육 태도, 내면세계에 빠져들 만한 환경과 조건 등이 요구된다.

〈샤인〉의 데이비드는 아버지의 반대로 미국 유학이 좌절되고 극심한 우울증에 빠졌다. 기질적인 소심함과 아버지의 강압적이고 냉담한 양육, 피아노라는 내면세계에 천착할 수 있는 매개체는 데이비드가 조현형 성격장애를 얻게 된 3박자이다.

취약 상황, 갈등 요인

조현성 성격처럼 사회적 교류상황은 조현형 성격에도 취약한 상황을 제공한다. 조현성 성격의 사람들이 사회적 상호작용을 꺼리고 되도록 조용히 지내려 한다면, 조현형 성격의 사람들은 사회적 맥락에서 자신의 기이하고 독특한 언행으로 갈등을 유발할 가능성이 있다. 특히 내면세계를 무시당하면 격렬한 분노를 표출할 수 있다.

조현형 성격과 관련된 키워드

#세상에이런일이 #이상한자연인

#나만의세상 #4차원 #우리존재화이팅

2장

감정적이며 타인에게 영향을 미치려 한다

'타인 통제' B군 성격 스펙트럼

B군 성격 스펙트럼은 대인 행동에서 독특성을 보이는 유형으로, '이 사람 이거 왜 이러지? 좀 문제 있는데?' 등의 느낌을 주는 사람들이다. 어떤 이유에서건 대인관계에 적극적으로 개입하고 다른 사람과의 상호작용에 중요한 의미를 부여한다.

이 성격 스펙트럼의 특징은 타인에게 끊임없이 영향을 미치려 한다는 점이다. 반사회성 성격은 자신의 목적에 따라 타인을 이용하며, 자기애성 성격은 자신을 빛나게 하는 도구로 타인들을 취급한다. 히스테리성(연극성) 성격은 관심을 얻기 위해 타인을 조종하고, 경계선 성격의 충동적 행위들 역시 타인의 인정과 사랑을 요구하는 데서 나온다.

반사회성 성격

반사회성 성격 스펙트럼의 장점은 행동력이다. 이들은 하고 싶거나 해야겠다는 생각이 들면, 바로 행동에 옮긴다. 우유부단한 성격(예를 들어 의존성 성격)의 인물은 반사회성 성격의 인물을 대단히 매력적으로 느낀다. 군, 경, 소방, 의료 등 행동력이 필요한 직업군에서는 대단한 장점으로 작용한다. 적정 수준의 공감 능력과 준법의식, 책임감을 갖추면 일반적인 직장에서도 필요한 인재다.

히스테리성(연극성) 성격

이 유형의 장점은 단연 연기력이다. 이들은 다른 사람에게 관심이 많고, 타인에게 인정받으려면 뭘 해야 하는지 본능적으로 안다. 비록 관심 욕구에서 비롯되긴 하지만, 타인의 감정을 조종하여 자기의 뜻을 받아들이게 한다는 것은 대단한 능력이 될 수 있다. 연예인에게 맞는 성격이며, 특히 연기자로 대성할 수 있다. 연예계가 아니라면 영업 쪽에서도 두각을 나타낼 수 있다. 자기통제 능력만 뒷받침된다면.

자기애성 성격

대단히 자존감이 높은 성격 유형이다. 자아도취적일 만큼 높은 자존감은 자기 일에 대한 자부심으로 연결된다. 자기 가치가 숭고한 신념과 연결되고, 자기에 대한 지나친 확신으로 남들을 착취하려고 하지 않는다면, 어떤 경우에도 꿋꿋이 자기 길을 가는 고고하고 긍지 높은 매력적인 캐릭터가 될 수 있다.

경계선 성격

취약한 자아상과 충동성으로 상당히 병리적인 성격 유형이지만, 때로는 그 충동성이 극적인 변화를 일으키기도 한다. 물론 본인에게는 그것이 자기 파괴적인 결과로 이어지기 쉽지만, 극의 관점에서는 드라마의 역동성이나 반전을 일으키는 요소로 활용될 수 있다. 독자가 쉽사리 상황을 예측할 수 없도록 만들어 극의 긴장감을 주는 데도 유용한 유형이다.

반사회성 성격, 나만의 정의가 답인 '무법자'

반사회성(antisocial) 성격은 자신의 이익을 위해서라면 사회 유지를 위해 모든 사람이 지켜야 할 법과 규칙을 지키지 않고 공격적인 행동을 보이는 유형이다. 범죄, 수사물 창작자들이 선호하는 악역의 성격이다.

자기만의 '사회'적 규칙이 있지만 정작 현실 사회의 규칙에는 관심이 없고, 타인을 배제하는 것에 스스럼이 없다. 그래서 자신이 타인에 대해, 때로는 자신이 가까운 관계나 사회에 미치는 해악에는 관심이 없다. 오직 외부의 영향이 자신에게 어떤 영향을 미치는지에 관심이 있을 뿐이다. 자신을 사회 안의 구성원으로 여기는 것이 아니라, 사회와 자신을 구분 짓고 자신을 사회의 외부적 존재로 여기며, 자신을 우선시한다.

하지만 많은 작품에서 반사회성 성격의 빌런을 만들 때 지나치게 전형적인 모습으로만 그리는 방식에 대해선 심리학자이자 독자로서 아쉬움이 크다. 극 중에서 범죄자의 범죄 추동 이유에 대해 '갠 원래 소시오패스니까'라고 단순하게 설명하는 건 인물을 평면적으로 그리는 동시에 인간에 대한 사유가 부족한 것으로 보인다.

심리학적 표현으로 '잘 기능하는 사람', '적응적인 사람'도 약간의 성격장애 특성(반사회성, 편집성 성격장애 등)과 약간의 신경증 특성(불안, 우울장애 등)을 가지고 산다. 이 점을 염두에 둔다면 작가가 반사회성 인물을 그릴 때나 심지어 정의로운 인물을 그릴 때 복합적인 면모를 부여할 수 있을 것이다.

자신의 목표를 위해서는 타인을 개의치 않는다

소시오패스. 거짓말, 공격성, 무책임, 문란함, 범죄의 아이콘. 자기 행동이 타인에게 피해를 주거나 법과 규칙을 위반한다는 것을 알더라도 신경 쓰지 않는다. 정도가 약한 경우에는 리더십과 추진력 있는 성격으로, 심지어 매력적으로 보일 수 있다. 군인, 경찰이나 사업가, 정치가, 교수 등 엘리트 집단에서 종종 보인다. 드라마 〈경이로운 소문〉의 중진시장 신명휘(최광일)처럼 뛰어난 수완가이자 정치가이면서 동시에 자신의 목표에 방해가 되는 대상은 제거하고, 자신으로 인해 고통 받는 사람들에 대해서는 개의치 않는 모습으로 그릴 수도 있다. 또한 영화 〈추격자〉의 지영민(하정우)과 같이 살인을 즐기는 연쇄 살인마로 그리기도 한다.

보통 성인들에게서 진단되지만, 아동·청소년기부터 절도, 폭력, 가출 등의 문제 행동을 보이는 경우가 많다. 상당히 논리적이며 망상 등의 증상은 없다. 100명 중 1~2명 정도로 의외로 흔한 성격 유형이며, 여자보다 남자가 좀 더 많다. 자기애성 성격과 함께 나타나기도 한다.

행동 특성

충동적이고 강압적인 행동. 위험이나 처벌에 위축되지 않고 자신이 원하는 바를 관철한다. 타인의 권리와 사회적 규칙, 관습, 도덕을 무시하기 때문에 범죄로 연결될 가능성이 크다. 그러나 반사회성 성격인 모두가 범죄자인 것은 아니다. 기본적으로 타인을 신뢰하지 않아 적대적이고 공격적인 태도를 보이며, 자신의 행위가 가족이나 동료나 친구들에게 얼마나 부정적인 영향을 미치고 있는지에 대해 개의치 않는다. 그 결과 많은 이들이 이들에게서 위협을 느낀다. 일이 잘될 때는 예의 바르고 호의적이지만, 일이 잘못되면 화를 내며 복수심에 불타 급격히 공격적으로 바뀐다. 지능이 높은 소시오패스는 자신의 의도를 숨길 수 있다. 그것이 자신의 이익에 부합한다면 더욱 그렇다.

무의식적 행동과 욕구

자신만의 정의를 주장하며 매사에 남을 이기려고 한다. 힘없는 자의 잘못이며, 힘을 가진 자가 정의라는 것이다. 힘, 권력, 금력 등을 정의로 생각하고 이를 이용해 타인의 권리를 무시하고 사익을 추구한다. 한편 외부 환경을 위협적으로 지각하고 늘 경계한다. 자신의 공격성을 타인의 탓으로 돌리고 그에 대한 정당한 처벌이라고 생각한다. 연쇄 살인마 유영철과 지존파가 하나의 예다.

왜 반사회성 성격이 되는가?

유전 가능성이 50%

연구 결과 범죄성향, 정신병질, 반사회성 성격장애는 40~50%의 유전 가능성을 보인다. 입양아 연구에서도 유전과 환경의 영향은 서로 명확히 구분되지 않았다. 공감 능력의 결여는 반사회성 성격장애의 중요한 특징이다.

공감이란 '타인의 감정과 고통을 함께 하는 것'으로, 이들은 다른 사람의 마음에 도통 관심이 없다. 연구에 따르면 이들의 뇌에서 감정 조절의 중추적 역할을 하는 변연계(Limbic system)의 부피가 그렇지 않은 이들에 비해 18% 정도 감소했다는 것이 드러났으며, 이에 따라 충동 통제와 의사결정을 조절하는 전전두엽회로(Preprontal cortex)의 활성도가 떨어져 충동적이고 공격적인 행동을 보이는 것이라고 생물학적인 추론이 가능하다.

어머니와의 신뢰 결여와 학대

부모, 특히 어머니와의 기본적 신뢰의 결여가 반사회성 성격의 원인으로 꼽힌다. 아이에게 가장 신뢰를 주어야 할 어머니의 학대적이고 폭력적인 양육은 타인에 대한 공격적이고 파괴적인 태도를 불러일으킨다.

드라마 〈베이츠 모텔〉은 영화 〈싸이코〉의 속편 TV 시리즈로, 드라마 속 노먼 모자의 관계를 보면 적절치 못한 밀착과 학대가 반복된다. 노먼의 어머니인 노마는 아들 노먼에게 이성과 성관계를 맺으면 지옥 불에 떨어진다고 하며, 아들을 과도하게 통제하고 조금이라도 마음에 들지 않으면 "남자답지 않다, 능력이 없다" 등의 폭언과 모욕을 일삼는다. 아버지의 죽음 이후 노먼과 함께하는 유일한 양육자는 어머니로, 이 드라마는 양육자와의 관계가 개인에게 어떻게 악영향을 끼칠 수 있는지 극단적인 방향으로 제시하고 있다. 어머니 노마가 죽은 후에도 노먼에게 어머니의 영향은 계속된다. 노먼은 노마의 인격을 가지게 되는데, 노마의 인격은 노먼에게 방해가 되는 인간이나 추잡한 짓을 저지르는 인간, 특히 여자를 죽여버리라고 소리친다. 노먼은 거부해보려 하지만, 매번 굴복하고 만다.

힘으로 남을 마음대로 할 수 있다는 믿음

반사회성 인물의 설정 시에 어린 시절의 학대적 양육이 동반되는 것이 설득력이 있다. 부모의 무관심하고 무책임한 태도 정도로는 반사회성 성격장애까지 도달하기 어렵다. 심한 폭언과 체벌, 모든 문제의 원인이 너라는 식의 적대적인 부모의 태도는 타인에 대한 강한 불신은 물론 전반적인 세계를 적대적으로 지각하고, 그에 대해 공격적인 행동을 표출하게 만든다.

어린 시절에는 부모의 학대를 참고 견디는데, 그 이유는 부모가 힘이 더 세기 때문이라 생각하기 때문이다. 따라서 자신이 힘을 갖게 되면 남들을 마음대로 할 수 있다고 믿으며, 그러기 위해 힘을 과도하게 추구하고 힘으로 모든 것을 정당화하는 신념 체계를 발달시킨다.

작품에서 반사회성 성격의 인물을 그릴 때 원인과 어린 시절을 반드시 언급할 필요는 없지만, 인물을 설정할 때 이에 대한 다각도의 접근은 필요하다. 인물의 개인적 역사에 따라 그 인물의 사고 체계나 약점, 행동 패턴을 설정해 작가 자신만의 고유한 특성의 인물을 만들 수 있으니 말이다.

반사회성 성격이 병이 될 때

정신증적 증상이 거의 나타나지 않기 때문에 병이라고 생각하기 어렵다. 힘의 논리로 자기 행동을 정당화하기 때문에 자신이 나쁘다고 생각하지도 않는다. 철저히 자신의 이익을 추구하는 과정에서 사회적 성공을 거두는 경우도 많기에 뚜렷한 범죄를 저지르지 않는 한 이들을 제지할 방법은 없다.

자신의 이익을 위해서라면

자신의 이익을 추구하거나 자신의 이익에 방해되는 요소들을 제거하는 과정에서 범죄를 저지른다. 그래서 심리학자들은 끔찍한 일을 저질렀으나 반성을 모르는 범죄자들이 익명에 숨지 않고 포토라인에 서서 사회적으로 지탄받는 것도 필요하다고 말한다. 잠재적 범죄자들에게 경고 메시지를 주어 범죄를 예방하는 데 효과적이기 때문이다. 반사회성 성격의 범죄자는 자체적으로 범죄를 저지르는 것을 통제하는 것이 매우 어렵다. 따라서 사회적 처벌로 외부에서 강하게 통제하는 것도 범죄를 막는 방법 중 하나가 될 수 있다.

반사회성 성격의 캐릭터 설정하기:
자신의 목적 달성을 위해서라면

부모와의 관계, 양육

부모의 학대적 양육과 그것을 정당화시킬 수 있을 만한 설정이 요구된다. 아무 이유 없이 자기 자식을 학대할 부모는 존재하기 어렵기 때문이다. 부모의 반사회성 성격이나 거듭된 좌절 등으로 인한 공격성의 증가와 같은 전제가 있는 편이 좋다. 또한 목적을 달성하기 위해서는 어떠한 수단도 정당화하는 교육 방침 역시 반사회성 성격의 형성과 관련 있다.

드라마 〈펜트하우스〉에서 자신의 이익을 위해 타인을 짓밟거나 의도적인 협력을 하는 어른들. 그들의 자녀들도 부모와 같은 모습으로 경쟁에서 이기고 자신의 이익을 위해 친구들을 괴롭히거나 때로는 교사나 다른 어른들까지도 협박하기에 이른다. 청소년 시기에는 뇌에서 감정과 본능을 담당하는 변연계에 비해 이를 통제하고 통합적인 의사결정을 하는 전두엽의 발달이 더 점진적으로 일어난다. 그래서 충동성을 억제하기 힘든데, 〈펜트하우스〉와 같은 부모와 함께라면 아이들의 전두엽 발달은 미비할 수밖에 없다.

그 외에 생활이 불가능한 정도의 빈곤이나 무분별한 폭력에 노출되는 등 환경도 아이의 반사회적 행동을 예측하는 중요 요인으로 꼽힌다.

취약 상황, 갈등 요인

'힘이 곧 정의다'라는 자신의 신념 체계에 반하는 사건이나 인물의 존재로 불편감을 느낀다. 자신의 이익 추구에 방해되는 요인이 나타나면 곧 이를 제거하려고 하기에 이러한 행동들이 폭력이나 범죄로 이어질 수 있다.

영화 〈노인을 위한 나라는 없다〉에서 단발머리의 살인마 안톤 시거(하비에르 바르뎀)는 사람을 죽일 때 자신만의 규칙을 적용하며, 자신이 세운 계획을 반드시 실행하는 사람이다. 그는 살인하기 전에 동전을 던져 결정하는데, 어느 면인지 맞히지 못한 사람은 그에게 살해당한다. 영화 초반에 그가 주로 사용하는 살해 도구는 '캐틀건'이라는 산소통이 달린 도살용 공기총으로, 피해자들 머리에 쏴서 출혈을 최소화하면서도 확실하게 죽인다. 영화를 계속 보다 보면, 그가 자기 몸에 피가 묻는 것을 극도로 싫어하고, 자신이 죽이려는 대상 외에 부수적 피해를 최소화하기 위해 캐틀건을 사용하는 것임을 알 수 있다. 또한 캐틀건 사용은 그가 살인을 도축과 같은 의미로 여긴다는 것을 의미해, 섬뜩함을 더한다. 영화에서 그가 왜 살인을 시작했고, 왜 자신만의 특이한 규칙으로 살인하는지는 따로 설명하지 않는다. 그러나 이 인물이 시종일관 차분한 태도로 자신만의 규칙을 적용해가며 필요 없는 살인을 지속해나가는 것을 보면, 영화에서 그의 살인을 멈출 방법은 없어 보인다. 사람의 안위를 생각하지 않고 현실 사회의 규칙도 중요하지 않으며, 자신의 규칙을 최우선으로 생각하는 안톤 시거는 관객에게 깊은 인상을 주는 악역 중 하나다.

특정 상황에서의 행동

범죄: 왜 안 되는데?

이들이 사회상규를 어길 때 갖는 생각은 "왜 안 되는데?"일 것이다. 그들은 지름길이 있는데 굳이 돌아서 갈 필요는 없다고 생각한다. 법과 규칙을 지키는 사람들은 고지식하고 꽉 막힌 사람들이라고 폄훼하며, 자신들은 그저 '유연하게 상황에 따라 있는 힘을 잘 활용하는 것'이라고 둘러댄다.

편집성 캐릭터가 자신만의 규칙에 따라 남을 계도하기 위해 악플을 단다면, 반사회성 캐릭터는 그냥 악플을 달면 재미있으니까 그렇게 한다. 자기애성 캐릭터가 상대를 짓밟아서 우월감을 느끼기 위해 집단 따돌림을 계획한다면, 반사회성 캐릭터는 괴롭힘을 당하는 상대가 괴로워하든 말든 관심이 없으며 자신이 휘두를 수 있는 권력을 실감할 수 있기 때문에 집단 따돌림의 중심에 선다.

그의 내면에는 강박성 캐릭터와 같은 질서가 없다. 다만 악을 저질러서 얻는 순간적 쾌감이 있다. 그들은 죄책감을 느끼지 않기 때문에 처벌받아도 교화되지 않는다. 이들은 내 주변 어디에나 있는 '술 먹으면 개 되는 그 사람'이다. 충동 조절이 되지 않기 때문에 버럭 화를 내고, 술에 취해서 다른 사람과 시비가 붙어 싸우거나 물건을 부수고 가까운 이를 감정적으로 몰아붙인다. 우리가 뉴스에서 보는 '묻지마 폭행'의 피의자들, 코로나 팬데믹 이후 아시안을 향해 혐오 범죄를 저지르는 사람들. 이들은 모두 반사회적 성격일 가능성이 크다. 그야말로 우리 안에 있는 악인 것이다.

다만 지능과 충동성이라는 면에서 다른 두 부류가 각각 존재할 수 있다. 지능이 낮고 충동성이 높은 부류는 동네의 말썽꾼으로 십대 무렵부터 경찰서를 들락거렸을 가능성이 크다. 이들은 교훈도 얻지 못하고 본격적인 처벌을 유예 받는 십대를 그냥 넘겨버린다. 군대나 첫 직장에서 본격적인 첫 사고를 치고 이후의 삶도 별다르지 않게 살아간다.

지능이 높고 충동성도 높은 부류는 교훈을 얻진 않지만, 처벌은 받기 싫기에 교묘하게 들키지 않는 선에서 충동을 해소하게 된다. 이들은 자신을 매력적으로 포장하는 법을 금방 배워서 남을 기만하고 이에 속은 사람들을 대상으로 자신의 욕망을 해소한다.

이런 이들을 '정장을 입은 뱀(snake in suit)'이라고 부르기도 한다. 영국 드라마 〈셜록〉에서 모리아티(앤드루 스콧)가 대표적인 캐릭터이며, 정치인이나 대기업 총수, 유명 연예인 중 성범죄나 경제범죄, 마약범죄에 연루된 사람들이 이런 부류라고 하겠다.

자신의 욕망만을 채우려는 쾌락 범죄

'세 모녀 살해범' 김태현(당시 25세, 남)은 일면식만 있던 피해자를 스토킹한 끝에 피해자와 그의 자매, 모친까지 모두 살해한 혐의로 구속기소 되었다. 자신이 피해자에게 관심을 보였지만 응답받지 못했다는 이유로 호감을 증오로 바꾸어 피해자를 스토킹했다. 그의 혐의는 살인, 절도, 특수주거침입, 정보통신망 침해, 경범죄 처벌법 위반죄 등 5개에 이른다. 그는 피해자가 출근하지 않는 날을 파악한 뒤, 그 전날 주거지에 침입하여 살해하기로 마음먹고 범행 당일 마트에서 범행 도구를 훔쳤다. 범행 도구를 돈 주고 사는 것이 꺼림칙해 훔쳤다는 이유였으며, 이후 인터넷에서 '경동맥'과 같은 급소를 검색했다고 진술했다. 이후 김 씨는 퀵서비스 배달원을 가장하여 피해자 주거지에 찾아갔다. 피해자의 퇴근 시간이 늦다는 것을 알고 있었기 때문에 미리 침입하여 범행을 준비할 심산이었다.

"집에 남자가 있어도 범행했을 것이다. 그때는 그 정도로 배신감과 상처가 컸으며, 시간이 갈수록 응어리가 지고 화가 커져 범행했다"라는 게 범행 동기였다. 김 씨는 초기 진술에서는 "(피해자뿐 아니라) 가족들을 살해할 생각이 있었다"고 진술했다가, "우발적 범죄였다"라고 말을 바꿨다. 피해자의 동생을 먼저 살해하고 나자 "이제 벗어날 수 없고 잡힐 것이라는 생각이 들어 계속 범행을 저지를 수밖에 없었다"는 이유였다. 피해자의 동생과 모친을 살해하고 집에 머물던 김 씨는 피해자가 퇴근해 들어오자 몸싸움을 벌여 칼로 협박해 휴대전화를 빼앗았고, 다시 몸싸움을 벌여 피해자가 칼을 빼앗아 가자 다시 빼앗아 결국 살해했다.

이후에도 계속 피해자 주거지에 머물며 자살을 시도했으나 심각한 자해는 하지 않았다. 그는 사건의 두 번째 공판에서 왼팔에 낸 자해 흔적을 재판관들에게 보여주기도 했다. 전반적으로 어떠한 반성이나 후회도 보이지 않는 언행이다. 오히려 그는 자신의 범행과 그로 인한 세간의 관심을 두려워하지 않고 신경 쓰고 즐기는 듯 보인다. 포토라인에 세웠을 때 김 씨 스스로 마스크를 벗고 무릎을 꿇은 행위도 매우 자기중심적이며 과시적인 행동이었다.

그의 살인은 자신만의 법칙을 따르지 않은 피해자에게 멋대로 죽음이라는 단죄를 내린 것이다. 실행에 대해 자세히 계획한 것에서 판타지가 개입되어 있으며, 복수는 반드시 이루어져야 한다는 그의 욕망을 채우려는 쾌락 범죄였다고 할 수 있다. 미디어가 앞다

튀 그에게 살인의 이유를 묻고 반성하냐고 힐난할 때도 그는 죄책감이나 두려움을 느끼지 않고 그 순간을 즐겼을 것으로 추정된다.

반사회성 성격과 관련된 키워드

#whynot? #왜안되는데? #주먹이곧법이다

#내가그렇다면그런줄알아 #반성그거쫄보나하는거야

#왜울어뭐가무서운지모르겠는데

히스테리성 성격, 애정을 갈망하는 '프로 관종러'

화려한 조명 아래 무대 위 나의 목소리와 몸짓을 경이롭게 바라보는 사람들. 무대 위에서 사람들의 찬사와 박수를 듣는 일은 황홀하기까지 하다. 그러나 공연은 정해진 시간에 끝나기 마련이고, 무대 위에서 자신을 뽐내던 사람도 조명이 꺼지면 무대 아래로 내려와 인파 속에 섞여 일상을 보낸다. 그러나 일상에서도 가상의 무대와 조명을 만들어, 타인의 관심을 유도하는 성격의 인물이 있다. 바로 히스테리성(histrionic) 성격, 연극성 성격으로도 불리는 유형이다.

그들은 항상 자신이 주목받기 위해 노력하며, 그 표현 양상은 마치 1시간 동안 무대 위에서 희로애락을 보여주는 연극배우와 같이 극적인 효과를 낸다. 자신의 은밀한 신체 부위를 SNS에 올릴 수도 있고, 자해 소동을 벌이기도 하고, 성적으로 매우 개방적인 태도를 보이는 등의 모습으로 드러나기도 한다. 타인의 관심을 중요하게 여기면서 '보이는 나', '표현되는 나'에 신경을 쓰기 때문에 그들의 가족이나 친구, 동료 등의 주변 사람들은 피로감을 느낀다.

히스테리성(연극성) 성격의 인물을 통해 이야기를 전개해나가는 것은 극적인 효과를 주기에 충분하다. 그들이 타인의 관심을 쉽게 얻어내기 위해 하는 행동 이면에 그들의 내면은 점점 공허해가고, 관계 내에서 신뢰를 쌓기 위해 노력하지 않기 때문에 관계의 충족감은 느끼기 어렵다. 이야기에서 히스테리성 인물의 욕망, 좌절과 고통은 독자와 관객에게 '나는 어떤 사람인가'하는 정체성에 대한 성찰을 촉구한다.

타인의 관심과 애정을 받기 위해 노력한다

관종. 타인의 애정과 관심을 끌기 위한 노력. 화려한 치장과 유혹적인 언행. 때로는 이러한 언행과 감정 표현이 지나쳐 '연극적'인 느낌을 준다. 그래서 이 유형을 '연극성 성격'과 '히스테리성 성격'으로 지칭한다. 정도가 가벼울 때는 매력적으로 보일 수 있으며 행동이 경박하다는 평가 정도지만, 심각해지면 과장되고 불안정한 정서 표현과 지나친 극적 행동을 보인다.

영화 〈바람과 함께 사라지다〉의 스칼렛 오하라(비비안 리)는 남자들의 주목을 받기 위해 안 하는 일이 없다. 남자들을 유혹하고 차버리기를 반복하지만 진정한 사랑을 하지 못하고 관심과 사랑을 찾아 떠돈다. 영화 〈시카고〉의 록시 하트(르네 젤위거)는 자신을 사랑해주는 남편마저도 욕망의 수단으로 이용한다. 록시는 자신을 무대에 올려준다는 남자와 불륜을 저지르게 되고, 이후 그 남자가 자신을 속였다는 사실에 분노하며 총으로 쏴 죽인다. 자신이 저지른 살인죄를 남편에게 덮어씌우려 시도했지만 실패해 감옥에 들어가게 된다. 거기에서 끝난 것이 아니라, 감옥에 들어가서는 변호사 빌리(리차드 기어)와 함께 무죄를 받기 위해 아름다운 피해자를 연기한다. 또한 남편의 아이를 임신했다며 사람들의 동정을 끌어내지만, 이것은 모두 계산된 연극일 뿐이다.

히스테리성(연극성) 성격은 문화에 따라 정서를 표현하는 방식, 대인관계 행동 양상, 성별에 따라 허용하는 표현 양식 등이 다르다. 히스테리성 성격장애의 경우, 성별 구분 없이 발생한다는 연구 결과에도 불구하고 여성에게 빈번하게 진단되는 경향이 있어, 잠재적 편견이 작용하게 될 우려가 있다.[11] 주요우울장애(우울증), 경계선 성격장애, 반사회성 성격장애, 의존성 성격장애와 공존할 확률이 높다.

행동 특성

이 유형의 인물은 다른 사람의 관심을 끌기 위해 끊임없이 노력하기 때문에 처음에는 매력적이고 유혹적으로 보인다. 그러나 관계를 안정적으로 지속하기 위한 신뢰, 인내, 헌신에 대해선 크게 관심을 기울이지 않는다. 때에 따라서 멀어져 간 사람들의 관심을 다시 얻기 위해 '연기'를 할 순 있겠지만, 특정 대상에게 원하는 관심을 얻은 뒤엔 행동을 철수하고 또 다른 이들에게 관심을 얻기 위해 노력한다.

이들이 성적으로 적극적이고 난잡한 데에는 성적 시도와 행동이야말로 손쉽게 타인의 관심을 얻을 수 있기 때문이다. 그러나 이는 관심을 얻기 위한 시도로, 성적 행동 그 자체에는 별로 흥미를 느끼지 못하기도 한다.

감정과 사고를 쉽게 표현하는 능력이 있다. 자극 추구 성향이 높아 충동적인 행동을 한다. 타인의 애정과 관심을 갈망하여 이를 얻을 수만 있다면 거짓도 서슴지 않는다. 관계가 지속될수록 끊임없는 인정을 요구하기 때문에 상대방이 부담을 느낀다. 관심 받는다고 느끼지 못하면 우울해하고 불안해한다.

감정 기복이 심한데 누군가 보는 사람이 있을 때 더 그렇다. 화려한 차림이나 과장된 행동, 사소한 자극에 대한 지나친 반응, 극단적인 비이성적 감정 표현, 때에 따라선 과도한 비난이나 고통을 호소하는데, 이는 모두 다른 사람의 관심을 끌기 위한 것이다.

무의식적 행동과 욕구

타인의 관심과 사랑을 받고 싶은 강렬한 욕구가 있다. 하지만 그렇게 시작된 관계는 매우 피상적이며 곧 새로운 사랑을 찾아 떠난다.

이들은 자신의 과장되고 연극적인 모습과 실제 자신 사이의 괴리를 깨닫지 못해 의미 있고 충실한 삶을 살기 어렵다.

왜 히스테리성 성격이 되는가?

어머니의 사랑을 받지 못하고

오이디푸스 콤플렉스와 관련하여 설명된다. 남근기(4~6세)가 되면 아이들은 이성 부모를 이성적 사랑의 대상으로 바라보게 되는데, 이때 이성 부모와 동성 부모의 관계에서 나타나는 복잡한 심리적 작용을 '오이디푸스 콤플렉스'라고 한다. 이를테면, 남자아이는 엄마를 사랑하고 아빠에게 질투심과 공포를 느낀다. 아빠에 대한 이러한 감정들을 해결하기 위해 '동일시'라는 방어기제를 사용하여 아빠의 사회적 역할(성 역할 포함)을 받아들이게 된다. 여기서 가족의 형태 및 관계에 따라 여러 형태의 상호작용이 나타나는데, 이들이 향후 아이들의 이성 관계에 영향을 미친다.

여성 히스테리성 성격장애 환자일 경우, 남근기 시기 어머니의 사랑을 받지 못하면 대신 아버지의 사랑을 받고자 과도한 애교(교태)를 부리게 되고 아버지의 긍정적 반응을 얻으면 이러한 행위 양식이 성격으로 고착되는 것이다.

아버지의 사랑을 추구하는 과장된 행동

남녀 모두 어머니의 사랑을 받지 못한 것이 원인이 되어 아버지(또는 아버지의 대체자)의 사랑을 추구하는 성격으로 발전한다. 아버지가 처벌은 거의 하지 않고 아이의 과장된 행동에 긍정적으로만 반응하는 경우, 이것이 강화 효과를 일으켜 개인의 고유한 행동 양식이 된다.

이들이 과장된 행동으로 이성을 유혹하는 이유는 사실 어머니의 따뜻한 관심과 보살핌에 대한 결핍에서 비롯되기 때문에, 이성이 실제로 관심을 보이거나 관계가 깊어지면 당황하거나 회피하는 모습을 보인다.

히스테리성 성격이 병이 될 때

연애나 성적 관계에서 감정적 친밀감을 이루기 어렵기 때문에 심한 경우 피상적인 이성 관계만 반복하다가 공허한 삶을 살게 될 수 있다. 동성 친구와의 관계가 자주 악화하고, 항상 자신이 관심의 중심에 있으려 하는데 그렇지 못할 때 우울해하거나 화를 낸다.

지속적인 관심을 주었던 연인과의 이별은 그동안 연인에게 자신이 어떻게 했는지와는 상관없이 이들에게 엄청난 상실감으로 다가온다. 떠나간 연인을 잡기 위해 극단적인 선택, 자해나 자살 시도를 할 수도 있지만, 대개 죽음 그 자체를 목표로 하지 않기 때문에 실제 행동보다 더 요란하게 표현할 가능성이 크다. 그렇다고 이들의 행동 결과가 언제나 위험하지 않다고 단정 짓기는 어렵다.

자신의 심리적 갈등을 성찰하지 않고 병리적 행동을 지속하면, 피상적인 관계를 맺거나 관계의 악화가 반복되면서 신체 증상으로 나타나기도 한다. 이를 '신체화'라고도 하고 '전환 신경증', '전환 히스테리'라고도 부른다. 신체적으로 아무 이상이 없으나 고통을 느끼며, 타인의 관심을 유도하기 위해 무의식적으로 그러한 증후를 사용하기도 한다.

히스테리성 성격의 캐릭터 설정하기: 사랑을 갈구하되 거부당하는 것에 대한 두려움

부모와의 관계, 양육

어머니의 부족한 사랑이 필수. 어머니가 계시지 않거나 직업이나 우울 등의 정신적 문제로 자녀에게 충분한 사랑을 주지 못할 개연성을 만든다. 아버지는 자식을 사랑하지만, 표현에 서툴거나 자녀의 부적절한 행동에 적시에 대응하지 못하는 성격일 가능성이 매우 크다.

아버지 또한 관심과 사랑을 주지 않으면 어렸을 때부터 아버지를 대체할 사람(아버지와 연배가 비슷한 남성)에게 아버지와의 관계를 모사하는 관계를 형성하려 한다거나, 실제로 나이든 남성을 유혹할 수 있다.

취약 상황, 갈등 요인

늘 자신에게 관심을 가지고 사랑해주는 사람을 필요로 하며 거부 당하는 것에 대한 두려움이 크다. 자신의 유혹이 잘 먹히지 않거나 유혹한 상대가 먼저 떠나는 등의 행동을 하면 심리적으로 매우 불안정해진다.

영화 〈셰임〉에서 주인공 브랜든 설리번(마이클 패스벤더)의 여동생 씨씨(캐리 멀리건)는 깊은 관계를 기피하는 오빠와는 다르게 관계에 몰입한다. 영화에서 남매들 간의 짧은 대화를 통해 어릴 적 부모에게 적절한 양육을 받지 못했고, 부모와의 경험으로 인해 브랜든은 관계 형성에 어려움을, 씨씨는 과도하게 친밀감을 추구하게 됐음을 암시한다. 씨씨는 헤어지자는 남자 친구에게 매달리다가도 무대 위의 자신에게 반한 오빠의 유부남 상사와 즉흥적으로 성관계를 맺기도 한다. 그 외에도 오빠에게 자신이 외로우니 안아달라며 교태를 부리며 과한 신체 접촉을 하기도 한다. 이에 브랜든은 굳은 표정으로 동생의 행동을 견딜 뿐이다. 영화 후반에는 둘이 심하게 말다툼하는데, 브랜든은 홧김에 나갔다가 다시 집에 들어왔을 때 욕조에서 손목을 그은 채 피를 흘리며 쓰러진 씨씨를 발견한다. 다행히 병원에서 치료 후 씨씨는 다시 의식을 회복한다.

〈셰임〉에서 씨씨는 히스테리성(연극성) 성격과 함께 의존성 성격의 특징을 함께 보인다. 혼자서는 아무것도 못 할 것처럼 주변 사람에게 의지하면서, 동시에 관심을 얻기 위해 외모를 꾸미고 교태를 부리다가 과도하게 고통을 호소한다. 씨씨의 과장된 감정 표현, 부적절한 성적 유혹, 피상적 대인관계 양상, 끊임없이 애정을 갈구하는 모습은 히스테리성(연극성) 성격의 인물을 잘 나타내고 있다. 이 영화는 뉴욕이라는 거대한 도시에 사는 브랜든과 씨씨, 두 남매를 통해 겉으로 보여지는 단정하고 화려함과 대비되게 내면의 공허함으로 괴로워하는 현대인의 문제를 잘 그렸다.

주목받는 것, 내 주장이 남들에게 영향을 미치는 것은 히스테리성(연극성) 성격의 사람에겐 참을 수 없는 보상이다. 유명해질 수만 있다면 악플러인들 뭐가 나쁘랴? 이들에게 인터넷상의 악명은 유명하지 못한 것보다 훨씬 가치 있다. 트위터 등에서 유명한 '트롤러', '악플러'들은 자신이 비판하거나 비난하는 사람들이 정말 미워서라기보다는 그런 그들을 공격하며 사람들로부터 관심 받는 자신에게 심취해 트롤링(trolling, 원래는 게임 내에서 사용한 표현이었으나 현재는 인터넷 공간에서 타인을 위협하는 행위를 뜻하며, 악플 또한 트롤링에 해당한다)을 멈추지 못한다. 이들은 자신의 글을 리트윗하던 사람들이 돌아서면 이번엔 그들을 욕한다. 이들은 일관되지 않은 태도에 대해 부끄러워하지 않으며, 무엇보다 사람들의 관심을 끄는 것을 중시한다.

만화 〈피치걸〉의 악녀 카시와기 사에는 전형적인 히스테리성(연극성) 성격장애 캐릭터로, 주인공인 아다치 모모가 하는 일마다 어깃장을 놓는다. 그녀의 모모 따라 하기, 모모 연애 방해하기, 남자 친구와 이간질 놓기는 일본 만화 역사상에도 유명할 정도이다. 그녀가 이렇게 행동한 이유가 마땅하지 않아서 독자는 더욱 모모의 처지에 감정이입하고 사에를 미워할 수 있었다. 이후 작가는 외전인 〈피치걸 리버스〉에서 카시와기 사에의 시점으로 이야기를 진행하며, 사에가 왜 악녀가 되었는지를 독자에게 보여준다. 그녀는 어릴 적 부모가 의도적으로 언니, 오빠를 편애했기 때문에 사랑에 목마른 소녀였다. 그래서 다른 사람의 마음을 이용하면서도 사랑을 갈구하는 이중적인 모습을 갖게 된 것이었다. 결국 사에는 유일하게 자신을 도운 소꿉친구와 모모, 그리고 남자 친구의 도움으로 겨우 진정한 우정과 사랑을 깨닫고 구원받는다.

영화 〈오펀: 천사의 비밀〉의 주인공인 에스터(이사벨 퍼만)는 착하고 영리한 아이 역할을 하며 양부모의 호의를 얻어 입양된다. 이후 양부모 콜먼의 집안을 장악하는데, 알고 보니 아이가 아니라 뇌하수체 문제로 제대로 발육하지 못한 성인이었다. 에스터는 몇 차례 아이로 행세하며 입양 간 가정의 아버지를 유혹하려다 실패하면 그들을 죽인 살인마였다.

특정 상황에서의 행동

범죄: 제대로 물 만난 무대, SNS

영화 〈원초적 본능〉의 캐서린 트라멜(샤론 스톤)은 스릴러 작가로, 남성들을 유혹하고 죽여버린다. 이를 조사하는 형사마저 유혹해 관계를 맺는다. 고전적인 히스테리성 캐릭터는 흔히 '팜므 파탈(femme fatale)'로, 너무나 매력적이지만 불안정하고 위험해서 자신과 상대를 모두 파멸로 몰고 가는 마성적 인물이다. 하지만 〈원초적 본능〉의 캐서린과 같은 캐릭터는 이제 너무 올드해, 독자도 이런 캐릭터를 만나면 '클리셰'로 여기고 평가절하할지 모른다.

현대의 히스테리성 성격의 사람들은 좀 더 나은 무대를 찾아 떠났는데 그곳이 바로 인터넷, 특히 SNS 계정이다. SNS 계정은 시공간을 초월해 더 연극적인 장치로 자신을 꾸며서 편집하여 내보일 수 있는 곳이 되었다. 피드백은 즉각적이며 파급력도 전 세계적이다. 유튜버들은 구독자 수를 늘리고 '좋아요'를 받기 위해서라면 못 할 일이 없다.

본격적으로 무대에 올라 히스테릭한 공연을 펼치진 못하더라도 히스테릭한 스타의 열성 팬이 되거나, 댓글, DM(개인 메시지) 등으로 스타의 일부분을 전유하려는 사람들에게도 SNS는 좋은 장소가 된다. 인터넷의 히스테리성 성격의 사람들은 유명인들의 뒷얘기를 열심히 떠벌이거나, 정치적 음모론을 파헤치겠다며 후원 계좌로 돈을 모아들인다. 또한 자기 게시물이나 팔로워가 일정 히트를 넘어서면 '○○을 하겠다'는 자극적인 공약을 걸고 그 과정 자체를 모두의 흥미진진한 가십거리로 삼곤 한다. 사람들의 관심을 얻기 위해서라면 이들이 못할 것은 없다.

히스테리성(연극성) 성격과 관련된 키워드

#쇼는계속된다 #구독좋아요알림설정 #빨간구두 #나만바라봐

자기애성 성격,
자기중심적이고 오만한 '사이코'

자기애성(narcissistic) 성격의 인물은 자신을 객관적으로 바라보지 못하며, 스스로는 물론 다른 사람 또한 자신을 유능하고 멋있게 바라봐주길 바라는 유형이다. 그러나 이러한 욕구는 번번이 좌절되기 마련이다. 충분한 시간과 물리적 노력을 기울여 이상화된 자기 모습을 실현하는 것이 아니라, 그저 허상으로 자신을 이상화하고 있기 때문이다. 자기애성 성격 인물의 주변에 있는 사람들은 모든 공은 자신에게 돌리고, 실패는 타인에게 돌리면서 감정적, 행동적 배려가 부족한 그와 거리를 두려고 한다. 따라서 자기애성 성격의 인물은 자신의 의도와 다르게 사회적 관계 내에서 고립될 때가 많다. 이를 정확하게 인식하는 것이 자신의 긍정적인 상을 무너뜨리기 때문에 이 또한 시도하지 않는다.

그러나 많은 작품에서 자기애성 성격의 인물을 다룰 때, 외적으로 충분히 매력적이고 한 분야에서 뛰어난 성공을 이룬 인물을 그린다. 이는 독자나 관객에게 자기애성 성격 인물의 설정을 받아들이기 쉽게 하고, 인물의 매력 이면에 있는 그렇지 않은 부분을 더 효과적으로 드러내기 위해서다. 또한 성격적 결함에서 벗어나 내면적 성장이 가능한 것 역시 반성적 태도와 자신을 객관화할 때부터다. 창작자는 자기애성 성격 인물을 그릴 때, 이야기 전개에 따라 인물에 대한 정보와 바라보는 시각을 어떻게 제시할 것인지 결정해야 한다. 많은 작품에서 자기애성 성격 인물을 겉보기에 매력적으로 다루었으니, 다르게 접근하는 것도 차별화된 작품을 만들어갈 수 있을 것이다.

자기중심적이고 공감 능력이 부족하다

왕자병, 공주병. 재수 없음. '자기애'를 의미하는 나르시시즘(narcissism)은 연못에 비친 자신을 사랑하여 결국 물에 빠져 죽고 말았다는 나르키소스 이야기에서 유래하였다. 자기애는 자존감의 바탕이 되고 사람들은 자존감을 지키기 위해 때로 이상한 행동도 하지만, 지나친 자기애는 병이다.

자신을 객관적 사실이나 남들의 평가보다 현저하게 과대평가한다. 자신이 주변 사람들과는 다른 특별한 존재라는 생각이 깔려 있어, 매우 거만한 모습을 보인다. 자기중심적이고 공감 능력이 부족하여 일방적으로 행동하기 때문에 주변 사람들과 다투거나 사람들이 그를 피한다. 그러면서도 타인의 부정적 피드백에 쉽게 상처받고, 긍정적 자아상을 유지하기 위해 망각이나 무시 등 빠르고 쉬운 방법을 선택한다.

50~75%가 남자이고 사춘기에 흔하지만(중2병), 반드시 성격장애로 발전하지는 않는다. 자기애성 성격장애는 경계선 성격장애와 함께 많이 나타나며, 반사회성 성격장애를 동시에 갖고 있는 경우엔 희대의 사이코 범죄를 저지를 수 있다.

영화 〈악마는 프라다를 입는다〉에서 패션 잡지 〈런웨이〉의 편집장 미란다 프리슬리(메릴 스트립)는 패션 업계에서 뛰어난 업적을 남기고 있는 인물이다. 이 인물은 자기애성 성격에 더해 강박성 성격 특성을 가진 인물로, 다른 사람이라면 모르고 넘어가는 아주 사소한 부분까지도 신경 쓴다. 일에서는 A부터 Z까지 완벽을 추구하며 항상 뛰어난 성과를 남기는 인물이다. 그러나 이러한 까다로움은 자신과 일하는 사람들에 대한 태도에도 이어져, 비서로 일하게 된 앤드리아(앤 해서웨이)에게 혹독하게 대한다. 처음에는 여러 시행착오를 하던 앤드리아는 까다롭고 타인에게 박한 평가를 하는 미란다에게 인정받을 정도로, 미란다의 비서로서 일을 완벽하게 해낸다. 그러나 비서의 업무를 수행하다 우연히 사적으로는 불행한 미란다의 모습을 목격하며, 미란다의 화려한 성공 이면의 어둠에 대해 알게 된다. 영화 마지막에 앤드리아는 제2의 미란다가 되길 포기하고 화려하진 않지만 소소한 즐거움이 있는 삶으로 돌아간다.

행동 특성

자신이 세상의 법칙 위에 있다는 믿음이 이들의 동기다. 지나치게 자만에 차 있고 자기중심적이며 오만하다. 일상의 규칙들을 비웃고 타인의 권리를 무시한다. 타인과의 관계는 자신의 우월감을 확인하기 위한 수단이다. 극단적인 경우에는 과대망상으로 발전할 수 있다.

자신의 가치와 능력을 과장하고 실패를 합리화하며, 자기 행동을 정당화하기 위해 끊임없이 노력한다. 자존감에 상처를 입으면 수치심과 우울을 경험하기도 하지만, 자기합리화를 통해 금방 해결해 버린다. 그러나 자기애성 성격이 반사회적 성향이 높은 경우 자신의 가치를 손상한 사람에게 분노하며 중범죄를 일으키는 범죄자가 될 수 있다.

영화 〈아메리칸 사이코〉의 패트릭 베이트만(크리스찬 베일)은 반사회성과 자기애성 성격이 결합한 인물로, 미국 상류층에 부유한 삶을 누리는 여피족이다. 회사에 출근하는 장면이 빈번하게 나오지만, 실무를 수행하는 장면은 없고 비서에게 레스토랑 예약이나 친구에게 전화하는 일만 시킬 뿐이다. 매일 아침 운동과 팩을 거르지 않고 외모를 가꾸기 위한 관리를 한다. 레스토랑 직원에게 친절하고 사회문제에 관심이 많지만, 그런 척만 할 뿐이고 실제로는 전혀 관심이 없다.

또한 남들이 보지 않는 상황에서 약자에 대한 험한 말과 행동을 서슴지 않는다.

패트릭 베이트만은 물질만능주의가 만든 괴물처럼 나오는데, 가장 인상적인 건 친구들과 누구 명함이 더 잘 된 디자인인지 자존심 대결하는 장면이다. 사람들에게 중요하지 않은 문제, 즉 작은 명함에 금테를 둘렀는지, 인쇄 품질과 종이의 감촉을 따지며 치열하게 평가하다가 자신보다 잘난 명함을 가진 친구를 뒤따라가 살해하려고 시도하는 장면은 우습기까지 하다. 이 외에도 〈아메리칸 사이코〉에서는 패트릭 베이트만이 아침마다 자신에게 심취하는 모습과 작은 일에도 쉽게 자존심이 상해 살해를 일삼는 모습을 통해 자기애성 성격의 인물을 잘 표현하고 있다.

무의식적 행동과 욕구

자신이 남들보다 우월하다는 확신이 있기에 모든 종류의 실패를 받아들이기 어려워한다. 또한 변명과 핑계가 많고 자신의 실패를 아름다운 언어로 미화하는 한편, 남들에게 따돌림을 당하는 것조차 '나를 받아들이기에는 너희들 수준이 너무 낮다'는 식으로 정당화해 버린다.

영화 〈아이언맨〉의 토니 스타크(로버트 다우니 주니어)는 어릴 적 부모의 죽음을 경험하고 홀로 막대한 자본과 함께 성장한 인물이다. 〈아이언맨〉의 토니 스타크와 〈아메리칸 사이코〉의 패트릭 베이트만 둘다 부유한 상류층이라는 점과 나르시시즘에 취하는 모습은 비슷하다. 그러나 결정적으로 다른 점은 토니 스타크는 자신의 안전망이었던 부모를 잃었던 상처를 극복하고 싶어한다는 점이다. 또한 그 극복을 사회적 환경의 변화, 기술의 발전으로까지 확장했다. 반면 패트릭 베이트만은 자신에게만 시선이 머물렀다는 점이 다르다. 토니 스타크는 자신이 가지고 있는 거대한 자아상을 현실적으로도 이루려 노력하는 반면에 패트릭 베이트만은 타인을 제거하는 것으로 손쉽게 이루려고 했다. 〈아이언맨〉과 〈아메리칸 사이코〉는 비슷한 배경을 가진 자기애성 성격의 인물이 영웅이 되는 과정과 살인마가 되는 과정을 보여준다.

왜 자기애성 성격이 되는가?

부모의 지나친 애정

정신역동이론에 따르면, 신생아 시기 아이들은 부모의 무조건적 지지와 보살핌을 자기 능력 때문이라고 착각하는 일차적 자기애를 갖는다. 하지만 성장하면서 대상(부모, 특히 어머니)과 자신을 분리하고 자신을 사랑하는 부모를 사랑하게 되는 대상애(object-love)를 경험한다. 이를 통해 자신이 사랑받을 만한 가치가 있다고 느끼면서 이차적 자기애를 발달시키는데, 이는 타인을 사랑하고 타인으로부터의 사랑을 바탕으로 자기 가치감을 느끼는 성숙한 자기애다.

자기애성 성격장애는 성숙하지 못한 일차원적인 자기애의 형태로 드러나며, 자녀의 성장에는 관심을 기울이지 않고 자녀의 욕구를 뭐든지 바로 이루어주는 부모의 지나친 애정이 자신에 대한 과대한 이미지로 이어질 수 있다.

자기애 뒤에 숨은 취약한 자존감

한편, 정신분석학자이며 자기 심리학(self psychology)을 구축한 하인츠 코헛은 자기애의 이면에 취약한 자존감이 있다고 보았다. 코헛은 부모의 정서적 냉정함과 성취에 대한 지나친 강조가 자기애성 성격의 원인이라고 주장한다. 애정에 목마른 아이는 부모의 사랑을 얻기 위해 성취에 매달리게 된다. 또한 뭔가를 이룰 때마다 부모의 인정을 받으면서 결국 자신의 가치는 남들보다 우월한 능력에 있다고 믿는다.

보통 로맨스 코미디 소설이나 드라마에서 남자 주인공이 자기애성 성격의 인물인 경우가 많다. 외모부터 재력, 모든 것을 가졌으나 여자 주인공만을 가지지 못해 안달이다. 현실에서 보기 힘든 '유니콘' 같은 남자 주인공과 여자 주인공의 갈등–결합을 유쾌하게 그리기 위해서 유아적인 자기애성 성격의 특성을 활용한다. 자기만을 사랑하던 남자 주인공이 여자 주인공을 만나 의식적 확장을 통해, 자신이 가진 재력을 타인과 사회에 선한 영향력을 미치는 인물로 성장하는 것이다.

자기애성 성격이 병이 될 때

자기애성 성격장애의 사람들은 특유의 오만함으로 대인관계에 어려움을 갖는다. 〈악마는 프라다를 입는다〉의 미란다 프리슬리처럼 실력 있고 사회적 지위가 있으면 대인관계쯤이야 문제 될 것도 없지만, 실력이나 지위가 뒷받침되지 않는 자기애는 왕자병(공주병) 걸린 찌질이에 불과하다. 그런 종류의 인간을 참아줄 인내심 많은 친구는 없다. 자신의 우월감을 확인하기 위해 대인관계가 중요한 이들에게 고립은 견디기 힘든 경험이다.

자존감이 무너지면 보통 합리화를 통해 해결하지만, 도저히 합리화가 안 될 상황이면 깊은 우울증이나 분노에 빠질 수 있다.

자기애성 성격의 캐릭터 설정하기: 타인을 무시하고 능력 없는 사람을 경멸한다

부모와의 관계, 양육

자녀를 너무나 사랑하여 어렸을 때부터 자녀가 원하는 것은 모두 갖게 해준 경우, 아이들은 그것을 자기 능력이라고 착각하고 성장한다. 말 그대로 세상 물정 모르는 왕자, 공주 스타일. 그러나 세상 사람들은 엄마 아빠가 아니고 나는 왕자(공주)가 아니다. 그런 현실을 만나면 좌절하고 우울증에 빠지기도 한다.

또는 애정 없고 냉담하지만, 자녀의 성취에는 대단히 민감한 부모에게 양육된 경우. 코헛의 설명대로 부모의 사랑을 얻기 위해 성취와 능력에 집착하다가 자기애성 성격이 형성된다. 타인을 무시하고 특히 능력 없는 이들을 경멸한다. 자신의 욕구 충족을 위해 타인을 이용하는 착취적인 모습이 나타나는 유형이다. 드라마 〈SKY캐슬〉이나 〈펜트하우스〉의 부모와 자녀들처럼.

> 인기리에 방영한 드라마 〈SKY캐슬〉과 〈펜트하우스〉에서는 공통으로 문제의 부모들과 그 부모에게 영향을 받아 괴로워하는 아이들이 등장한다. 부모는 자녀들이 다른 아이들을 밟아서라도 우위에 서길 바란다. 부모의 왜곡된 욕망을 그대로 받아들여 실현하려는 자녀들은 내면이 뒤틀리며, 결과적으로 타인뿐 아니라 자신 또한 파괴해간다.

취약 상황, 갈등 요인

자기 능력 또는 가치를 위협하는 일이 발생할 때 취약해진다. 또는 그런 상황을 만드는 사람과 갈등을 빚는다. 자기애성 성격 인물의 '자기애'에 대한 객관적 근거가 빈약할수록 사소한 일에도 자신의 가치를 위협당한다고 생각해, 과도하게 방어하거나 상대를 공격하려 한다. 사람들이 자신을 이상적인 인물로 고평가하길 바라지만, 그에 대한 노력을 뒷받침하지 않을 때 사람들과의 갈등이 끊이질 않는다.

팀원들과 함께 노력해 프로젝트를 성공적으로 마무리했을 경우, 모든 공을 자신에게로 돌린다. 또한 함께 일한 팀원들에 대해서는 저평가하는 것을 반복하기 때문에 사회적 평판이 좋을 수 없다. 자신이 가진 것은 당연히 본인의 노력으로 얻은 것이며, 다른 사람들은 자신에게 이롭게 도구화해 활용해야 한다고 생각한다.

만약 누군가 앙심을 품고 자기애성 성격의 인물에게 복수를 준비하고 있다 하더라도, 기본적으로 관심이 타인에게 향해 있지 않기 때문에 사회적 지위가 높으면 높을수록 눈치채기 어려울 수 있다. 몰락한 이후에도 자기 삶을 성찰하는 시간을 갖지 않고 모든 화살을 외부로만 돌린다면, 자기애성 성격적 특질은 더 공고해지고 다른 부적응적인 정신 질환으로 발전할 수 있다.

특정 상황에서의 행동

범죄: 타인을 업신여기며, 자기 가치를 확인한다

우리 일상에서 자기애성 성격의 인물을 찾는 건 너무 쉬운 일이다. 경계선 성격이 위험해 보여서 가까이 하기 싫은 느낌이라면, 자기애성 성격은 재수 없고 민폐라서 가까이 하기 싫은 느낌이다. 중상류층이나 엘리트 중에 자신이 타고난 사회적 계급과 운에 따라 자신이 쥐고 있는 것을 마치 모두 자기 능력에 따라 획득한 것처럼 여기는 사람들이 있다. 이들은 자신들의 이익이 침해받는 것을 불쾌해하며, 자신이 정한 어떤 기준에 맞지 않는 사람들이 사회적 성취를 통해 자신들의 영역에 들어오려고 하면 '공정'을 운운하며 화를 낸다.

이들의 범죄는 사회적 현상에 걸쳐져 있다. 편집성 성격의 사람이 '왜 상품이 규격에 맞지 않냐'며 고객센터에 전화해서 매뉴얼을 따진다면, 자기애성 성격의 사람은 그냥 고객센터에서 일하는 사람들을 깔본다. 서울대에서 일하는 청소 노동자들의 '기강을 잡는다'는 이유로 '정장'을 입고 시험을 치르게 한 모 교직원 같은 사람들처럼 말이다. 그들은 어떤 사람이 두르고 있는 사회적 지위가 그 사람의 가치라고 생각하기 때문에, 그런 자원은 한계가 있어야 하고 당연히 자신은 그 자원을 쥐고 있을 가치가 있는 사람이라고 생각한다. 반사회성 성격의 사람들이 남을 이용하는 것은 범죄임에도 불구하고 교훈을 얻지 못하고, 자신의 행동이 비윤리적이어도 개의치 않는 성격파탄자들이라면, 자기애성 성격의 사람들은 남을 업신여기면서 반대급부로 자신의 가치를 확인하는 비열한 사람들이다. 일부 정치인이나 고위공무원들은 자신이 가진 권력이 국가와 국민으로부터 온 것이 아니라 온전히 자신이 휘두를 수 있는 제 손안의 무기라고 여긴다.

하지만 마음속 깊이 잣대 자체가 비뚤어져 고쳐지지 않는 반사회성 성격의 사람들과는 달리, 자기애성 성격의 사람들은 자신의 이미지를 긍정적으로 유지하고자 하는 욕구가 강하다. 때문에 자기애성 성격의 사람들은 권력을 휘두를 때에도 자신의 자아상이 손상되는지 여부를 우선적으로 여긴다. 만약 반사회성 성격의 인물과 자기애성 성격의 인물이 대립하거나 전략상 협조 관계라면 바로 이 점에서 둘을 서로 구별 짓고 또 재미있게 묘사할 부분이 생길 것이다.

드라마 〈더티 섹시 머니〉는 백만장자 달링 집안에 얽혀 고생하는 변호사 주인공의 이야기인데, 이 집안사람들은 다 미성숙한 자기애성 성격의 사람이라고 할 수 있다. 자기 맘대로 사느라 위법과 합법을 마구 오가는데 이를 어떻게든 봉합하려고 쩔쩔매는 주인공의 고난을 지켜보는 게 전체 줄거리라고 해도 과언이 아니다. 보고 있자면 한국의 재벌 2, 3세들이 신문의 사건·사고란을 장식하는 게 떠오를 지경이다.

자기애성 성격과 관련된 키워드

#mememe #나로말할것같으면

#나는바람피워도넌나만바라봐 #힙찔이

경계선 성격, 충동적이고 불안정한 '자기 파괴자'

치명적인 매력의 소유자. 공허한 내 마음을 한 번에 휘감아 열정에 들뜨게 만드는 그녀를 만났다. 그러나 열정은 그리 오래 가지 않고, 그녀로 인해 내 일상은 점점 무너져간다.

"사랑해, 사랑해줘."

그녀는 끊임없이 나에게 사랑을 확인하고 내가 잠시라도 대답을 주저하기라도 하면, 나에게 폭언과 함께 물건을 집어 던진다. 그녀의 이름은 베티. 그녀에게 세상은 너무 숨 막히는 곳이다.[12]

영화 〈베티블루 37.2〉의 주인공 베티(베아트리스 달)는 매우 충동적이고 감정의 변화가 큰 인물로, 애인이든 이웃이든 누가 조금만 뭐라고 해도 화를 참지 못하고 자해하거나 상대를 위협한다. 영화 후반부에서는 베티가 자신이 임신한 줄 알았다가 후에 상상 임신이었음을 알게 되고 괴로워한다. 그로 인해 공격성이 자신에게 향해 기이한 행동을 일삼다가 결국 자기 눈을 찌르고 정신병원에 입원한다.

경계선(borderline) 성격의 인물이 등장하는 소설과 영화에서는 인간의 성적인 욕망을 잘못된 방식으로 해소하고 관계에 집착하면서(eros), 일상과 관계를 모두 파괴하는(Thanatos) 이야기를 다루고 있다.[13] 경계선 성격의 인물은 신체적으로만 성숙해졌을 뿐, 정신적으로는 미숙한 모습이다. 독자와 관객은 예상을 뛰어넘는 이 인물의 욕망 추구와 파괴적인 모습을 통해 은밀한 스릴감을 느끼게 된다. 한마디로 '매력적인 미치광이'를 표현하기에 적절한 유형이다.

예측 불가능하고, 불안하며 충동적이다

불안정하고 충동적인 감정 및 집착과 파괴적 행동으로 치정극이나 스릴러의 주인공으로 많이 등장하는 성격장애. 75% 정도가 여성이다. 성인기 초기부터 지속적인 불안정성을 보이며 심한 정서적 문제나 자해행위, 섭식장애, 약물중독 등으로 병원을 자주 드나든다.

경계선이란 '신경증과 정신증의 경계'라는 의미로, 정상과 이상의 경계를 뜻하진 않는다. 대체로 신경증은 우울과 불안, 무기력 등의 감정조절 문제를, 정신증은 현실 검증력의 문제(예. 하얀 책상을 소복 입은 귀신이라고 한다)를 동반한다. 경계선 성격장애는 이 두 종류의 증상이 모두 나타난다. 예측 불가능한 다양한 돌출행동과 불안하고 충동적인 감정 표현이 특징이다.

불안정한 자아상으로 자신에 대한 혼란을 느낀다. 혼자 있을 때면 공허함과 우울을 느끼다가도 때로는 과음하거나 약물에 빠지기도 하고, 끝없이 물건을 사거나 상대를 가리지 않고 성관계를 맺기도 한다. 스트레스가 심할 때면 일시적으로 현실 인식에 장애를 보일 수 있다. 충동적으로 자해나 자살을 시도하기도 한다. 경계선 성격이 보이는 다양한 증상 때문에 양극성, 자기애성, 조현형 성격으로 오인되는 경우가 많으며, 그만큼 경계선+양극성, 경계선+자기애성 등의 복합적인 성격으로 발달할 가능성이 크다.

정신분석 학자 오토 컨버그의 경계선 성격 조직(Borderline Personality Organization, BPO)에 따르면[14], 첫 번째는 자기와 타인들에 대한 분명하고 일관된 감각의 결여로 정체성이 혼미한 특징이 있다. 두 번째는 분리를 경험할 때, 자신이 느낀 부정적인 감정을 타인에게 온 것으로 인식하는 투사와 같은 원시적 방어기제를 빈번하게 사용한다. 마지막으로, 취약한 현실 검증력으로 직장과 가정 내에서 어려움을 겪을 가능성이 크다.

심리적으로 기능적인 사람은 자신과 타인에 대해 통합적이고 일관된 시각을 가지고 있지만, 경계선 성격의 인물은 그렇지 못하다. 동일한 대상에 대해서 극단적인 시각(천사-악마, 구세주-쓰레기)을 동시에 가지거나, 시시각각 다른 평가를 한다.

행동 특성

충동적이고 돌발적인 행동. 수면 패턴이 불규칙하며 잠들고 깨어나는 것을 조절하는 데 어려움이 있다. 사람들에게 싸움을 걸거나 사고 유발, 자해, 자살 시도 등 자신과 타인의 생명을 위협하거나, 과도한 도박, 음주, 절도, 성행위 등 자기 파괴적인 행동을 한다.

특히 대인관계 양상에서 격정과 분노가 교차하는 모순되고 혼란스러운 모습을 보인다. 기분이 현저하게 불안정한데, 버려진다는 공포와 상대에 대한 의존 및 집착이 공존한다. 이러한 관계에서 자해나 자살 시도 등이 발생하면 걷잡을 수 없는 연쇄 반응으로 이어지기도 한다.

이들의 극단적 행위 양식은 이분법적 사고라는 인지적 오류의 결과다. 이러한 사고방식은 상대방을 극단적으로 이상화하거나 하루아침에 원수로 만들기도 한다. 또한 상대의 태도를 자신에 대한 수용이 아니면 거부로 해석하거나, 자신의 상태도 천국이 아니면 지옥이라고 받아들인다.

영화 〈처음 만나는 자유〉는 독특하게 경계선 성격의 인물이 화자로 등장해, 관객이 경계선 성격 인물의 생각과 시선을 통해 세상을 바라볼 수 있게 한다. 이게 가능했던 이유는 경계선 성격장애로 진단받아 정신병원에 입원했던 수잔나 케이슨의 수기를 원작으로 만들었기 때문이다. 영화에서 수잔나 케이슨을 연기한 위노나 라이더가 보이는 위태로운 모습에는 나름의 이유가 있었고, 충동성을 억제하지 못해 괴로워하는 모습도 함께 다루고 있다. 그러나 자신보다 더 충동적이고 파괴적이면서 자유롭지만 끝내 병원을 떠나지 못하는 리사(안젤리나 졸리)를 통해 자신을 객관화하게 되면서, 충동성을 조절하며 내면적으로 한 단계 성숙한다. 자신을 괴롭히기만 한다고 생각한 부모를 이해하고 자기 자신과도 화해하는 데에 이른다. 이 영화는 이해하기 힘든 경계선 성격의 인물에 대해 깊게 이해하고, 다소 어렵더라도 인물의 회복과 성숙이 가능하다는 희망적 결말을 볼 수 있다.

영화 〈위험한 정사〉의 알렉스(글렌 클로즈), 그리고 아내와 아이들이 없는 동안 파티에서 만난 여인 알렉스와 하룻밤을 보낸 댄(마이클 더글러스). 댄에 대한 알렉스의 집착과 광기는 결국 파국으로 치닫는다.

영화 〈얼굴 없는 미녀〉에서 과거의 연인을 잊지 못해 정신과 치료를 받던 지수(김혜수)는 의사 석원(김태우)과 의사-환자 관계 이상으로 가까워진다. 석원은 의료 윤리를 위반하면서까지 비이성적으로 지수를 욕망하며, 이 욕망은 끔찍한 결말로 이어진다.

무의식적 행동과 욕구

이들에게는 '버림받지 않으려는' 강한 욕구가 있다. 이는 불안정한 자아상과 관계가 있는데, 자신에 대해 혼란스럽고 확신 없는 인식은 누군가의 인정과 사랑을 요구한다. 그러나 이들의 불안정한 자아상은 건강하고 성숙한 사랑이 아니라 집착과 파괴적 행동을 낳는다.

드라마 〈펜트하우스〉의 천서진(김소연)은 끊임없이 자신이 가지지 못한 것, 잃은 것을 욕망한다. 이는 어린 시절부터 부모님, 특히 아버지에게 인정받고 싶었으나 실패해, 불안정한 자아상을 가지고 성장했기 때문이다. 극 중에서 천서진의 아버지와 어머니는 천서진이 조금만 실수해도 다그치고, 본인뿐 아니라 자녀의 인격 수양에도 별로 관심이 없다. 오로지 성공, 다른 누군가를 밟아서라도 '나'만 성공하면 된다고 생각하고 행동한다. 천서진이 부모에게 인정받기 위해선 수단과 방법을 가리지 않고 겉보기에만 그럴듯하면 가능했다.

천서진은 대학 동기 오윤희(유진)의 애인을 가로채어 결혼했지만, 막상 결혼 생활은 불행하다. 남편에게 집착하면서도 헤라팰리스 펜트하우스의 주단태(엄기준)를 유혹하는 모습은 경계선 성격 인물의 충동성을 잘 보여주고 있다. 드라마가 진행되면서 천서진의 집착은 남편에서 주단태에게로 옮겨가고, (이 모든 것이 천서진만의 잘못은 아니지만) 천서진이 주변 인물과 맺는 관계는 모두 파괴적인 결과로 이어진다.

HBO 드라마 〈왕좌의 게임〉의 원작으로도 유명한 소설 《얼음과 불의 노래》의 세르세이 라니스터는 세력가인 라니스터 가문의 장녀이자, 칠왕국의 왕비로 부족할 것 하나 없어 보이지만, 항상 결핍을 느끼고 자신이 가지지 않은 것을 욕망하는 인물이다. 세르세이는 왕인 남편과 정략결혼으로 맺어진 사이로, 서로를 가까이하지 않으며 다른 연인을 두고 있다. 그래서 세르세이는 남편과의 사이에서 낳은 자식이 없으며, 쌍둥이 남동생인 제이미 라니스터와의 관계에서 낳은 아이가 셋이다. 제이미 라니스터는 뛰어난 검술사지만 누이 세르세이의 욕망을 실현해주는 인물로, 세르세이에게 완벽하게 종속된 것처럼 보인다. 제이미가 세르세이가 원하는 결과를 가져왔을 때는 세르세이가 제이미를 자신의 반쪽으로 여기지만, 그렇지 않았을 때는 저주를 퍼부으며 난장을 친다. 세르세이와 제이미의 관계는 경계선 성격과 의존성 성격의 인물이 서로 깊게 얽혀 어떻게 파국으로 이어지는지 잘 보여주고 있다. 소설에서 이 둘은 무슨 일이 있어도 (국경을 넘어가도, 심지어 다른 사람과 결혼해도) 절대 헤어지지 못하는 관계이며, 죽음으로서만 헤어질 수 있다. 세르세이와 제이미의 관계 양상을 통해 서로를 불행으로 이끌면서도 헤어지지 못하고 끊임없이 불행한 관계 양상을 반복하는 커플에 대해 이해해볼 수 있으며, 한 사람의 내적인 취약함이 어떻게 다른 이의 취약함과 연결되어 시너지(부정적, 긍정적)를 내는지 알 수 있다.

왜 경계선 성격이 되는가?

가족력의 영향

경계선 성격은 가족력의 영향이 크다. 이런 아이의 부모는 우울 및 관련 장애가 있는 경우가 많으며, 특히 충동성 및 정서 조절과 관계있는 세로토닌의 기능 수준이 유의미하게 낮다. 또한, 편도체의 과활성화와 전전두피질 활동의 저하 역시 경계선 성격의 원인으로 꼽힌다.

어머니와의 나쁜 관계

애착 형성 시기 부모(특히 어머니)와의 나쁜 관계가 원인으로 꼽힌다. 안정적인 애착의 조건은 주로 엄마(주양육자)의 신뢰할 수 있는 양육 태도다. 신뢰는 양육자의 책임 있고 일관된 태도로 형성된다. 특히 양육자의 정서적 학대나 혼란스러운 양육 방식, 예를 들면 어떨 때는 더없이 잘해주다가도 갑자기 차갑고 가혹하게 돌변하면 아이에게 불안한 자아상과 정서 반응을 일으키게 된다.

분리는 되었으나 개별화가 이루어지지 않으면

경계선 성격의 불안정한 자아상은 '분리-개별화' 단계의 문제에서 비롯된다. 분리-개별화란 아이가 부모와 자연스럽게 분리되어 독립적인 자아를 형성해 가는 과정이다. 처음에 아이들은 엄마와 자신이 별개의 존재라는 사실을 인식하지 못하지만, 차차 인지와 정서가 발달·분화하면서 독립적인 자아를 발달시킨다.

엄마와의 관계에서 애착과 신뢰가 충분히 구축되었다면 분리 후 독립적이고 건강한 자아로 발달하지만, 그렇지 않은 경우 분리는 되었으나 개별화가 이루어지지 않은 상태로 불안한 자아를 갖게 된다. 자신에 대한 확신이 없으니 의존할 대상을 찾고 다음에는 그에게서 버려질지 모른다는 불안에 시달리는 것이다.

경계선 성격이 병이 될 때

정서적으로 안정되어 있지 못하고 늘 불안하며 관계에 병적으로 집착하는 모습을 보인다. 자기 이미지나 자신에 대한 느낌에 지속적인 불안정성이 있다. 극적으로 자아상이 변화하고 미래의 직업, 성 정체성, 자신과 잘 맞는 친구의 유형이나 가치관이 한순간에 바뀌기도 한다. 일상이 병리적 상태다.

불안정한 자아상과 만성적인 공허감에 충동성이 더해 자신에게 파괴적인 일을 감행하기도 한다. 열심히 노력해 얻은 결과가 눈앞에 있을 때 스스로 그 결과를 뒤엎기도 하고, 도박이나 폭음, 폭식하거나 자해하기도 한다. 반복적인 상황의 악화가 극심한 스트레스로 이어지면 환청과 환각 등을 경험하다가 자살로 종지부를 찍기도 한다.

경계선 성격의 캐릭터 설정하기: 타인으로부터 버림받는 두려움

부모와의 관계, 양육

우울 관련 장애나 정서 조절 문제를 가진 부모. 또는 엄마가 아이에게 안정적인 사랑을 줄 수 없는 여건이 필수적. 부모의 학대는 편집성 성격장애와 반사회성 성격장애의 원인일 수도 있지만, 경계선 성격장애의 경우는 부모의 언어적, 정서적 학대와 관계가 있다. 특히 자녀를 감정 쓰레기통으로 삼는 정서적 학대는 자녀의 자아상 형성에 커다란 악영향을 미친다.

취약 상황, 갈등 요인

경계선 성격의 인물이 스스로 파괴하는 행동을 촉발하는 것은 이별이나 타인으로부터 거절 신호, 책임 있는 일을 맡을 때 등이다. 경계선 성격의 인물들은 이런 사건들로 인해 공통으로 타인으로부터 버림받는 두려움을 일으키게 된다. 따라서 이런 상황이 닥치거나 예상되면 경계선 성격 인물의 사고, 감정, 행동에 심각한 혼란이 발생한다.

특히, 경계선 성격의 인물이 의지하던 이성과 헤어진(버림받은) 후 심각한 우울과 현실 인식 장애로 심리적 어려움을 겪을 수 있다. 또한 일상적인 생활과 역할 수행에 어려움을 겪으며 이로 인한 문제들(생활고, 고립 등)이 이어질 수도 있다. 스트레스 사건으로 인해 증상이 발현되고 악화하는 속도가 빨라서 적극적인 의료적 개입(입원이나 격리 치료 등)이 필요하다.

경계선 성격장애는 규명도 어렵고 개인마다, 시기마다 발현되는 양식이 다르다. 따라서 치료 시 어려움을 겪을 가능성이 크고, 불안정한 자아상과 세상에 대한 인식으로 인해 치료자와의 빈번한 갈등도 예견된다.

특정 상황에서의 행동

범죄: 극단적 분노와 우울을 오가는 롤러코스터

경계선 성격의 사람들은 학교에 늘 존재하는 '아, 그 우울한 애? 근데 좀 미친 애?'의 역할을 맡고 있다. 청소년기엔 누구나 질풍노도의 감정 변화를 겪는다. 그러나 경계선 성격이 있는 청소년의 정서적 역기능은 극단적 분노와 우울 사이를 오가는 롤러코스터와 같다. 이는 그를 불안정하게 만들며 그런 상태가 지속된다는 데서 그들의 청춘에 불길한 그림자를 드리운다. 불안정성이 충동성으로 이어져, 청소년기부터 술이나 담배, 약물에 손을 대기도 한다. 또한 내면의 긴장을 완화하기 위해 몸에 상처를 남기는 등 자해하기도 한다. 나이에 비해 공허함을 깊게 느끼고, 만성적으로 삶을 지루해하고 정체성 확립에도 어려움을 겪는다.

자해를 하는 사람들은 고통을 느끼기 위해 그러는 것이 아니라, 그 후에 느끼는 묘한 안정감과 실재감 때문에 자해한다고 말한다. 그들은 공허함과 불안정함을 잊기 위해 발버둥 치면서 주변에 도움을 요청한다. 이런 부서질 것 같은 경계선 성격의 사람이 보낸 SOS에 응답했던 사람들은 도움을 주어도 나아지지 않고, 되레 더 크고 무거운 마음의 짐을 지우려고 하거나 심지어는 자살하겠다고 위협하는 이들에게서 결국 떠나간다.

사회에서 이들은 '자신을 막 다루는 것으로 남을 위협하는 사람들'이다. 경찰서에 전화를 걸어 자살하겠다고 울부짖으며 자살 소동을 벌이고, 부적절하게 화를 내거나 참지 못해 몸싸움을 하기도 하며, 진상 민원인으로 블랙리스트에 올라 있을 수 있다. 경계선 성격은 대부분 기분장애를 동반한다. 20%는 주요우울장애가 있고, 40% 정도는 양극성 장애가 있으며, 신경성 폭식증도 흔히 갖고 있다.

경계선 성격의 사람이 범죄를 저지르거나 사회적 규범을 어길 때의 키워드는 "살려줘, 도와줘, 꺼져, 하지만 돌아와서 나를 구원해줘"가 될 것이다. 그들이 저지르는 반사회적 행위는 자기 파괴적 행위의 연장이거나 자신이 원하는 사람과 관심을 붙잡기 위해서 깊은 생각 없이 혹은 결말을 뻔히 알면서도 선택한 것일 가능성이 높다. 그 때문에 결국 원했던 것을 모두 잃을지라도. 그들은 결심했다면 자기 자신을 활활 태워 버리는 것도 기꺼이 감수한다.

경계선 성격과 관련된 키워드

#살려줘도와줘나를구해줘 #나는나를파괴할권리가있다

#내가요아무리짐승같은놈이라도요예살권리는있는거아닌가요(올드보이)

3장

불안을 느끼며 두려워한다

'불안 초조' C군 성격 스펙트럼

C군 성격 스펙트럼은 눈에 띄지 않고 적응적으로 보이지만 본인이 힘든 유형. 조용하고 자기 일을 잘하는데 좀 신경 쓰이는 부류의 사람들이다. C군 성격의 특징은 '높은 불안 수준'이다. 이들의 행동은 불안 수준을 낮추기 위한 동기로 이해할 수 있다.

강박성 성격

이 유형 성격의 최대 강점은 완벽주의다. 어떤 일을 해도 철저히, 요구되는 기준보다 훨씬 높게 수행해내고야 만다. 그 기준이 일반적인 기준을 한참 초과하여 다른 이들을 피곤하게 만들겠지만. 초정밀함이 요구되는 첨단 산업이나 안전 관리 분야의 마스터가 될 만하다. 1원 단위까지 맞춰야 하는 재무 회계 쪽에서도 능력을 발휘할 수 있다.

회피성 성격

회피성 성격의 강점은 풍부한 내면세계와 상상력이다. 평가에 대한 불안 때문에 사회적 교류를 회피하는 대신 이들의 정신은 내면을 향한다. 그 결과 남들이 생각하지 못하는 생각, 남들이 하지 못하는 시도 등을 혼자서 한다. 조현성 성격의 상상력이 '제멋에 겨운' 스타일이라면 회피성 성격의 상상력은 '예쁘고 아름다운' 쪽이다. 말 그대로 환상.

의존성 성격

믿음직한 조력자가 되어줄 사람들이다. 의존 욕구만 충족된다면 명예나 돈 등 다른 쪽에 눈을 돌리지 않고 언제까지나 곁에서 나를 도와줄 우군이다. 다만 이들의 희생을 당연히 여기고 이용하려는 사람이 있다면, 이들의 맹목적인 충성(의존, 사랑)은 비극의 씨앗이 될 수 있다.

강박성 성격, 겉과 속이 다른 반전 매력 '완벽주의자'

강박성(obsessive–compulsive) 성격의 인물은 이야기를 이끌어가는 데에 일정한 규칙을 부여할 수 있으므로 작가들의 애정을 듬뿍 받는 유형 중의 하나다. 강박성 성격의 인물은 자신과 자신을 둘러싼 상황을 통제하고자 한다. 그래서 보통 사람들이 인식하지 못할 정도의 작은 변화에도 매우 민감하게 반응한다. 예를 들어, 명탐정 몽크나 셜록 홈스처럼 미스터리나 추리 소설에서 사건을 파헤쳐 가는 주인공이 강박성 성격일 경우가 많다. 우리가 그들의 예민한 시선과 감각으로 세상을 바라보게 된다면 아주 많은 정보를 알아낼 수가 있다.

또한 작가들이 강박성 성격의 인물을 좋아하는 데에는 겉으로 보이는 '괜찮은' 모습 내지는 탁월하기까지 한 모습과는 달리, 내면에는 자신에 대한 혐오와 극도의 불안감을 가지고 있기 때문이다. 인물을 입체적이고 매력적으로 그리기에 강박성 성격을 부여하는 것은 인물 설정 치트키인 셈이다.

확실하거나 완벽하지 않으면 견딜 수 없다

완벽주의자. 통제광. 사소한 규칙에 집착하고 규칙과 절차가 확실하지 않을 때 견디지 못한다. 이성과 도덕을 중요시하며 제멋대로이고 충동적인 행동을 혐오한다. 자기 자신의 행동이 완벽하다는 확신이 들지 않으면 행동을 주저하는 경향이 있다.

강박성 성격장애는 남자가 여자보다 약 2배 정도 많이 진단되며, 가까운 관계를 불편하게 여기는 회피성 성격과 같이 나타나기 쉽다.

북유럽뿐만 아니라 한국에서도 소설과 영화로 인기가 많았던 《오베라는 남자》의 오베는 강박성 성격을 명확하게 보여주는 인물이다. 오베는 매일 아침 6시 15분에 일어나 커피를 내리고 동네를 시찰한다. 문을 잠갔는지 확인할 때도 매번 똑같이 세 번씩 확인하는 행동을 반복한다. 해고되기 전까지 철도회사에서 43년 동안 일했고, '사브' 브랜드 차만 몬다. 16살 때 철도회사에서 일하던 아버지가 철로에서 열차에 치여 사망한 뒤, 오베 인생에서 유일한 애착 대상이었던 아내가 병으로 죽자 매일 그녀의 무덤에 찾아간다. 그리고 아내가 없는 삶에 절망해 죽으려 한다.

그러나 무뚝뚝하고 고집 센 할아버지 오베가 집에서 죽으려고 할 때마다 자꾸 옆집 이웃이 방해하고, 주변 사람들을 자신의 곁에서 밀어내던 모습에서 이웃을 나름의 방식으로 배려하게 된다. 또한, 오베는 아내만을 사랑했던 인물에서 아내의 바람대로 주변인들을 가까이하게 된다. 그렇게 아내가 자신에게 준 사랑의 의미에 대해 다시 한 번 마음속에 새기게 된다. 오베는 강박성 성격에 오랜 삶의 경험과 지혜가 결합한 노인으로 독특한 인물 특징을 드러낸다.

행동 특성

엄격. 근엄. 진지. 완고하고 보수적. 인색하고 소유욕이 강하다. 융통성, 상상력이 부족하다. 구체적인 것과 세부적 조직화에 관심을 기울이고 규칙과 절차에 엄격하다. 유연성이나 자발성은 부족하지만, 근면하고 능력이 있어 보인다. 정서 표현이 제한적이고 공감 능력이 떨어진다.

자신을 공정하고 근면하며 신뢰할 만한 사람이라고 생각한다. 가족, 동료 등 자신을 믿고 의지하는 사람에게 대단히 헌신적일 수 있다. 겉으로는 신중하고 균형 잡힌 사람인 것 같지만 자기 자신의 세계가 깨어질 때 감당할 수 없는 결과로 이어질 가능성이 크다.

무의식적 행동과 욕구

강박성 성격의 사람들은 반동형성(reaction formation)을 주요 방어기제로 사용한다. 자신의 바람직하지 못한 충동을 억압하고 그와 반대인 정서, 행동, 태도를 드러내는 것이다. 다시 말해, 엄격하고 보수적인 태도를 견지하는 인물은 내면에 부도덕하거나 사회에서 인정받기 어려운 욕구가 있는 경우가 많다.

> 영화 〈아메리칸 뷰티〉의 주인공 레스터 번햄(케빈 스페이시)의 옆집에 사는 프랭크 피츠(크리스 쿠퍼)는 군인으로 권위적이고 보수적인 태도로 엄격하게 가족을 대한다. 평소 동성애자를 혐오하는 호모포비아(homophobia)로, 우연히 레스터 번햄과 함께 있는 아들을 보고 게이로 오해한다. 그러나 사실은 프랭크 자신이 게이였고, 자기 자신의 성적 지향성을 은폐하기 위해 결혼하여 외면적으로는 남자다움을 더 강조한 것이었다.

왜 강박성 성격이 되는가?

부모의 눈에 들기 위해

프로이트는 강박성 성격이 항문기(2~3세)에 기인한다고 본다. 항문기는 아이들이 배변 훈련하는 시기로 통제감과 밀접한 관련이 있다. 에릭슨은 이 시기를 '자율성 vs. 수치'라고 명명하였다. 배변과 같이 자기 자신의 몸을 통제할 수 있다는 경험이 누적되면 자율성을 얻고, 그렇지 못하면 수치심을 경험한다.

지나치게 엄격한 배변 훈련과 같은 과잉 통제적인 양육을 받은 아이들은 자신을 무능력한 존재로 인식하게 되고(낮은 자존감), 이를 극복하고 부모의 눈에 들기 위해 자신에게 부족한 능력(통제감)을 최대한 구현하려 한다. 통제할 수 있는 행동들을 만들고 그 범위를 늘려가는 것이다.

엄마가 나를 떠날지 모른다는 분리불안

불안에서 벗어나는 방법으로 어떤 생각이나 행위에 집착하기도 한다. 성인이 된 이후에도 특정 사건으로 인해 불안을 느끼고, 불안에서 벗어나기 위해 강박적으로 행동한다. 기억에 남아 있지 않은 어린 시절의 불안이 성장기 이후의 강박적 행동을 설명하기도 한다.

영유아기에 대표적으로 경험하는 분리불안은 엄마(주양육자)가 나를 떠날지 모른다는 불안이다. 엄마(주양육자)와 안정적인 애착관계를 형성하지 못한 사람은 만성적인 불안을 느끼고, 불안에서 벗어나기 위해(엄마가 나를 떠나지 않게) 여러 가지 행동을 시도하게 된다. 예를 들어 칭찬받기 위해 청소를 열심히 하거나, 규칙과 질서를 잘 지키는 등의 행동이다.

틱과 뚜렛 증후군이 보인다

불안의 강도가 심해져 신경학적 질병의 틱(Tic, 자신의 의지와 상관없이 반복하는 음성, 행동적 발화)과 뚜렛 증후군(tourette syndrome, 음성 틱과 운동 틱이 둘 다 있는 경우)으로 나타날 수가 있다. 일반적으로 틱과 뚜렛 증후군은 학령기 아동기에 나타나다가 청소년기에 자연스럽게 사라지기도 하지만, 성인이 된 이후에도 지속되는 경우가 있다. 불안을 내재화하고 있는 강박성 성격의 경우 틱과 뚜렛 증후군의 증상을 함께 보일 수 있다.

강박성 성격의 인물은 대인관계 형성에 어려움을 겪는다. 따라서 사회생활에 부적응적인 모습을 보이고, 우울과 고립감을 경험할 수 있다. 이는 자신의 강박성을 더 강화하는 악순환으로 이어지며, 최악의 경우 자기혐오와 친밀감의 실패로 자신과 타인을 공격할 가능성이 크다.

영화 〈이보다 더 좋을 순 없다〉의 멜빈 유달(잭 니콜슨)은 로맨스를 극도로 혐오하는 로맨스 작가다. 그는 강박 증상이 심하며 타인을 혐오하는 마음을 감추지 않고 표현하는 인물이다. 이 외에도 보도블록의 금을 밟지 못한다거나 동물이나 다른 사람이 자기 몸에 닿는 것도 싫어한다. 게다가 식당에 갈 때도 자신의 식기를 들고 가는 등 강박증적인 모습을 보이며, 자신의 옆집에 사는 화가인 사이먼이 동성애자임을 알고 혐오하는 마음을 숨기지 않는다. 멜빈은 강박증으로 인해 여러 우여곡절을 겪지만, 특정한 대상과의 애착을 형성하면서 이 관계를 통해 다른 사람들 그리고 세상과의 우호적 관계를 형성하는 계기가 된다.

그러나 강박증이 불행한 애착 관계에서 형성되어, 비극적인 결말을 맞이하기도 한다. 영화 〈사도〉에서 사도세자(유아인)의 경우에도 의관을 입기 어려워하는 '의대증'이라는 강박증으로, 사도에게 옷을 입혔던 궁녀와 내관들을 무수히 살해한다. 사도세자는 아버지 영조의 엄격하고 공격적인 훈육으로 인해 의관을 입지 못하는 강박증과 함께 아버지에 대한 공격성으로 궁인들을 살해한다. 마침내 아버지 영조까지 살해하려는 계획을 세워, 부자 관계는 300년이 지난 후 우리까지 알 정도로 파국에 이르게 된다.

강박성 성격의 캐릭터 설정하기: 일상의 규칙이 깨질 때 불안을 느낀다

부모와의 관계, 양육

보수적이거나 완고한 태도를 가진 부모의 엄격한 양육은 필수. 교육자, 종교인, 군인 가정의 경우도 부모에게 인정받기 위해 부모의 완고하고 엄격한 태도를 내면화한다. 하지만 마음 한구석에서는 자신이 외면한 욕구로 인해 불안감을 강하게 느끼게 되고, 불안감이 자극되는 상황을 맞닥뜨리면 더욱 경직된 모습을 보인다.

첫째 아이(맏이)는 완벽한 아이로 키우고 싶은 부모의 기대 때문에 강박성 성격을 갖게 되기 쉽다. 이런 경우, 아이가 부모의 요구에 따르더라도 칭찬이나 포옹, 웃음 등의 정서적 보상은 잘 주어지지 않는다. 출생 순위와 관계없이 형제 중에 병이나 장애가 있는 경우, 자신의 어떤 행동과 가족의 사고 또는 죽음이 시기적으로 맞물릴 때, 아이는 그것을 자기 잘못으로 돌리고 스스로 벌한다. 그런 의미에서 강박성 성격의 인물은 내면의 죄책감으로 외부를 통제하고자 한다.

취약 상황, 갈등 요인

예기치 않은 상황을 꺼리고, 당연하다고 생각한 일상적인 규칙이 깨질 때 불안을 느낀다. 그러한 상황을 만든 대상과의 관계가 흔들릴 수도 있고, 자신이 구성한 세계가 완벽하지 않다는 데서 오는 상실과 우울을 경험할 수도 있다.

모든 이야기가 그렇지만 강박성 성격의 인물도 마찬가지로 이야기 초반과 마지막에 보이는 모습은 달라져야 한다. 만약 이야기 초반에 강박성 성격 인물을 매력적이고 멋지게 그렸다면, 후반으로 갈수록 인물의 불안한 내면과 버림받은 기억으로 혼란스러워하거나 대인관계에서 문제가 있게 그려야 한다. 반대의 경우도 가능하다. 예를 들어 이야기 초반에 강박성 성격의 인물이 가진 강박적 사고와 행동을 안 좋은 시선으로 그렸다면, 이야기 후반에서는 그 인물의 강박적 특징으로 사건이 해결된다거나 위기를 모면하는 등 오히려 빛을 발해야 한다.

특정 상황에서의 행동

일상: 겉으론 완벽하고 모범적이다

강박성 성격의 인물이 강박적이라는 것을 알려주는 장치는 겉으로는 완벽하고 모범적인 그 사람이 '겉으로는 아무렇지 않은 척 일상생활을 영위하기 위해' 어떻게 살고 있는가를 면밀히 보여주는 데 있다. 그는 단지 자신이 강박적이라는 것을 들키지 않기 위해 완벽성을 연기하고 있을 수도 있다. 이 과정에 필연적으로 수반되는 스트레스를 없애기 위한 자신만의 도피처나 취미 생활, 심지어는 다른 페르소나를 갖고 있을 수도 있다. 이에 따라 유명한 강박적 캐릭터 중 다수가 이중생활을 하거나, 실제 신분이 아닌 자신이 만들어낸 페르소나로서 극적인 일을 만들어내는 경우가 많다.

그들의 강박성은 자신의 전문적 일을 완벽하게 하는 데 필수 요소이기도 하지만, 자신의 이중생활을 감추는 데도 꼭 필요한 특성이자 자질이기도 하다. 신분을 숨기고 활동하는 슈퍼 히어로와 연쇄 범죄자들에겐 이 특성이 진정한 자기 자신과 다른 자기 자신을 동시에 유지하는 데 있어서 꼭 필요하다.

갈등: 비밀을 지키며 살기 위해 해내야 하는 모든 것

강박적인 캐릭터가 작품을 이끌어 나가는 중요 사건을 계속 일으키려면 갈등을 일으키지 않고 있는 '냉각기'의 삶의 터전이 되는 사회인으로서의 페르소나, 즉 일반인의 삶이 꼭 필요하다. 이 이중생활을 유지하기 위해 그의 강박성을 이용해 자신과 타인의 삶을 통제하는 것은 극의 진행에 긴장감을 주고 극의 기승전결을 이끄는 동력이 될 수 있다.

DC코믹스에서 이런 이중생활을 하면서도 캐릭터의 성격이 명확히 구분되는 인물로 슈퍼맨과 배트맨이 있다. 이 둘은 어린 시절에 보호자를 잃고 자랐으며, 이에 대한 트라우마 및 특정 대상을 무서워하는 약점이라는 공통점이 있다. 하지만 분위기나 목표 의식, 성격에 있어 정반대에 서 있는 인물들이다. 특히 배트맨은 어린 시절부터 초기 성인기에 겪은 거의 모든 사건이 그에게 강박의 원인이자 결과라고 할 수 있다.

범죄: 완벽주의가 타인을 괴롭히거나 자신을 파괴할 때

강박적 캐릭터가 어떤 규칙이나 규범을 어길 때의 키워드는 '어째서 그렇게까지'가 될 것이다. 그의 강박성은 그의 범죄 수법을 한계에까지 몰아붙일 수 있다. 실제로 검거될 때까지 시간이 걸린 연쇄 범죄자나 잔혹한 범죄 수법을 보인 사건에서 행위자의 강박성이 프로파일링 내지는 현장 증거 분석으로 드러난 사례가 있다.

범행 후 자신이 현장에 있었다는 증거를 없애기 위해 수 시간에서 수십 시간을 머물며 현장의 물리적 증거를 훼손하거나 혹은 (은닉 및 유기를 위한) 사체 훼손을 하는 것이다. 자신의 범행 증거가 눈앞에 있고 체포 우려로 인해 빠른 도주가 우선시 되는 굉장히 스트레스가 높은 상황에서 보통 사람에겐 상식적으로는 이해되지 않는 행동이다. 하지만 강박성 성격의 사람에게는 체포당하지 않기 위해 혹은 의도한 범죄를 완성하기 위해 현장을 위·변조하려는 강박과 안전해지려는 본능이 싸우는 고강도 심리적 갈등상태의 전장(戰場)이라고 할 수 있다. 이 과정의 묘사는 고도의 몰입 및 이야기의 기승전결에 대한 구체성과 논리성을 부여할 수 있다.

강박성은 개인의 초인적인 면을 부각하기도 하지만, 저열하고 비겁한 면을 보여주거나 폭발 후의 초신성처럼 자기 내부로 무너져 내려가는 인물의 비극성을 보여 줄 수도 있다. 자신을 몰아붙이는 고도의 실행력과 완벽주의는 타인을 괴롭히거나 자신을 파괴할 때도 똑같이 적용될 수 있다. 이별 선언을 한 전 연인의 결정을 받아들일 수 없어 그의 SNS나 사생활을 스토킹하는 강박적 인물의 음습함. 비뚤어진 성적 만족을 위해 철저하게 신분이나 의도를 숨기고 아동 청소년이나 지능이 떨어지는 사람만 골라 접근하는 성범죄자. 완벽하던 삶이 실패했다고 느끼는 고위직·전문직 퇴직자부터 사업에 실패한 자영업자, 입시에 실패한 고득점 입시생이 불법 촬영물이나 도박, 약물 남용에 빠져드는 것 등이 대표적인 예다.

강박성 성격과 관련된 키워드

#완벽추구 #해내야만해 #모아니면도

#해낼수없다면차라리망쳐버리는게나아

#도망쳐서도착한곳에낙원이란있을수없는거야

회피성 성격, 소심하고 경계심 많은 '은둔형 외톨이'

이야기에서 인물은 부지런히 움직이면서 다른 인물들과 갈등을 빚어야 한다. 갈등에서 인물은 위축되고 회복되는 등의 과정을 거쳐야 하기 때문에, 작가는 이야기를 끌고 가는 중심인물을 대체로 주체성이 강하고 능동적으로 설정한다. 반면 회피성(avoidant) 성격의 인물은 수동적이고, 다른 인물들과의 갈등을 최대한 피하며 고립을 선택한다. 따라서 창작자가 회피성 성격의 인물을 주인공으로 쓸 때는 인물의 내면에 대한 이야기나 괴로워하는 모습을 적극적으로 다룰 필요가 있다.

능동적인 인물과 갈등을 겪거나 회피성 성격의 인물들이 연대하는 구조적 설정도 생각해볼 만하다. 영화 〈내게 너무 사랑스러운 그녀〉의 주인공 라스(라이언 고슬링)처럼 고립에서 사회적 관계를 형성하는 데로 나아가는 과정을 그리는 것도 탁월한 아이디어다. 세상의 가치를 거부하는 아웃사이더들의 삶과 사랑을 그린 영화 〈김씨 표류기〉, 〈블라인드〉도 그렇다.

낯설고 새로운 경험보다 익숙한 게 좋다

외톨이. 부끄럼쟁이. 혼자 있기 좋아하는 데는 여러 이유가 있으나 회피성 성격은 다른 사람들과의 상호작용에 대한 두려움 때문이다. 이들은 자신에 대한 다른 이들의 부정적인 평가를 가장 두려워한다.

낯선 상황이나 새로운 경험을 두려워하며, 불안을 원하지 않아 늘 익숙한 환경에 머물고자 한다. 다른 사람과 대면할 상황을 피하고 가능하면 사회적 책임을 맡지 않으려 한다.

강렬한 애정 욕구가 있지만 거절에 대한 두려움이 더 크기 때문에 불안과 슬픔, 좌절감 등 부정적 정서를 자주 경험한다. 우울장애와 불안장애(사회공포증 등)를 동반하는 경우가 많으며, 소수의 친한 이들에게 지나치게 의지하는 모습으로 의존성 성격장애와 함께 나타나기도 한다.

어린 시절부터 부끄러움이 유난히 많고 낯선 사람과 새로운 상황을 두려워하며, 친구 없이 홀로 지냈던 경우가 많다. 청소년기에서 성인기 초기에 더욱 분명하게 나타나지만, 성인기 이후 점차 완화되는 경향이 있다.

〈내겐 너무 사랑스러운 그녀〉의 주인공 라스는 내성적이고 사람들과 어울리기 싫어하는 정도가 지나쳐 마주치는 것도 최소화하기 위해 아버지가 돌아가신 후에는 형과 형수에게 집을 내어주고 자신은 헛간에서 생활한다. 직장에서 라스에게 호감이 있는 직장 동료 마고(켈리 가너)에게도 전혀 반응하지 않으며, 형 부부와 함께 식사하는 일도 어려워한다.

어느 날 라스에게 수상한 상자 하나가 배달된다. 그것은 성인용 리얼돌로 라스는 리얼돌을 '비앙카'라고 부르며 마치 살아있는 사람으로 대한다. 형 부부는 그런 라스가 걱정되어 비앙카와 함께 병원을 찾는다. 의사는 비앙카를 대하는 라스를 보며, 그가 망상을 겪고 있지만 치료해야 하는 정신 질환은 아니라고 한다. 또한 형 부부에게 비앙카를 라스가 대하는 것처럼 살아있는 사람처럼 대해 달라고 한다. 이에 형 부부는 마을 사람들과 라스의 직장 동료들에게 찾아가 비앙카를 사람처럼 대해달라고 부탁한다.

그 후 마을에서 비앙카는 정말 살아있는 존재로 받아들여졌다. 처음에는 어색해했던 마을 사람들도 비앙카로 인해 라스가 사람들과 조금씩 교류하는 것을 보고 더욱 애정을 쏟는다. 비앙카와 함께 라스가 규칙적으로 병원을 찾는 가운데, 의사는 라스의 마음속에 있는 깊은 상처를 알게 되었다. 라스 자신을 낳다가 어머니가 돌아가셨기 때문에 사람들과 교류하기를 피하고 다른 사람의 피부가 몸에 닿기만 해도 통증을 느낀다는 사실이다.

이 영화는 강한 회피성 성격의 인물이 자기 내면의 상처를 알아채고 사람들과의 연결감을 회복해가는 과정을 그리고 있다. 비록 리얼돌을 살아있는 사람으로 여기는 망상의 단계가 있었지만, 라스 주변의 인물들의 따뜻한 헌신과 조금씩 노력해가는 라스 자신의 노력으로 현실에 직면할 수 있게 된다.

행동 특성

부끄러움이 많으며 조심스럽고 경계하는 모습. 보통 말이 느리고 부자연스러우며 자주 머뭇거린다. 대체로 눈에 띄는 행동은 하지 않으나 때때로 들뜨고 빠른 폭발적 행동이 나타난다. 잠재적 위협을 두려워하며 별일 아닌 일들에 과민하게 반응하고, 다른 사람들의 조롱과 비난을 걱정한다. 극단적일 경우에 은둔 수준으로 위축되기도 한다.

정서가 바깥으로 드러나지 않고 내면에서 풍부한 환상과 상상의 형태로 발산한다. 타인과의 교류와 애정에 대한 이들의 욕구는 시나 음악으로 표현되기도 한다.

자의식이 강하지만 자존감이 부족한 편이다. 타인의 부정적 평가를 두려워하는 것만큼이나 자신의 성취를 평가절하하며, 스스로 고립시키고 삶이 공허하다고 생각한다.

〈김씨 표류기〉의 여자 김 씨(정려원)는 외모 때문에 왕따를 당하고, 그 충격으로 은둔형 외톨이가 된다. 바깥 생활은커녕 가족들과도 마주치지 않고 좁고 어두운 방에서만 생활한다. 그녀가 세상을 만나는 유일한 방법은 인터넷과 카메라다. 인터넷으로는 가상의 자신을 만들어 타인들에게 사랑받는 삶을 즐기며, 카메라로는 일 년에 두 번 민방위 훈련일에 모든 것이 멈춘 세상을 관찰하는 것이 취미다. 이 영화의 재미는 '스스로 사회로부터 격리하고 사는 인물들이 서로를 알아챈 유일한 사람이라면 어떡할까?'라는 물음에 있다.

남자 김 씨(정재영)는 자살을 시도했다가 한강의 작은 무인도 '밤섬'에 갇히게 되는데, 김 씨는 처음에는 밤섬에서 벗어나고자 발악해 보지만 실패한다. 여자 김 씨는 민방위 훈련일에 멈춘 세상을 카메라에 담던 중 밤섬에 갇힌 남자 김 씨를 발견한다. 남자 김 씨를 오래 지켜보다가 메시지를 보내기 위해 여자 김 씨는 3년간의 은둔 생활을 끝내고 집 밖으로 나와 한강까지 뛰어간다.

그렇다고 해서 여자 김 씨가 그 방을 극적으로 벗어난 것은 아니다. 다시 방 안에 들어오지만, 그 과정을 통해 조금씩 변할 뿐이다. 그 뒤로도 남자 김 씨는 흙바닥에 커다랗게 메시지를, 여자 김 씨는 사람들을 피해 한강으로 가 병에 담긴 메시지를 던지며 소통한다. 둘이 짧은 영어 메시지로 아주 천천히 관계를 쌓아가던 중 밤섬에 공사하는 인력들이 오르게 되고, 남자 김 씨는 밤섬에서조차 쫓겨난다. 자신이 살던 세상과 분리된 밤섬에서 비로소 평안을 찾은 김 씨는 또 한 번 절망하고, 죽기 위해 63빌딩으로 가는 버스를 탄다.

뒤늦게 여자 김 씨가 그를 만나기 위해 쫓기 시작하지만, 간만의 차이로 여자 김 씨는 남자 김 씨가 탄 버스를 아쉽게 보내게 된다. 그러나 때마침 민방위 훈련이 시작되어 도로 위 모든 차량이 멈추면서 여자 김 씨는 버스를 잡아 타고 남자 김 씨와 만나게 된다.

영화는 둘이 서로의 이름을 처음 밝히며 인사하는 것으로 끝나며, 물리적·심리적으로 갇힌 두 사람이 서로를 알아보고 소통하면서 서로의 존재를 통해 조금씩 회복해나가는 과정을 다룬다. 훌륭한 사람 한 명이 세상을 바꾸는 것이 아니라, 한 사람이 다른 한 사람의 세계를 이해하고 조심스럽게 소통하면서 서로를 구원해나가는 이야기다.

무의식적 행동과 욕구

타인의 평가에 대한 두려움 때문에 현실에서 충족될 수 없는 욕구와 소망은 환상(상상)을 통해 충족한다. 환상은 다른 사람들을 만나거나 그들의 부정적 평가를 두려워할 필요 없이 원하는 바를 이룰 수 있다. 고립으로 안전감을 얻고, 반면에 사회적 교류 결핍의 외로움은 환상을 통해 채워나간다. 이런 환상은 뛰어난 작품으로 태어나기도 한다.

영화 〈네버랜드를 찾아서〉는 동화극 〈피터 팬〉을 쓴 원작자가 극을 쓰게 되는 과정을 그리고 있다. 극작가 제임스 배리(조니 뎁)는 사교적인 만남을 불편해한다. 유일한 가족인 아내와도 내밀한 소통을 하지 못하고, 최소한의 사회적 관계만 구축하며 글을 쓴다. 자신이 쓴 극이 관객에게 어떤 평가를 받을까, 무대 위에서 극이 올려지는 동안 커튼 뒤에 몸을 가리고 관객들의 반응을 살핀다. 그러면서도 자신이 주목받는 상황에서 어찌해야 할 바를 모른다.

우연히 산책길에 만난 실비아와 아이들이 제임스의 영감을 자극하고, 특히 피터라는 아이에게서 특별한 인상을 받는다. 그리고 아이의 이름을 딴 〈피터 팬〉이라는 동화극을 쓰게 된다. 그러나 영화 속 피터의 대사에도 있듯이 〈피터 팬〉의 '피터'는 제임스 자신이며, 어른이 되기를 멈춘 자신을 '피터'라는 인물로 형상화한 것이다.

제임스가 〈피터 팬〉 동화극을 완성하고 얼마 지나지 않아 실비아가 병으로 죽게 되는데, 아이들의 후견인으로 제임스를 지목했다. 제임스는 아이들의 후견인이 되겠다고 결정한다. 이는 아이들을 통해 자신을 객관화하게 되었고, 아이들을 위해 자기 자신의 회피성에서 벗어나 주도적으로 관계를 형성하고자 한다.

왜 회피성 성격이 되는가?

내향적이고 소심한 기질은 가족력이다

대단히 내향적이고 소심한 기질은 가족력이 어느 정도 작용할 것으로 보인다. 기질적으로 수줍음이 많고 억제적이다. 외부의 위협에 과도한 민감성이 있는 경우, 사소한 위협에도 교감신경계가 과도하게 흥분할 수 있다. 일상에서 빈번하게 겪을 수 있는 불쾌한 일에도 높은 긴장도를 보이며, 경계하는 모습을 취한다.

부모의 지나친 개입이 불러온 수치심

과도한 수치심과 죄의식을 유발하는 양육 태도가 회피성 성격장애의 원인이 된다. 대개 2살 무렵에 시작되는 배변 훈련은 스스로 몸을 통제할 수 있다는 자율성을 경험하게 해 주지만, 부모의 지나치게 엄격한 개입은 수치심을 일으킨다(에릭슨의 '자율성 vs. 수치' 단계). 또한 4살 무렵부터 아이들은 인지능력과 신체 능력이 발달하여 행동의 주도성을 획득하려고 한다. 이에 대한 부모의 과도한 제재는 죄의식을 불러일으켜 주도적이지 못하고, 타인의 평가에 민감한 성격을 형성한다(에릭슨의 '주도성 vs. 죄의식' 단계).

부정적 자아상이 관계를 회피하게 만든다

부정적 자아상과 연관된 수치심. 어렸을 때 경험한 수치심은 '내가 할 수 있는 일이 없구나', '나는 뭘 해도 잘하지 못하는구나'와 같은 부정적인 자아상으로 연결되고, 다른 사람들의 부정적인 평가가 두려워 관계와 새로운 상황을 회피하게 된다. 이는 지속적으로 사회적 관계를 회피하게 되고, 자신에 대한 부적절감으로 괴로움을 호소한다. 자신에 대한 부적절감으로 타인들에게 주목받는 상황을 피하게 되고, 어쩌다 가끔 듣게 되는 부정적인 평가에도 과민하게 반응한다. 이를 피하려고 고립과 회피를 선택하게 되고, 이 과정이 패턴화된다.

네덜란드 영화 〈블라인드〉에서 마리아(핼리너 레인)는 백색증으로 태어나 어릴 때 받은 학대로 얼굴과 몸에 깊은 흉터가 있는 인물이다. 자신을 바라보는 사람들의 시선이 부담스러워 옷으로 온몸을 감싸고 다닌다.

후천적으로 시력을 잃어가는 루벤(요런 셀데슬라흐츠)은 이러한 사실을 인정하지 못하고 괴로움에 물건을 마구잡이로 부수는 등 광폭한 행동을 보인다. 루벤를 위해 어머니가 고용한 책 읽어주는 사람에게도 난폭하게 굴어, 마리아를 제외하곤 다들 오래 버티지 못하고 그만둔다. 힘든 어린 시절을 보낸 마리아는 루벤을 통제하고 시력을 잃은 삶에 적응하도록 도와준다. 어머니는 얌전해진 아들을 보고 마리아가 미인이라고 속여 루벤이 더욱 그녀를 따를 수 있게 거짓말한다. 그러다 루벤은 시력을 살릴 수 있는 수술을 받게 되고, 루벤의 어머니는 마리아에게 떠나달라고 부탁한다. 시력을 서서히 회복해가며 루벤은 마리아를 찾기 위해 노력하며, 우연히 찾은 도서관에서 마리아의 목소리를 듣고 알아보게 된다.

그러나 시력을 회복한 루벤이 자신의 외모를 사랑할 리 없다고 생각한 마리아는 루벤을 떠난다. 설상가상으로 루벤의 엄마 또한 지병으로 죽게 된다. 홀로 남은 루벤은 엄마가 마지막으로 전해준 마리아의 편지를 읽으며, 마리아가 사람들을 회피하게 된 경위와 자신에 대한 사랑을 확인한다.

이에 루벤은 '진정한 사랑은 눈에 보이지 않는다'고 고백하고, 스스로 눈을 손상해 다시 시력을 잃은 채 마리아가 돌아오길 기다리며 영화는 끝이 난다.

회피성 성격이 병이 될 때

자기주장을 하지 못하고 극도의 내성적인 모습을 보인다. 사회적 관계 형성에 어려움을 겪으면서 우울장애와 불안장애, 특히 사회 불안을 겪을 가능성이 크다. 대인관계에 대한 높은 긴장과 자신에 대한 부적절감이 지속되며 사회 불안 증세가 악화하면, 은둔형 외톨이가 되어 자신을 완전히 고립시키기도 한다. 은둔형 외톨이까지는 아니더라도, 회피성 성격의 인물은 직업을 선택할 때 사람과 많이 접촉하지 않아도 되는 직업을 선택한다. 오랜 시간 혼자 있으면서 환상이 심해져 망상장애로 이어질 수도 있다. 영화 〈내겐 가장 사랑스러운 그녀〉의 라스처럼 내적인 갈등이 환상에 투영될 수 있다.

회피성 성격 캐릭터로 설정하기: 사회적 책임에 대한 극심한 스트레스

부모와의 관계, 양육

수치심과 죄의식을 강조하는 양육 태도. 부모가 자녀에게 지나치게 높은 기준을 요구하는 경우, 아이는 자기 자신의 행동이 기준에 미치지 못한다는 사실에서 수치심을 경험한다. 부모의 완벽주의적 성격이나 주위의 높은 기준을 충족시켜야 하는 경우(종손, 집안의 운명을 책임진 장남, 장애가 있는 형제를 가진 사람 등)에 이러한 양육이 이루어질 수 있다.

취약 상황, 갈등 요인

원치 않아도 해야만 하는 대면 상황이나 원치 않는 사회적 책임을 맡아야 하는 경우(회피하고 싶지만 회피할 수 없는 상황의 압박), 회피성 성격의 사람들은 극심한 스트레스를 받는다. 또한 타인의 부정적 평가는 회피성 성격을 가진 이들을 더욱 위축되게 한다.

유아·청소년기, 타인들의 평가로 인한 트라우마적 사건이 있을 수 있다. 〈김씨 표류기〉의 여자 김 씨와 같이 자아 정체감을 형성하고 타인의 시선에 민감해지는 청소년기의 트라우마는 은둔형 외톨이가 되는 원인이 되기도 한다.

어린 시절 경험한 학대나 보호자를 잃는 트라우마적 사건을 경험하면서 타인에 대해 높은 긴장감을 가지게 되고 이것이 성격에 고착되어 회피성 성격으로 굳어지기도 한다. 〈블라인드〉의 마리아나 〈내게 너무 사랑스러운 그녀〉의 라스처럼 어린 시절의 트라우마로 인해 자신을 쓸모없는 존재로 여기고, 타인의 존재가 상처로 다가와 대인관계 자체를 회피하게 만들기도 한다.

장르물에서 회피성 성격은 종족적 특성이나 사건의 비극성, 캐릭터의 고독을 강조하는 장치로 쓸 수 있다. 서브컬처 장르로는 '수명물'이라고 부른다. 짧은 수명을 가진 존재와 영원을 살아가는 존재가 얽혔을 때 필연적으로 발생하는 비극, 수명이 짧은 쪽이 먼저 죽어 떠나고 영생을 사는 존재가 외롭게 남겨지는 것을 그리는 것이다. 오히려 회피적 삶을 살아온 장수 종족이 자신보다 단명하는 존재와 짧지만 격렬하고 아름다운 관계를 맺고, 그와의 이별 후 조용히 추억하며 남은 생을 이어가는 모습을 그릴 수도 있다.

> 애니메이션 영화 〈이별의 아침에 약속의 꽃을 장식하자〉에는 수백 년이나 되는 수명을 소년과 청년의 모습으로 사는 종족 요르프가 등장한다. 이들은 은둔하며 조용히 베를 짜면서 생활한다. 주인공인 요르프족 소녀 마키아는 어느 날 요르프족의 장수하는 피를 얻기 위해 침략한 군인들로 인해 마을이 파괴당하자 도망친다. 그러다 자신처럼 부모를 잃은 인간의 남자 아기를 발견하고, 그의 엄마가 되기로 하면서 인간 세상으로 나와 고군분투한다.
>
> 모든 것을 잃은 그에게는 친구 레일리아의 이름을 딴 아들 에리얼을 키우는 것이 유일한 삶의 목적이자 기쁨이 된다. 마키아는 고향에서는 고아이고 울보이며 맘을 둔 남자에게 고백도 하지 못한 소심했던 소녀였지만, 아들 에리얼을 위해서라면 못 할 게 없는 엄마로 거듭난다. 마키아는 에리얼을 위해 절대 울지 않겠다고 다짐한다.
>
> 그러나 에리얼이 성장하면서 여전히 소녀의 모습인 마키아와는 더 이상 모자 관계를 연기할 수 없게 되었고, 그들은 몇 년 단위로 사는 곳을 옮겨 다니며 남매로 가장하여 살아간다. 사춘기에 들어선 에리얼은 자기 또래로밖에 보이지 않는 마키아를 엄마로 대하는 것을 거부하고 결국 독립해서 군인이 된다. 여러 일들이 지나가고 세월이 흘러 여전히 소녀의 모습인 마키아는 죽음을 앞둔 에리얼을 찾아가고,

에리얼은 마키아를 확인한 뒤 평화롭게 숨을 거둔다. 마키아는 담담히 아들의 죽음을 받아들이지만, 결국 울음을 터뜨리고 만다. 그리고 다시 길을 떠난다.

특정 상황에서의 행동

범죄: 가능성이 크지 않다

회피성 성격장애가 있는 이들은 대인관계나 익숙지 않은 상황을 회피하기 때문에 범죄를 저지르거나 범죄에 관련될 가능성이 비교적 낮다. 이들은 큰 이익을 추구하기보다는 손해를 최소화하는 것을 목표로 산다. 자기중심적이지 않고 주변 환경도 자신이 조절 가능한 범위 내에서 능동적으로 바꾸려고 한다. 타인으로부터 거부당하는 것이 두려워, 일정한 거리를 두고 타인을 배려하고 친절한 태도를 보이는 경우도 많지만, 회피성 성격 인물들은 낯선 사람에게 마음을 열지 못하고 자신을 적극적으로 드러내지 못해 의도치 않게 종종 오해를 받기도 한다.

자신이 상처를 잘 받기 때문에 남들이 어떻게 상처받는지도 잘 안다. 따라서 집단에 문제가 생겼을 때 안정적이면서 보수적인 해결책을 제시할 수 있는 사람이다. 이들이 내놓는 해결책은 집단의 누구도 상처받지 않는 현명한 전략으로 무리수를 두지 않으며, 희생양이 필요하지 않을 가능성이 크다.[15] 이들은 범죄자라기보다는 환경과 집단을 지키는 인물로, 적극적으로 자신을 지지해 주는 파트너를 만나면, 이들에게 내재된 장점이 극대화할 수 있다.

회피성 성격과 관련된 키워드

#월플라워 #아웃사이더 #다가오지마 #나는그럴가치가없어 #고슴도치의딜레마 #상처입고싶지않아

의존성 성격, 인정받기 위해서라면 뭐든 하는 '맹목적 조력자'

의존성(dependent) 성격의 인물은 내적인 불안을 해결하기 위한 방책을 타인에게서 찾는 특성이 있다. 의존성 성격의 인물이 불러오는 가장 어두운 결말은 착취적인 인물과의 역동성으로, 상대에게 인정 혹은 사랑받기 위해 사회적으로 해악을 끼칠 수 있는 일까지도 할 수 있다.

이들은 대장을 위해 살인을 저지르는 조폭이기도 하며, 사랑하는 사람의 허영을 위해 물건을 훔치는 도둑, 교주가 하라는 대로 엽기적인 일을 하는 광신도들이기도 하다. 드라마나 영화에서 '내가 왜 이 일을 수행하는가'라는 조금의 성찰도 없이 빌런의 손과 발이 되어 주인공을 위협하는 조연의 역할로 주로 등장한다. 성찰과 변화가 없는 인물에겐 관객이 자신처럼 몰입하기가 힘들다.

의존성 성격 인물은 주로 조연이나 엑스트라로 등장하지만, 창작자가 이들의 내면을 더 깊게 들여다보고 표현할 수 있다면 어떻게 인간이 강한 타인과 그 상황에 의해 통제당하는지 그릴 수 있다. 의존성 성격의 인물은 누구나 가지고 있지만 드러내지 않는 '나약함'을 온몸으로 표현한다.

의존성 성격의 인물은 의지할 대상이 없을 때 두려움과 불안을 더 크게 느끼고 의존할 대상을 찾으려 한다. 드라마 〈슬기로운 감빵생활〉의 똘마니(안창환)는 조직의 명령으로 김제혁(박해수)을 악랄하게 괴롭힌다. 우연한 계기로 제혁의 카리스마에 눌린 똘마니는 제혁의 충실한 똘마니가 되어 지극한 충심을 보인다. 똘마니는 스스로 뭔가를 해본 적이 없는 사람이었고, 자신에게 뭔가를 시켜줄 사람이 필요했던 것이다.

내적 불안으로 고통받고 이를 빠르게 해결하고자 행동을 취하는 것은 강박성 성격과 비슷하다. 강박성 성격의 인물이 자신과 자신의 주변을 완벽하게 통제함으로 불안을 해결하고자 하는 거라면, 의존성 성격의 인물은 타인에게 온전히 의지함으로 불안을 해결하고자 하는 점이 다르다. 의존성 성격과 강박성 성격은 자립적인 면에서 서로 반대된다. 그래서 창작자들이 의존성 성격의 인물을 통해 인간의 나약함을 효과적으로 드러낼 수 있다. 이는 인물을 둘러싼 상황에 휘둘리거나 애착 대상에 압도당하는 스토리 구성을 통해 가능하다. 인간이 주체적으로 고민하는 것을 멈췄을 때 벌어지는 이야기를 쓸 수 있다.

남에게 의존하고 보호받으려 한다

마마보이. 결정을 못 함. 남에게 지나치게 의존하고 보호받으려 한다. 매사에 자신이 없으며 독립적인 생활을 하지 못한다. 자신을 너무나 나약한 존재라고 생각하여 무슨 일이든 스스로 해결하지 못하고 의지할 사람을 찾는다. 의지할 대상을 찾고 나면 그에게 매우 순종적인 태도를 보인다.

이들은 사회생활에 소극적이며, 책임을 회피하거나 아예 책임져야 할 위치에 서지 않고, 무언가를 결정하는 데 불안을 느낀다. 스트레스 상황에서는 무기력해지거나 눈물을 흘린다. 만성적 피로를 느끼며, 조금만 신경을 써도 휴식이 필요하다. 지칠까 두려워 새로운 일을 시도하지 못하고, 성적인 흥미도 쉽게 잃는다.

성격장애 중 가장 흔한 편이며, 여성이 남성보다 많이 진단된다. 경계선, 회피성, 히스테리성(연극성), 조현성, 조현형 성격장애와 함께 나타나는 경우가 많으며, 우울 및 불안장애, 거식증 등의 식이장애와 공존하기도 한다.

스릴러 영화 〈올가미〉의 남편 동우(박용우)는 결혼한 아내가 있지만, 엄마(윤소정)가 발가벗겨 목욕 시켜주는 걸 당연하게 생각하는 마마보이다. 엄마가 어린 자식을 씻겨주는 것은 당연한 일이지만, 우리는 성장하면서 자신과 타인을 구분하는 시기가 되면 스스로 혼자 샤워뿐 아니라 다른 일들을 해보려 한다. 나를 먹여주고 씻겨주고 재워주던 엄마에게서 분리를 시도한다. 그러나 〈올가미〉의 동우는 엄마와의 분리에 실패한 인물이다. '실패했다'고 표현하는 것은 영화에서 동우의 아내 수진(최지우)이 시어머니가 남편을 목욕시키는 것을 보고 놀라 남편에게 이상하다고 표현하자, 남편이 자신이 혼자 씻으려 하자 엄마가 슬퍼하셨다며 이게 모두 엄마를 위해 하는 것이라고 말하는 장면이 있기 때문이다.

좀 과한 사례지만 마마보이는 남성으로 대를 이을 수 있다는 가부장적 가치관과 한국의 오랜 남아 선호 사상, 아들을 낳아야 사람 대접받았던 엄마들이 만들어낸 의존적 성격 유형의 하나다. 마마보이는 엄마와 아내 사이에서 의사결정을 하지 못하고 갈등을 키운다. 더군다나 원가족에서도 분리하지 못해 한 가정의 가장으로서 독립적인 기능을 하지 못한다.

자신의 욕구를 자녀에게 투사하며, 자신에게 의존할 수밖에 없게 만드는 형태는 시대의 변화에 따라 조금씩 달라졌지만, 부모-자식 간 밀착된 병리적 관계는 이어지고 있다. 현재는 아들이든 딸이든 한 자녀인 경우가 많아 자녀의 입시, 군대, 취업, 결혼 생활, 신념까지 관리하는 '헬리콥터 부모'와 '캥거루족 자식'이 되기도 한다.

행동 특성

연약한 모습을 보여 상대의 지지와 보호를 유도한다. 이들이 찾는 대상은 신뢰할 수 있고 자신의 의식주를 해결해주며, 어른의 책임을 지지 않아도 보호해 주는 사람이다. 이러한 보호자가 있으면 의존적 성격의 사람들은 사교적이고 따뜻한 사람, 협조적인 사람처럼 보인다.

애정과 보호가 결핍되면 위축되고 긴장하며 우울하다. 또한 의존하던 상대에게 버림받으면 커다란 좌절을 느끼며 현실 적응에 어려움을 겪는다. 따라서 의존 대상이 자신을 거절하지 않도록 순종적이고 헌신적인 자세를 취한다. 지나치게 사과를 많이 하거나 비위 맞추는 말을 많이 한다. 의존 대상과 헤어지면 일시적으로 극심한 혼란을 경험하지만, 곧 다른 의존 상대를 찾아 유사한 관계를 형성한다.

기본적으로 순진하다. 쉽게 설득당하고 이용당하며 다른 사람들에게서 좋은 것만 보려고 한다. 옥 장판도 잘 사줄 것 같은 타입. 때로는 자신의 의존 욕구를 감추기 위해 질병이나 불행한 과거 등을 들먹인다.

공지영 소설《봉순이 언니》에서 주인공의 집에 가정부로 들어온 봉순이 언니는 참 착한 사람이지만, 너무 순진해서 남의 말을 쉽게 믿는 '금사빠(금방 사랑에 빠지는 사람)'다. 주위의 남자들에게 너무 쉽게 마음을 주고 몸과 마음이 다 망가지지만 계속해서 사랑에 빠지고 집을 나간다. 시간이 꽤 흘러 지하철에서 거지꼴이 된 봉순과 마주친 주인공은 갑자기 희망에 차오르는 봉순의 눈빛을 뒤로 하고 지하철에서 내린다.

영화 〈혐오스런 마츠코의 일생〉에서 촉망받는 교사였던 마츠코(나카

타니 미키)는 우연한 사건으로 해직당하고 집을 나온다. 마츠코는 끊임없이 자신을 사랑해줄 남자를 찾아 헤매다 살인을 저지르고 감옥까지 가게 된다. 출소 후 미용사로 성실한 삶을 꿈꾸지만, 자신을 해직당하게 만든 옛 제자와 얽혀 밤무대 가수, 마약 밀매, 매춘 등 철저하게 이용만 당하다가 끝내 버림받고 히키코모리로 죽는다.

무의식적 행동과 욕구

의존성 성격의 인물은 버려지는 것에 대한 과도한 불안으로 의미 있는 타인(significant others)이나 의존하는 상대에게 극단적으로 헌신한다. 또한 자신의 무능을 상대의 인정과 돌봄으로 해결하려는 지나친 의존 행동으로 상대를 부담스럽게 할 수 있다. 따라서 착취당하는 관계를 유지하거나, 지나친 의존성으로 관계 유지가 어려워질 수 있다.

왜 의존성 성격이 되는가?

기질적 취약성

선천적으로 병약하게 태어나 어려서부터 부모와 주변 사람들의 보호를 받고 자라면 의존성 성격이 될 수 있다. 또한 생물학적으로는 정서의 조절과 동기 등에 관여하는 변연계의 과민성이 지나친 긴장과 공포를 일으키며 의존적 성향을 만들 수 있다고 본다.

부모의 과잉보호

부모의 과잉보호. 자녀의 자율성과 주도성을 인정하지 않고 의존 행동에 대해서는 보상이 주어진 경우, 타인에 대한 의존적인 반응 양식을 발달시키게 된다. 불안이 많고 조급한 부모, 또는 완벽주의 성향의 부모는 자녀의 자율적 행동을 참거나 기다려주지 못한다. 그래서 자녀의 일을 대신해 주거나 중요한 결정을 대신 내려주는 경우가 많다. 이에 익숙해진 자녀는 스스로 자존감이 매우 낮으며, 나이가 들어도 주체적으로 자기 자신의 삶을 능동적으로 살기보다는 부모의 욕망을 실현하는 도구로 살게 된다.

부모의 전폭적인 뒷받침으로 겉보기에는 빠르게 사회적, 경제적으로 성공한 것처럼 보이지만 스스로 해낸 것이 아니다. 그래서 작은 위기에도 휘청거리고, 위기에 대처하기보다는 자신이 전폭적으로 의지할 대상을 찾아 헤맨다.

자율성과 주도성 경험이 없는 양육

자율성 및 주도성을 경험하기 어려운 양육 방식이 의존성 성격을 만든다. 독립적인 아이로 키우겠다고 혼자 재우지만, 정작 뭐라도 하려고 하면 대신해 주는 부모들이 있다. 이러한 양육은 분리불안과 함께 통제감을 상실하게 해, 무엇 하나 자신이 능동적으로 결정하지 못하고, 나이가 들어도 모든 것을 부모에게 의존하는 사람을 만든다.

의존성 성격이 병이 될 때

의존하던 상대의 거절이나 이별로 우울장애 또는 불안장애를 경험할 수 있고, 의지할 대상을 찾지 못해 약물중독에 빠질 수 있다.

의존성 성격의 캐릭터 설정하기: 자신이 무능해서 아무것도 할 수 없다는 생각

부모와의 관계, 양육

과잉보호하는 부모. 아이가 병이 있거나 허약하여 과잉보호해야만 하는 경우와 부모의 성격(완벽주의 등) 때문에 아이의 자율성을 인정하지 않는 경우로 나눌 수 있다. 또한, 기질적으로 불안이 높아 어린 시절에 부모(주양육자)와 떨어져 있었던 경험이 매우 고통스럽게 인식되었거나, 분리-개별화가 이루어질 수 없을 정도로 안정적인 애착 형성이 어려운 상황 등도 의존적 성격의 원인으로 설정할 수 있다.

병약한 어린 시절의 경험으로 인해 돌봄을 받는 것이 익숙해, 성인이 된 이후에도 가까운 사람에게 자신의 신체적 취약성을 드러내며 지속적인 돌봄을 요구한다. 신체적 취약성을 드러내지 않는 경우라도 중요한 의사결정을 부모에게 맡긴다거나, 혹은 본인은 무능하여 아무것도 할 수 없다는 생각으로 나이 들어서도 어렸을 때처럼 부모에게 경제적, 심리적으로 의존하는 행동을 수정하지 않는다.

취약 상황, 갈등 요인

의존하던 대상이 이들의 지나친 의존에 질려서 떠나가면 극심한 심리적 혼란을 경험한다. 의존성에 경계선 성격장애가 동반된 경우, 상대가 떠날 것 같은 불안으로 충동적이고 위험한 행동을 할 수 있다.

착취적 상대(반사회성, 자기애성 성격)나 변덕스럽고 혼란스러운 상대(히스테리성, 경계선 성격)와 얽히게 되면 상대에게 헌신할 수밖에 없는 의존적 성격의 소유자들은 지옥문이 열린다. 자신의 열등감은 타인에게 인정받으면 해결할 수 있다고 믿는다. 따라서 타인에게 인정받기 위해 수단과 방법을 가리지 않는다.

반사회성과 자기애성 성격의 사이비 교주와 의존성 성격의 인물이 만난다고 설정했을 때, 그들이 서로 영향을 주고받으며 얼마나 역동적으로 비극을 만들어내는지 그릴 수 있다.

소설 《얼음과 불의 노래》, 드라마 〈왕좌의 게임〉의 제이미 라니스터는 검술도 뛰어나고 얼굴도 잘생긴 데다가 언변도 뛰어나 이야기 안에서도, 독자들 사이에서도 인기가 많다. 제이미는 누이 세르세이 라니스터의 욕망을 실현하는 데에 걸림돌이 되는 인물들을 살해한다. 경계선 성격 인물인 세르세이의 극단적인 평가에 괴로워하면서도 '운명'이라는 사슬에 묶여 세르세이에게서 절대 벗어나지 못하는 인물이다. 세르세이를 만족시키는 것 외에는 자신이 무얼 원하는지도 잘 모르는 인물로, 매력적인 요소가 많으면서도 세르세이와 함께 자신을 둘러싼 세상을 파멸로 이끌어간다.

툴리가의 차녀, 캐서린 스타크의 여동생이자 아린가에 시집간 라이사 툴리 역시 순진하고 가정적인 소녀로 피터 베일리쉬를 짝사랑한다. 하지만 피터가 자신의 언니를 사랑하는 것을 알고 낙담한다. 그러다 피터가 캐서린에게 사랑을 고백했다 차이고 엉망진창으로 취하자, 그의 잠자리로 들어가 자신을 캐서린으로 착각한 그와 하룻밤을 보내고 임신에 이른다. 그러나 이를 알게 된 아버지 호스터 툴리에 의해 억지로 아이를 낙태하게 되고, 몸이 크게 망가진 채 늙은 존 아린과 결혼하게 된다. 이후 유산을 거듭하다가 겨우 얻은 아들 로버트 아린을 매우 애지중지해서 존 아린이 귀족들의 풍습대로 그를 라니스터 가에 종자로 보내려 하자, 피터 베일리쉬의 꼬드김에 넘어가 존 아린을 독살하고 툴리 가문의 섭정으로 아들을 과보호하면서 피터에게 매달린다. 그러나 피터 베일리쉬는 라이사의 아들에 대한 맹목적인 사랑과 의존을 이용해서 제 욕심만 채운 뒤 그녀를 죽여버린다.

특정 상황에서의 행동

범죄: 가스라이팅에 취약한 유형

〈혐오스런 마츠코의 일생〉의 마츠코처럼 착취적인 인물에게 얽혀

서 범죄에 동원되는 경우가 있을 수 있고, 범죄 사건의 희생자가 될 수 있다. 그리고 의존성 성격의 인물은 가스라이팅(gaslighting)에 가장 취약한 유형이다. 최근 언론이나 방송에서 자주 언급되는 가스라이팅은 피해자가 피해 사실에 대해 밝히려 할 때 가해자가 그 행동을 막는다는 특징이 있다. 가해자는 피해 사실을 피해자의 잘못으로 돌린다거나 피해자가 예민하기 때문으로 생각하게 한다. 피해자 자신의 생각과 불쾌한 감정을 모두 의심하게 만들며, 가해자가 원하는 대로 행동하거나 묵인하는 것이 가스라이팅의 핵심이다. 의존성 성격의 인물은 타인에게 의존하고 자신감이 부족해, 가스라이팅의 희생자이면서 추가 범죄 사건에 협력자가 될 가능성이 있다.

오랫동안 가정 폭력 피해를 당해 와 '학습된 무기력' 상태에 놓여있던 피해자. 특히 가해자의 배우자가 이런 유독한 관계를 벗어나지 못하고 가해자의 영향권 아래 놓여있다거나, 자녀들까지 가해자의 학대를 방관하거나 심지어는 돕는 사례도 많이 볼 수 있다. 친족간 성폭력 사건에서 피해자가 범죄 피해를 가족에게 알렸을 때, 가해자를 두둔하거나 '너 하나 참으면 되는데 유난을 떤다'며 신고조차 하지 못하게 막은 경우가 적지 않게 발생한다. 이때 피해자를 억압하는 사람은 가해 당사자거나 가해자에게 의존하는 다른 가족인 경우가 대다수다.

그러나 종종 이런 병리적 의존 관계를 극단적인 방법으로 타파하는 경우가 있다. 바로 오랫동안 학대당하던 아내가 남편을 살해하는 경우이다. 교도소에서 복역 중인 여성 살인범의 대다수가 남편을 죽인 사람들로, 오랫동안 가학적 관계에서 도망치지 못하다가 어느 날 남편이 잠자거나 술에 취해 기타 무력을 행사하지 못하는 상태가 되면 '동기는 계획적이나 기회의 측면에서 우발적인 상태'로 살해를 감행하게 된다. 남편이 아내를 폭행하다가 살해하면 우발적 범행이라는 이유로 고의성이 입증되지 않는다며 폭행치사, 상해치사 등으로 살인 혐의는 없다고 법리해석을 하는 경우가 많다. 반면에 아내가 남편을 살해하면 그 동기가 계획적이었다는 이유로 살인죄를 인정받아 길게 복역하는 경우가 대부분이다. 남편 살해범들은 범행을 후회하진 않지만, 남편을 여전히 사랑하며 그 대상을 죽이고 나서야 빠져나올 수 있었던 병적인 결혼 생활에도 행복한 시기는 있었다고 진술하는 등 양가적 감정을 가진 경우가 많다.

<u>의존성 성격과 관련된 키워드</u>

#나를두고가지마 #난그사람없으면못살아요 #나너없으면죽어

#이용당해도좋아 #나같은게어떻게혼자 #당신뜻대로

4장

방어기제, 인간의 본능과 감정을 다루는 무기

방어기제는 프로이트가 제시한 개념으로, 개인이 불안이나 고통을 경험하는 상황에서 자신의 자아를 보호하기 위해 무의식적으로 사용하는 사고 및 행동 메커니즘을 뜻한다.

개인마다 성격의 구조적 특성, 추구하는 가치, 욕망 등에 따라 주로 사용하는 방어기제가 다르다. 따라서 방어기제를 이해함으로써 캐릭터와 상황을 구상할 때 입체적이면서 보이는 영역(인물의 심리묘사와 행동)과 보이지 않는 영역(인물의 성격 특성, 욕망 등 인물이 의식하지 못하는 무의식적 영역)을 독자가 설득될 수 있게 설정할 수 있다. 또한 문화나 개인이 속한 사회적 집단에 따라 용인하거나 거부하는 감정이 다르다. 그리고 개인이 영향받는 문화와 사회적 집단에 따라 방어기제의 발현되는 양식, 사용 빈도 역시 다르다.

방어기제는 본능과 감정을 다루는 주요한 수단으로, 무의식적으로 작동되며, 병리적인 증상의 발현인 동시에 적응적인 기제일 수 있다.[16]

방어기제는 정신 질환자부터 성숙한 인격을 가진 성인에 이르기까지 인간이라면 모두 심리적 불편감을 지금 당장 해소하기 위해 사용하는 것으로, 성숙한 사람이라고 해서 매번 성숙한 방어기제만을 사용하는 것은 아니다.

그러나 미성숙한 방어기제의 빈번한 사용은 자신의 가능성과 한계를 파악하고, 현실에 대한 정확한 인식과 판단을 하는 데에 걸림돌이 된다. 그래서 창작자가 방어기제를 파악할 수 있다면, 다양한 등장인물 간의 갈등, 인물의 성공과 파멸의 과정 등을 효과적으로 그리는 데에 도움이 된다.

투사,
자신의 욕망과 감정을 타인에게

"날 화나게 하려고 저 사람이 일부러 내 어깨를 치고 간 거야."
"저 여자가 짧은 치마를 입은 것은 나를 유혹하려고 하는 거지."

투사(projection). 자신이 인정할 수 없는 욕망이나 감정들을 다른 사람들에게서 원인을 찾는 것으로, 흔히 경험할 수 있는 방어기제 중 하나다. 주로 열등감이나 죄의식, 두려움, 분노, 성적 욕망 등 자신을 괴롭게 하는 감정에 해당하며, 일시적일 수도 있고 지속적일 수 있다. 지속적일 경우에는 특정 대상에 대한 편견이나 고정 관념이 되어, 근거 없이 굳건한 가치관으로 작용한다.

투사는 일상과 사회 곳곳에서 발생하는데, 자신의 욕망과 감정을 '인간'이나 '한국 사람' 등 자신이 속한 집단으로 확대하기도 하고, 자신과 반대편으로 여기는 집단에 뒤집어씌우기도 한다. '신'

과 같은 추상적 영역의 대상으로 투사가 확대되면, 투사에 명백한 망상이 더해져 현실 검증력을 아예 포기한 '망상적 투사(delusional projection)'가 되기도 한다.

투사는 종종 크고 작은 갈등을 일으키는데, 투사가 위험한 것은 행위자의 폭력에 대한 이유나 정당성을 피해자에게서 찾을 때이다. 이는 영화 〈쏘우〉의 직쏘의 행위를 보면 잘 알 수 있다. 직쏘는 편집성과 반사회성 성격이 두드러지는 인물로, 자신이 말기 암 환자가 되었다는 분노를 자신이 보기에 '살아있음'에 감사하지 못하고 인생을 허비하는 것으로 보이는 대상들에게 투사해, 그들을 납치해서 자신이 만든 끔찍한 '생존 게임'을 치르게 한다. 자기 자신의 죽음 사건이 피해자에게서 온 것이 아님에도 불구하고 나름의 논리를 세워 그들에게 자신의 고통을 몇 배, 몇십 배로 전가한다. 직쏘가 마치 자신이 '신'이라도 된 것처럼 '응징'의 논리를 펼치는 장면이 있는데, 자신의 무력감을 최악의 방식으로 벗어나려는 것일 뿐, 면밀하게 살펴보면 논리의 비약이 상당하다.

투사를 주 방어기제로 사용하는 사람은 자신의 감정과 욕망을 분명하게 지각하긴 하나, 이를 자신의 것으로 인정할 수 없을 정도로 자신에 대한 상이 협소하고 경직되어 있어, 인격적으로 성숙하는 데에 어려움이 있다. 따라서 이와 반대로, 자신의 욕망과 감정, 타인에게서 오는 자극을 그대로 수용할 수 있다면, 인격적으로 성숙하는 데에 긍정적으로 작용한다.

투사와 정반대 방향으로 일어나는 '내사(introjection)'는 외부에서 관찰 가능한 다른 사람의 감정과 행동을 자신의 것으로 받아들여 모방하는 것으로, 투사와는 달리 자신의 감정과 욕망을 아예 무시한다는 차이점이 있다. 내사는 주로 특정 집단에 소속하고 싶을 때, 아이와 같이 타인에게 전폭적으로 의지해 안정감을 느끼고 싶을 때, 자신에 대한 인식을 포기하면서 이뤄지는 방어기제라고 할 수 있다.

두려운 대상의 특징을 자신의 것으로 받아들여 무의식적으로 두려움을 해소하고자 한다. 예를 들어, 어릴 때 폭력적인 아버지로 인해 고통을 받았던 인물이 커서 자신 또한 자식에게 폭력적으로 대하는 아버지가 되는 것이다. 내사도 투사와 마찬가지로 인격적인 성숙에 방해가 되며, 자신의 고유한 감정이나 욕망을 억누른다는 차이점이 있다. 인간은 성장 과정에서 자연스럽게 영유아기에는 자신의 욕망을 외부에 '투사'한다. 그러다 청소년 시기의 사회화 과정에서 집단의 가치나 친한 친구의 행동적 특성을 '내사'해 모방한다. 성인이 되어서는 자신의 욕망과 타인의 욕망을 구분하기에 이른다. 따라서 성인이 되어서도 분화되지 못한 인식이 불안을 유발하는 상황에서 미성숙한 방어기제를 빈번하게 사용하게 한다고 볼 수 있다.

- 투사와 연관이 있는 성격 유형: 편집성 성격, 반사회성 성격, 경계선 성격
- 내사와 연관이 있는 성격 유형: 의존성 성격

부정,
사실을 현실로 받아들이지 않는다

"아냐. 그 사람은 죽지 않았어."

"그거, 내가 한 거 아닌데?"

부정(denial). 방어기제를 잘 모르는 사람이라도 주변에서 쉽게 알아챌 수 있는 방어기제다. 부정은 개인이 자신의 바람과 충돌되거나 가치관에 어긋나는 사건으로 인해 심리적 불편감을 경험할 때 일어난 사실 자체를 현실로 받아들이지 않는 것이다.

방어기제 '억압'이 일어난 사건에 대한 인식은 가능하나 감정이나 생각을 무의식의 영역으로 눌러 의식의 영역으로 나오지 않게 하는 것이라면, 부정은 사건 발생 자체를 일어나지 않은 일로 간주하는 것이다.

다른 사람이 부정이라는 방어기제를 사용하는 것은 외부에서 쉽게 발견할 수 있다. 그러나 부정을 사용하는 사람이 현실을 정확하게 인식하게 하는 데에는 어려움이 있다. 엘리자베스 퀴블러 로스의 '죽음 수용의 5단계(부정 – 분노 – 타협 – 우울 – 수용)'에서 자신이나 심리적으로 밀착된 지인의 죽음을 접했을 때 사람들이 경험하는 감정의 단계에서 첫 번째가 부정인 데에는, 그만큼 부정이 충격에서 자신을 보호하기 위해 사람들이 흔하게 사용하는 방어기제이기 때문이다. 부정은 당사자가 현실적 대응 방법을 모색할 때까지 잠시 일어나기도 한다.

연극 〈로테르담〉에서 앨리스는 부모에게 자신이 레즈비언임을 알리는 메일을 쓰고는 도저히 용기가 나지 않아 차마 보내지 못하고 임시 저장함에 놔두었다. 그걸 알고 있는 렐라니가 앨리스의 메일함에서 메일을 찾아내 전송 버튼을 누른 뒤, 앨리스에게 그 사실을 알린다. 놀란 앨리스가 장난하지 말라며 그럴 리 없다고 반응하는데, 이 반응이 부정이다. 앨리스가 너무 놀란 나머지 일어난 상황을 일차적으로 부정하다가 자신의 노트북을 들여다보며 재차 확인하면서 사실을 받아들이게 되어 렐라니에게 분노한다.

'왜곡'은 부정과 같이 일어난 사실을 현실로 받아들이지 않으면서 한발 더 나아가 사실을 자신이 수용 가능하게 변화시켜 인식한다. 예를 들어, 유일한 보호자인 아버지가 아이에게 정신적·신체적인 학대를 가할 때, 그것을 아이가 잘되라고 한 '애정의 증표'로 여기는 것이다. 그래야 자신이 아이를 학대한 사람이라는 불편한 인식을 하지 않아도 되기 때문이다.

또한 우리는 가까운 관계 내에서도 상대에게서 종종 불안을 경험하곤 하는데, 기질 특성상 어떤 이들은 관계에서 불안을 심하게 경험하기도 한다. 그럴 때 자신이 경험하는 불안을 상대의 탓으로 돌리면서 상대의 의미 없는 사소한 행동도 날 배신할 수 있는 엄청난 징조로 해석하기도 한다.

'부정과 왜곡'은 주로 대안이 없이 꽉 막힌 상황에서 개인이 현실을 있는 그대로 인식했다간 자아가 손상될 수밖에 없다고 여겨질 때 주로 사용하는데, 외부 현실을 바꾸어 인식하는 방어기제다. 객관적 현실이 혹독하거나 개인이 스트레스 유발 상황에 탄력적으로 대응하지 못해 그럴 수도 있다. 따라서 두 측면 중 어느 하나라도 완화되면 자연스레 부정이나 왜곡의 방어기제 사용 빈도는 낮아진다.

이야기 진행이 1인칭 주인공의 시점으로 전개될 때 그 주인공이 부정과 왜곡을 주 방어기제로 사용한다면, 이야기 후반부에서 독자에게 놀라운 반전을 선사할 수 있다. 영화 〈식스센스〉나 〈디 아더스〉처럼 자연스럽게 중심인물의 이야기를 따라가 보면 인물의 가장 중요한 사건, 자기 자신의 죽음을 부정했기 때문에 이야기 전체가 뒤집히는 효과가 있다.

- 부정, 왜곡과 연관이 있는 성격 유형: 편집성 성격, 의존성 성격

환상, 다른 세상으로 도망가다

"우리 엄마는 선녀고, 나는 선녀의 딸이야. 언젠가 때가 되면 엄마가 나를 찾으러 올 거야."
"나에게만 자신의 목소리를 들려주는 인형이 있어."

환상(fantasy). 현실에서 벗어나 다른 세상으로 도망가는 방어기제로, 도저히 피할 수 없이 맞닥뜨려야 하는 고통의 순간을 잠시 견디게 해 준다. 우리는 누구나 조금씩 현실에서 벗어나 책이나 영화, 드라마를 통해 다른 세상에서 다른 존재로 사는 상상을 하지만 그것을 진짜로 여기지 않는다.

그러나 상상 속에 오래 머물거나, 상상을 구체적으로 하면 할수록 점점 '진짜'로 느껴질 정도로 생동감이 있다. 그러다 상상에서 벗어나 현실을 바라봤을 때 현실 속 나는 상상 속의 나와 다르게 초라하게 느껴지기도 한다.

누구나 불만족스러운 현실을 견디기 위해 잠시 다른 세계를 상상하지만, 환상을 주 방어기제로 사용하는 사람들은 자신의 상상을 현실의 연속선상으로 인식한다는 데에 차이점이 있다. 어린아이일수록 상상과 현실을 구분하지 못하는 모습을 보이며, 그래서 환상을 방어기제로 사용하는 사람을 '어린아이로의 퇴행'으로 여기기도 한다.

영화 〈샤인〉의 데이비드는 피아니스트로서의 성장과 아버지의 과도한 집착으로 갈등하던 중 피아니스트로서의 성장을 선택하고 아버지에 의해 가족으로부터 단절된다. 어릴 때부터 아버지에 이끌려 피아노를 연주할 뿐 또래 집단과 어울려 성장하지 못했던 그는, 가족과 단절된 후 피아노 연주로 자신을 증명하기 위해 자신을 호되게 밀어붙이다가 현실적 지각이 붕괴하기에 이른다.

영화에서 중년이 된 데이비드는 여전히 내면은 어린아이에 멈춰있는 듯한 모습을 보이고, 피아노 연주에 대한 순수한 열정을 드러낸다. 데이비드가 혼잣말로 중얼거리는 내용을 잘 들여다보면, 아버지와 함께 있었던 어린 시절에 남아 환상 속에서는 여전히 아버지와 소통하고 있는 것으로 보인다.

환상이 외부 현실을 바꾼다는 면에선 '왜곡'과 비슷하지만, 외부 현실뿐 아니라 자신의 감정, 때로는 정체성마저 바꾼다는 점에서 왜곡과 차이가 있다. 성폭행이나 학대 등 개인이 도저히 감당할 수 없고 벗어날 수도 없는 순간을 견뎌야 할 때, 정신적 방어막이 되어주기도 한다.

그러나 환상을 방어기제로 사용하는 사람은 자신의 환상을 현실화하려는 노력을 적극적으로 하지 않고, 주변 사람들에게도 강제하지 않는다는 특징이 있다. 그저 자신이 지금 이대로 있더라도 내면의 갈등을 겪지 않고 만족할 수 있는 수단으로 사용한다. 대인관계의 갈등을 피하거나 친밀한 관계 자체를 회피하고 싶을 때, 만약 겉으로 드러날 경우 자신이 감당할 수 없는 공격성이나 성적 충동을 숨기고 싶을 때 흔히 사용한다.

- 환상과 연관이 있는 성격 유형: 회피성 성격, 조현성 성격, 조현형 성격

행동화,
즉각적인 자극을 추구한다

"내가 위험한 행동을 하든지 말든지 너랑 무슨 상관이야?"

행동화(acting out). 내적인 갈등에 대한 감정을 의식하지 않기 위해 즉각적인 자극을 추구하는 행동으로 표현하는 방어기제이다. 다른 방어기제와 다르게 행동화를 방어기제로 사용하는 사람은 자신의 내적 갈등이 다른 사람에게 드러나는 것을 고려하지 않는다. 그래서 행동화는 다른 방어기제보다 훨씬 '눈에 띈'다.

충동적으로 표현하기 때문에 당사자 또한 행동의 결과에 대해 감당하지 못하는 경우도 많다. 주로 청소년의 비행, 갑작스럽게 성질부리기, 태만이나 도착, 약물 사용, 자해, 문란한 성적 방종 등의 부적절한 행동으로 나타난다.

영화 〈트레인스포팅〉의 마크 렌튼(이완 맥그리거)과 친구들은 헤

로인이나 알코올에 중독되어 있거나 성 중독에 빠져있다. 재미로 물건을 훔치기도 하고, 술집의 옆 테이블 사람들과 시비가 붙어 격렬하게 싸우기도 한다. 실업으로 경제적인 어려움이 있어 회사 면접을 보다가도 포기하는 등 욕구를 지연시키는 데에 어려움을 느끼는 모습을 보인다. 욕구뿐 아니라 내적으로 조금의 불편함이라도 생기면 어떤 식으로든 바로 해결하는 모습을 보인다.

행동화를 사용하는 사람의 주변 사람들은 그의 예측할 수 없고 상황에 부적절한 행동으로 자주 당황하고 분노한다. 또한 주변 사람들이 가장 피해를 크게 입는 경우가 많아, 행동화를 반복하면 할수록 그를 옹호하는 것이 어려워진다. 그러다보니, 행동화를 사용하는 사람은 고립되거나 행동화를 주로 사용하는 사람들하고만 제한적으로 어울리게 된다.

성적 때문에 아버지에게 혼난 고등학생 딸이 우발적으로 가출한다거나, 어머니의 사망 후 아들이 장례식에는 참석하지 않으면서 그 시간에 문란한 성적 방종을 저지르거나 자해를 하는 등의 형태로 행동화가 드러난다. 행동화를 주 방어기제로 사용하는 사람은 현실이 주는 고통이나 긴장에서 쉽고 빠르게 벗어나기 위해 다른 강렬한 자극을 적극적으로 추구한다.

- 행동화와 연관 있는 성격 유형: 반사회성 성격

이지화,
갈등 상황에서 감정을 억눌러 통제한다

"슬프긴요. 생각해보면, 그 사람과 헤어진 게 그 사람에게나 나에게나 잘된 일인 것 같아요."

"저는 시험 볼 때 빨간 양말을 신어야 성적이 잘 나와요."

이지화(intellectualization). 갈등 상황에서 갈등과 관련한 감정을 억눌러 고통을 느끼는 것을 피하는 것으로, 생각만이 남아 있는 방어기제이다. 불안과 고통을 느끼지 않고 이성적 사고를 통해 지금 내가 겪는 문제 상황을 벗어나려 하는 기제로, 긴급한 위기 상황에서는 효율적으로 위기를 통제할 수 있다.

그러나 자주 사용할 경우, 유보된 감정이 한꺼번에 어느 날 갑자기 개인을 덮쳐버릴 수도 있다. 공황장애, 강박장애와 같은 질병으로 감정과 생각을 지각하거나 호흡하는 것까지도 어렵게 만들 수 있다. 상황과 적절하지 않게 극한 공포를 느끼거나, 이 상황을 벗어나기 위해선 어떤 행동을 해야 한다는 등의 자신만의 '미신'을 굳게 지킨다. 심한 경우에는 의식하지 않아도 가능했던 호흡이 불가능한 것처럼 느끼기도 한다. 개인이 갈등 상황에서 통제감을 강하게 느끼기 위한 방어기제인데, 자주 사용하면 오히려 기본적인 통제감마저 잃게 만든다.

이지화를 자주 사용하는 사람은 자신의 감정뿐 아니라 가까운 사람의 감정 또한 알아채는 것이 더딜 수 있다. 주변 사람이 봤을 때 이 사람이 무언가 부자연스럽고 차갑게 느껴질 수도 있다. 간혹 이지화로 감정을 과도하게 억누르는 경우, 현재 처한 상황이나 이치에 맞지 않는 엉뚱한 이야기를 하는 것을 목격하기도 한다. 전자는 강박성 성격과 자기애성 성격에서 이지화가 발현되는 경우이고, 후자는 조현성 성격과 조현형 성격에서 이지화가 발현되는 경우다. 관찰되는 모습은 달라 보일 수 있으나 감정을 배제하고 상황에 적절하지 않게 의식적으로 행동한다는 공통점이 있다.

영화 〈이보다 더 좋을 순 없다〉에서 주인공 멜빈은 강박성 성격에 이지화가 몸에 밴 사람이다. 사랑을 고백할 때조차도 감정적으로 흔들리지 않는 것 같다. 드라마 〈나의 아저씨〉의 이지안(이지은)의 경우에는 반복되는 상실감으로 웬만한 일에는 둔감하고 냉정한 태도를 보이는 이지화를 주로 사용한다. 하지만 박동훈(이선균)이라는 인물을 만나 처음으로 실질적인 도움과 위안을 얻으면서 후반부에는 감정을 있는 그대로 표현하는 등 이지화에서 벗어나는 모습을 보인다.

- 이지화와 연관 있는 성격 유형: 자기애성 성격, 강박성 성격, 조현성 성격, 조현형 성격

전위,
욕망을 수용하지 못해 새로운 대상과 목표를 설정한다

(밖에서 불쾌한 일을 겪고 나서 집에 들어와 가족에게 화를 내며) "날 무시하니깐 네가 이러지."

"아저씨, 사랑해요."

전위(displacement). 개인의 욕망이 현재의 자아상과 맞지 않을 때나 실현할 가능성이 없는 경우에, 무의식적으로 그 대상이나 목표를 대신해 새롭게 설정하는 방어기제다. 예를 들어 부모가 너무 무서운 아이의 경우, 부모가 아니라 동물을 무서워하는 것으로, 즉 자신에게 수용이 가능한 대상으로 바꿀 수 있다. 이뿐만 아니라 전위는 누군가를 죽이고 싶어 하는 격렬한 감정을 수용하지 못해, 발가락의 감각이 사라지는 등의 신체적 증상으로도 나타날 수 있다.

전위는 자칫 방어기제 전체를 아우르는 설명이 될 수 있어, 여기에서는 '전이'와 '역전이'를 중심으로 이야기해보고자 한다.

우리는 살면서 누군가를 강렬하게 원망하기도 하고, 사랑하기도 한다. 그런데 내가 한때 강렬한 감정을 느꼈던 그 사람과 비슷한 사람을 만났다면? 그럴 때 우리는 새로운 대상에게 이전 경험의 강렬한 감정을 느낄 때가 있다. 누군가에게 매혹되기도 하고, 불신하게 되기도 한다. 그래서 "제가 아는 사람 닮았어요" 하며 다가오는 사람을 경계해야 한다. 나를 나 자신으로 보는 게 아니라, 아는 사람의 상을 덮어씌울 가능성이 크기 때문이다.

전이와 역전이는 상담 장면에서 상담자와 내담자와의 관계에서 자주 일어나기도 한다. 예를 들어, 아버지와 관계에서의 경험이 아버지와 비슷한 연령대의 남성 상담자와의 관계에서도 반복할 가능성이 있다. 훌륭한 상담자는 오히려 상담 장면에서 나타난 내담자의 전이를 통해 상담의 치유적 효과를 높이기도 한다. 아버지에게 해결되지 않았던 감정이 상담자에게 전이되어 다시 한번 의식의 수면 위로 드러났다면, 이를 기회로 삼는 것이다. 주의할 점은 이때 상담자에게서 내담자에 대한 역전이가 일어날 수 있다는 것이다. 예를 들어, 내담자가 아버지에 대한 깊은 그리움으로 상담자를 사랑한다고 했을 때(어머니에 대한 경우나 다른 가족, 친구 등의 대상도 마찬가지), 상담자가 매력적인 내담자가 자신을 이상화하고 사랑하는 것에 빠져 내담자에게 적절한 경계를 긋지 않는 경우이다.

상담 장면에서 전이와 역전이가 자주 일어나며, 이 과정을 통해 상담이 성공적이거나 파괴적으로 끝날 수 있다. 때문에 국내에서도 상담학회나 상담심리학회, 임상심리학회 등에서 상담 윤리 강령으로 이를 막고자 한다. 그럼에도 뉴스를 통해 환자의 전이를 악용해 문제가 됐던 정신과 의사나 교인과의 부적절한 관계를 맺은 성직자의 사례를 종종 접한다.

영화 〈얼굴 없는 미녀〉에서 경계선 성격장애로 괴로워하던 지수를 정신과 의사 석원이 최면을 통해 치료하는 과정에서, 자신을 남편으로 여기고 사랑을 갈구하는 그녀와 성적인 관계를 맺는다. 〈얼굴 없는 미녀〉는 이야기를 더 극적으로 끌고 나가기 위해 최면을 사용했지만, 치료 과정에서 보이는 지수와 석원의 행동이 전이와 역전이가 일어나는 과정을 잘 보여주고 있다.

일상에서 전이를 자주 사용하는 사람을 알아채는 방법은 의외로 간단하다. 바로 비슷한 스타일의 애인을 만나는 사람이다. 옆에서 보기에 '어떻게 비슷한 사람을 또 찾아냈을까?' 싶을 정도로 비슷한 스타일의 애인을 만나서 같은 문제로 헤어지는 패턴의 사람이 있다. 전이를 사용하는 줄도 모르고 무의식적으로 발현하고 있는 것으로, 자신에 대한 객관화와 전이를 시작하게 된 경위를 파악하고, 전이의 최초 대상에 대한 감정을 해결하지 않고서는 패턴을 계속 반복할 수밖에 없다.

- 전위와 연관 있는 성격 유형: 연극성 성격, 경계선 성격, 회피성 성격

해리, 고통을 피하려고 다른 존재가 되다

"새로운 나를 만나!" - 지킬 박사의 한마디

"난 어른이 아냐. 아직 어린애라고!"

소설《지킬 박사와 하이드》, 뮤지컬 〈지킬 앤 하이드〉는 인간의 이중성을 잘 보여주는 작품으로 현재에 이르기까지 많은 이들에게 사랑받는 이야기다. 이성적이고 반듯한 신사이자 유능한 의사인 지킬이 실험을 통해 내면에서 하이드라는 악한 인물을 끄집어낸다. 지킬의 경우에 이중인격, 정신착란으로 진단할 수도 있다. 하지만 일반적으로 사람들도 고통스러워 일시적으로 다른 존재가 된 것 같은, 지킬의 하이드와 같은 '해리'를 경험하기도 한다.

해리(dissociation). 개인이 '나'라고 통합적으로 인식하는 것에서 벗어나는 것으로, 고통을 마주했을 때 피하려고 다른 존재가 되거나, 고통을 유발한 사건 자체를 깡그리 잊어버리는 것을 의미한다.

다른 존재가 된다면 더 이상 나는 고통을 느끼지 않을 것이고, 고통을 유발한 사건으로부터 나를 단숨에 격리할 수 있다. 고통을 느끼지 않기 위해 오히려 공포 상황을 스스로 찾는 아이러니한 모습을 보이기도 하고, 환희감을 경험하기 위해 갑자기 종교적인 사람이 된다거나 환각성 약물에 손을 대기도 한다. 어떨 때는 자신이 되고 싶은 인물을 연기하는 것처럼 비치기도 한다.

해리를 겪는 사람을 곁에서 지켜보면 그 사람이 평소와 같지 않은 이질성을 느끼게 된다. 멍해지기도 하고, 기억을 못 하기도 하고, 다른 사람이 된 것처럼 행동하기도 하는데, 일시적으로 일어나기도 하지만 반복해서 일어나기도 한다.

우리가 본 드라마나 영화의 극적인 장면에서도 흔하게 해리를 발견할 수 있다. 사랑하는 사람이 사고당하는 걸 눈앞에서 지켜본 인물이 그 자리에서 기절하는 장면도 해리의 하나다. 또한 경험하는 나와 분리된 느낌을 받으며, 외부에서 나를 지켜보는 것 같은 느낌이 들 때도 있다. 이는 '이인증'으로, 인구의 50~70%는 일생에 한 번 이상 이인증을 경험한다. 이인증 또한 해리의 일환이다.

해리라는 증상은 어른들과 비교해 아이들에게서 더 자주 일어날 수 있으며, 퇴행으로 나타나기도 한다. 예를 들어, 기저귀를 뗀 지 1년이 넘은 아이가 동생이 태어난 이후 부모의 사랑을 되찾기 위해 동생처럼 기저귀를 다시 착용하려 드는 것이다. 그러면서 부쩍 발달 단계에서 일시적으로 퇴행해 더 어린아이와 같은 행동과 말투를 취한다.

해리는 개인이 일생 가운데에서 일시적으로 여러 번 경험할 수 있지만, 심각한 경우에는 다중인격으로 더 유명한 해리성 정체감 장애와 해리성 기억상실, 이인증 등의 정신과 질환으로 이어지기도 한다.

- 해리와 연관 있는 성격 유형: 연극성 성격, 경계선 성격

반동형성, 자기 자신의 욕구나 감정에 정반대로 행동한다

"우리 못난이!"

"전 너~~~무 좋은데요!"

반동형성(reaction formation). 자신의 수용할 수 없는 욕구나 감정에 정반대로 행동하는 것을 말한다. 미운 놈 떡 하나 더 주는 식으로 상대에 대해 부정적 감정을 느끼는 것이 불편해 오히려 잘해주기도 한다. 혹은 어린아이가 귀여워서 꼬집어 울리는 식으로 상대를 좋아하는 감정이 불편해 오히려 싫어하는 사람을 대하듯 하기도 한다.

사람뿐 아니라 물건이나 업무 등 너무 하기 싫지만 해야만 할 때 과도하게 좋아하는 듯이 말하고 행동하며, 그 반대도 가능하다. 다른 방어기제와 다른 점이라면 반동형성은 당사자가 자신의 감정을 어느 정도 인식하고 있고, 그 감정을 외부에 들키지 않기 위해 행동으로 옮길 때는 정반대로 하는 것이다.

로맨스 소설에서 관계의 긴장감을 증폭시키기 위해 남자 주인공이 여자 주인공을 좋아하면서 정작 반대로 행동해, 여자 주인공을 헷갈리게 한다. 남자 주인공이 여자 주인공을 좋아하는데 그렇게 행동하지 못하는 것처럼, 현실에서도 지켜보다 보면 가까운 사람의 행동이 반동형성임을 알아채기도 한다.

영화화 되기도 한 소설《그레이의 50가지 그림자》에서 남자 주인공 크리스천 그레이는 여자 주인공 아나스타샤에게 강렬하게 끌리면서도 자기에게서 멀어지라고 말한다. 아나스타샤 역시 그레이에게 강한 끌림을 느끼지만 그레이의 말로 인해 헷갈리며, 핸드폰도 끄고 잠수를 타는 등 그와 멀어지려고 시도한다. 그러나 그럴 때마다 그레이는 이전에 했던 말과는 다르게 아나스타샤를 찾아온다. 서로의 속을 모른 채 멀어졌다 가까워지는 반복이《그레이의 50가지 그림자》내용의 절반이다.

우리 일상에서도 내가 누군가에게 사랑받고 싶고 보살핌이 받고 싶을 때, 누군가에게 내가 받고 싶은 대로 혹은 그 이상으로 대하는 것이다. 한편 상대의 의사와 요구, 상황적 맥락은 크게 고려하지 않고 밀어붙일 때도 있어, 좋은 의도로 행동했더라도 반드시 좋은 결과로 이어지지는 않는다.

다른 미성숙한 방어기제와 마찬가지로, 반동형성도 방어기제의 당사자와 상대에게 혼란스러움과 오해를 남겨 의사소통에도 문제가 생긴다. "네가 진짜 바라는 게 뭐야?"

- 반동형성과 연관 있는 성격 유형: 편집성 성격, 강박성 성격

억압, 기억을 잊어버리거나 감정을 내면에 묻어 버린다

"어? 내가 왜 울고 있지?"

"이유는 모르겠는데, 어린 시절이 잘 기억나지 않아."

억압(repression). 모든 방어기제의 초석이자 원형이라고도 할 수 있다. 견딜 수 없는 기억을 잊어버리기도 하고, 감정을 내면에 묻어 버리기도 한다. 오래된 친구나 가족이 "너에게 그런 일이 있었지"라고 얘기해도 "나한테 그런 일이 있었다고?"라며 기억하지 못한다고 대답한다.

억압이 단순한 망각과 구분되는 점이라면, 억압의 당사자에게 지속적인 영향을 미치고 있거나 때때로 엉뚱한 타이밍에 자신도 모르게 감정이 표출된다는 데에 있다. 벤치에 앉아 나무를 보고 있다가 우는데, 자신이 왜 우는지 전혀 알지 못한다. 지속적인 상담을 통해 그 벤치와 나무가 의절한 친구와 자주 앉아서 놀던 곳과 비슷한 곳이라는 점을 알게 될 수도 있다. 이런 경우, 친구와 의절 후 느낀 좌절감이나 상처를 자신의 마음속 보이지 않는 곳에 묻어버렸던 것을 알게 된다.

반면, 아버지의 첫 번째 기일과 같은 억압의 당사자에게 큰 의미 있는 일을 잊기도 한다. 아버지의 죽음을 못 받아들인다면 부정이 되겠지만, 그렇지는 않고 그와 관련된 기억이나 슬픔을 떠올릴 만한 일정이나 물건의 의미를 잊기도 하는 것이다.

분노와 같은 강렬한 감정에 휩싸여서 온몸의 근육이 긴장되어 있는데도 화가 나지 않았다고 말하는 일시적인 억압의 경우도 있다. 유년 시절 경험한 가정 폭력으로 그때를 기억하지 못하는 장기적 억압의 경우도 있다. 후자의 경우에는 기억하지 못한다고는 하지만, 폭력적인 부모와 비슷한 사람을 보기만 해도 이유 없이 공포에 질리는 것으로 표출되기도 한다. 장기적 억압의 경우에는 엄청난 힘으로 기억을 억누르기 때문에 때로 통제 불가능하게 폭발하기도 한다.

다큐멘터리를 애니메이션으로 만든 〈바시르와 왈츠를〉은 레바논 전쟁에 참전했던 아리 폴만 감독 자신의 실화를 바탕으로 만들어진 작품이다. 폴만 감독이 친구와의 대화에서 레바논 전쟁에서 일어난 끔찍한 어떤 사건을 전혀 기억하지 못한다는 것을 깨닫고, 자신의 기억을 찾기 위한 여정을 그리고 있다. 옛 전우를 만나 인터뷰하는데, 전우들 또한 아리 폴만이 기억하지 못하는 그날의 사건을 서로 다르게 기억하고 있었음을 알게 된다. 그리고 전우들의 이야기를 들으며 그는 마침내 자신이 잊고 있던 사건을 기억해 내게 된다.

〈바시르와 왈츠를〉에서는 전쟁과 같은 끔찍한 사건에서 인간이 고통을 견디기 위해 각자 어떤 방어기제를 사용하는지 바시르의 인터뷰를 통해서 잘 이해할 수 있다. 작품에 부정, 왜곡, 환상 등 온갖 방어기제가 총집합해 있다.

한국의 '화병'이라는 문화적 질병도 억압과 관련 있다. 독한 시집살이를 시키던 시어머니는 이제 죽고 없는데, 예순이 다 된 며느리가 억압으로 눌러놓았던 감정이 폭발해 과거의 일을 현재 일어나는 일처럼 다시 경험하기도 한다. 감당할 수 없는 감정과 기억이 신체화로 이어져, 건강에 악영향을 미치기도 한다. 그러나 시간이 오래 걸리더라도 맺힌 감정을 풀어주면 신체 건강 또한 자연스럽게 되찾는다.

- 억압과 연관 있는 성격 유형: 회피성 성격, 강박성 성격

성숙한 방어기제:
이타주의, 억제, 예상, 유머, 승화

조지 E. 베일런트 하버드대 교수는《성공적 삶의 심리학》에서 장기임상연구인 '그랜트 연구'[17] 대상자들을 설명하기 위해 프로이트의 방어기제를 '정신병적' 기제들, '미성숙한' 기제들, '신경증적' 기제들, '성숙한' 기제들, 이렇게 4가지 수준으로 나누어 살펴보았다.

베일런트는 개인이 맞닥뜨리는 상황과 개인의 내적 취약함에 따라 4가지 수준의 방어기제를 번갈아 사용하며, 개인의 성격 특질에 따라 특정 방어기제를 더 자주 사용할 수 있다고 했다. 따라서 우리가 '성숙한 사람'이라고 알고 있는 사람의 경우, 매번 제4수준의 성숙한 방어기제를 사용할 수 없고, 미성숙한 사람이라고 해서 매번 1~3 수준의 미성숙한 방어기제를 사용하는 것은 아니라는 것이다.

다만 인격적으로 성숙한 사람은 개인이 사용하는 방어기제 중 성숙한 방어기제의 빈도가 더 높은 것이라고 할 수 있다. 물론 죽을 때까지 성숙한 방어기제를 사용하지 않는 사람도 있을 수 있다. 또한 그랜트 연구를 통해 개인의 성장에 따라 청소년기와 청년기에 따라 주로 사용하던 미성숙한 방어기제가 나이가 들어 성숙한 방어기제가 될 가능성에 대해서도 언급했다. 예를 들어 억압과 해리를 사용하던 것에서 승화로 발전되기도 하고, 전위와 반동형성에서 이타주의로 발전되기도 했다.[18]

그렇다면 제4 수준에 해당하는 성숙한 기제로 분류되는 방어기제는 어떤 것들이 있는지 알아보자.

첫 번째, 이타주의(altruism)다. 이타주의는 나의 욕구 충족과 이익을 우선시하지 않고, 더 많은 사람의 이익을 건설적인 방향으로 모색하는 것을 말한다. 이타주의를 자주 사용하는 사람은 자신이 겪은 고통과 결핍을 외부에 전가하지 않고, 개인의 능동적 행위를 통해 고통의 반복되는 고리를 끊고 선한 행위로 전환한다. 예를 들어, 가난한 집 대가족의 장남으로 태어난 사람이 커서 자신의 어린 시절과 같이 경제적으로 힘든 아이들에게 실질적 도움을 주는 것을 말한다. 자신의 욕망을 타인에게 전가한다는 점에서 투사나 행동화처럼 보이지만, 이타주의는 다른 성숙한 방어기제와 마찬가지로 정확한 자기 인식과 타인에 대한 배려를 전제로 한다는 점에서 크게 다르다. 베일런트는 이타주의를 '건설적인 반동형성'[19]이라고 표현하며, 청소년기에 투사나 반동형성, 행동화 등의 방어기제로 주로 사용하다가 나이가 들어, 인격적 성숙과 더불어 이타주의와 같은 성숙한 방어기제 사용으로 이어질 수 있다고 했다.

영화 〈해바라기〉의 주인공 오태식(김래원)을 아들처럼 살갑게 대하는 덕자(김해숙)가 이타주의의 예를 보여주고 있다. 덕자는 아들을 우발적으로 죽인 오태식을 용서하고 따뜻하게 대해준다. 그런 덕자로 인해 오태식은 감옥에서 나가면 이전과 다르게 삶을 살아보기로 결심한다.

두 번째, 억제(suppression)다. 억제는 현재의 불쾌한 감정을 누른다는 점에서는 억압과 비슷해 보인다. 하지만 억압은 주로 개인이 수용하지 못하는 부정적 감정을 눌러 심지어 당사자까지도 속이려는 반면에, 억제는 현재 느끼는 불쾌한 감정을 정확하게 인식하면서 그 감정의 진위를 진지하게 고민할 수 있는 시기로 의도적으로 미룬다는 차이점이 있다. 그리고 그 시기가 왔을 때 피하지 않고 불쾌한 감정을 유발한 문제에 대해 다룬다. 억제를 잘 사용하는 사람에게선 인내와 끈기가 돋보인다. 어린 시절 억압과 이지화를 많이 사용하던 사람이 성장해 억제를 주 방어기제로 사용할 수도 있다.

영화 〈화양연화〉에서 차우(양조위)와 수리첸(장만옥)은 서로의 배우자가 연인임을 알게 되어 만난 관계이지만, 서로를 사랑하기에 이른다. 그들은 이루어질 수 없는 사랑에 아파하면서도 이를 쉽게 겉으로 드러내지 않는다. 특히 차우를 연기한 양조위는 눈에 감정을 담고 말과 행동으로는 표현을 자제하는 인물을 자주 연기했는데, 〈중경삼림〉이나 〈아비정전〉, 〈색, 계〉 등이 그렇다. 많은 영화에서 양조위는 영화의 색채에 따라 인물의 억압과 억제를 모두 잘 보여주었다.

세 번째, 예상(anticipation)이다. 예상은 미래에 일어날 일에 대해 계획하고 준비하는 것을 말한다. 마치 3인칭 관찰자 시점으로 소설을 읽듯 자신과 세상을 객관적인 시각으로 조망하며 미래에 필요한 것을 준비한다. 예를 들어, 예상을 주 방어기제로 사용하는 사람은 항암 치료로 입원하기에 앞서서 자신의 피치 못할 죽음으로 혼란스러워질 수 있는 재정적 문제를 해결하기 위해 서류들을 정리해놓을 것이다. 일상에서는 중요한 선택의 갈림길에서 하나의 길로 걸어가기로 선택했을 때, 그 길을 걸어가는 데에 수반되는 어려움에 대해 예상하고 준비할 것이다.

영화로도 유명한 소설 《미 비포 유》의 전신마비 환자 윌은 명랑한 루이자와 만나 사랑에 빠지지만, 차분하게 자신의 한계를 조망하고 가족과 연인을 설득한 뒤 죽음을 준비한다. 이별과 같은 사건에서도 예상을 주 방어기제로 사용하는데, 영화 〈엽기적인 그녀〉에서 견우(차태현)가 그녀(전지현)의 미래 연인이 될 사람에게 그녀가 무엇을 좋아하고 싫어하는지 얘기하는 형태로 드러나기도 한다.

네 번째, 유머(humor)다. 심리적으로 불편감을 느낄 때 그걸 회피하지 않고 유쾌하게 달리 표현한다. 상대의 공격적인 언사에 응수하면서도 딱딱한 상황을 부드럽게 반전시킨다. 고통을 참기 위해 유머를 사용하기도 한다. 유머 또한 예상과 같이 자신과 상황을 3인칭 관찰자 시점으로 파악한다는 공통점이 있으며, 유머를 잘 사용하는 사람들은 자신뿐 아니라 다른 사람들까지도 즐겁게 하여 원만한 대인관계를 구축한다. 영화 〈인생은 아름다워〉에서 주인공 귀도(로베르토 베니니)는 언제 죽을지 모르는 위험한 유태인 강제 수용소에서조차 아들과 주변 사람들이 두려움에 빠지지 않게 유머를 사용하는 모습을 발견할 수 있다.

다섯 번째, 승화(sublimation)다. 프로이트 또한 인간이 고통을 피하는 기제로 승화의 중요성에 대해 여러 번 강조했다. 승화는 자신의 불안이나 고통을 다른 방식으로 표현해 만족감을 얻는 것으로, 예술이나 스포츠가 확실한 예이다.

세상에 나 혼자 있는 것 같은 고립감으로 괴로워 연결감을 느끼기 위해 노래를 만들기도 하고, 자신의 감정을 그림으로 표현하기도 한다. 높은 수준의 공격성을 스포츠를 통해 안전하게 발산하기도 한다. 투사나 환상, 전위 등은 감정의 방향이 전환되지만 긍정적 정서로 이어지지 않는 데 반해, 승화는 감정의 방향이 안전한 표현 양식으로 전환되고 긍정적 정서로 이어진다는 데에 큰 차이가 있다.

예술가의 생을 다룬 영화를 보면, 승화가 어떤 기제인지 단번에 이해된다. 《오만과 편견》을 쓴 제인 에어의 삶을 다룬 영화 〈비커밍 제인〉이나 캐나다의 화가 모드 루이스와 남편의 이야기를 닮은 영화 〈내 사랑〉, 교통사고로 인해 평생 짊어지게 된 신체적 고통을 그림으로 표현한 프리다 칼로를 그린 영화 〈프리다〉 등이 있다. 이 외에도 예술가들의 영화를 보면 자신의 고통과 삶의 위기, 한계를 극복하는 과정에서 값진 예술 작품이 탄생한다는 것을 알 수 있다.

지금까지 9가지의 방어기제와 더불어, 5가지의 성숙한 방어기제에 대해 살펴보았다. 성숙한 기제들과 그렇지 않은 기제들의 가장 큰 차이는 정확한 자기 인식과 능동적 대처에 있다. 또한 자신과 타인에 대한 애정이 없다면 성숙한 기제는 불가능하다.

창작자들은 방어기제를 통해 인물의 캐릭터를 입체적으로 구성(build up)하고, 갈등을 심화해 그릴 수 있다. 대인관계란 인물들의 방어기제 충돌로 오해와 갈등을 빚어내지만, 방어기제를 안다면 겉으로 드러나는 행동에 숨겨진 인간의 욕구를 깊이 이해하는 단초가 될 수 있다.

5장

재미있는 MBTI 성격 스펙트럼

MBTI와 성격 스펙트럼이 만난다면?

DSM-5라는 공인된 성격장애 스펙트럼으로 작중 인물의 성격을 설계하면서, 창작자들의 이해를 돕기 위해 한국 내에서 혈액형 성격 유형 다음으로 유명한 MBTI 특성별 분석을 추가했다.

MBTI는 융의 성격 이론을 기반으로 1944년에 마이어스-브릭스 모녀가 개발한 성격 유형 선호 지표로, 성격을 4개의 지표를 통해 16개의 유형을 도출해낸다. 이미 많은 사람이 알고 있겠지만, 현재 심리학 내에선 MBTI가 신뢰도와 타당도[20]가 낮아 개인의 특성(personality)을 측정하는 검사로서 효용 가치가 떨어진다고 본다.

그러나 현재 MBTI는 한국의 많은 사람들이 개인의 '다름'과 '같음'을 구분해서 소통하는 도구로 활용되고 있어, 이를 활용해 성격 스펙트럼의 이해를 돕고, 창작자가 인물 설정에 도움이 될 수 있다는 생각에 상상과 재미를 곁들어 실었다. 그러니 캐릭터 설정 때에만 MBTI의 도움을 받고, 설정하고 나서는 MBTI 설명을 싹 지우기를 추천한다. (어쩌면 여기에 있는 설명보다 독자 여러분이 더 좋은 설명을 제시할지도 모르니, 이 설명은 참고만 하시길!)

기본적인 MBTI 지표 살펴보기

외향형(E)과 내향형(I)

MBTI의 첫 번째 지표는 개인이 자연스럽게 뻗는 에너지의 방향(주의 초점)에 관한 것이다. 자신의 외부 세계에 대해 주의를 기울이는 외향형(E)과 자신의 내면세계에 주의를 기울이는 내향형(I)으로 나뉜다.

외향형은 다른 사람들과 적극적으로 소통하길 원하기 때문에 폭넓은 대인관계를 구축하고, 자신의 에너지를 외부로 발산할 수 있는 활동을 즐긴다. 반면에 내향형은 잠깐이라도 멈추어, 자신의 내부 세계를 확장하는 것을 원하기 때문에 혼자 있길 원하거나 소수의 대인관계를 추구한다. 외향형과 다르게 자기 자신의 생각을 말로 표현하는 것을 주저하고, 신중하게 표현하는 것을 선호한다.

외향형과 내향형을 쉽게 구분하는 법은 사람이 에너지가 고갈되었을 때 어떻게 행동하는지 보면 된다. 외부에서 에너지를 얻기 위해 파티에 가 사람들과 어울려 노는지, 아니면 파티에서 사람들과 놀면서 에너지가 고갈되는 걸 느끼고 에너지를 얻기 위해 집에

와 혼자만의 고독한 시간을 즐기는 지로 알 수 있다.

감각형(S)과 직관형(N)

두 번째 지표는 개인이 사람이나 사물을 어떻게 인식하는지 보는 것(인식 기능)으로, 개인의 실제 경험을 중시하고 현재에 초점을 맞추는 감각형(S)과 실제 경험하지 않았더라도 직관과 상상을 통해 미래에 초점을 맞추는 직관형(N)으로 나눌 수 있다.

두 유형의 가장 큰 차이점은 '시간에 대한 인식'에 있다. 감각형은 현재에 관심이 있고, 직관형은 미래나 보이지 않는 영역에 관심이 많다. 그러다 보니 감각형은 개인의 실제적 삶에 초점을 맞추며 살지만, 직관형은 개인이 속한 세계에 초점을 맞추며 산다. 경험을 중시하는지, 아이디어를 중시하는지도 차이가 있다.

사고형(T)과 감정형(F)

세 번째 지표는 의사결정을 할 때 어떤 부분에 초점을 맞추는지에 관한 것으로, 논리적이고 객관적인 사실에 근거해 원리와 원칙대로 판단하는 사고형(T)과 상황적 변수, 특히 감정적 요소를 고려하고 의미와 영향을 고려해 판단하는 감정형(F)으로 나뉜다.

사고형의 경우에는 진실과 사실 관계를 정확하게 파악하는 데에 중점을 두어 분명하면서도 차가워 보인다. 반면에 감정형은 다른 사람에게 공감을 잘하고 주변 상황까지 두루 살펴보기 때문에 따뜻해 보이지만, 오지랖을 부리는 것으로 보이기도 한다.

판단형(J)과 인식형(P)

네 번째 지표는 개인이 선호하는 생활양식으로, 분명한 목표를 설정하고 계획을 세워 성과를 이뤄내는 판단형(J)과 유동적으로 목표를 조금씩 수정하며 자유로움을 추구하는 '인식형(P)'으로 나뉜다.

판단형과 인식형을 구분할 수 있는 가장 쉬운 방법은 그 사람의 방을 보면 된다. 판단형의 경우, 책장에 책들이 아주 깔끔하게 꽂혀 있고, 물건들의 위치를 보면 일관되게 부여한 규칙이 보인다. 그러나 인식형의 경우에는 타인의 눈에 '이 물건이 왜 여기에 있는지' 인식형의 설명을 듣기 전까지는 파악하기가 어렵다. 판단형은 예상 가능한 안정된 삶을 추구한다면, 인식형은 예상치 못한 자유로운 삶을 추구한다고 할 수 있다.

외향 (Extraversion, **E**)	**주의 초점** 에너지의 방향	내향 (Introversion, **I**)
감각 (Sensing, **S**)	**인식 기능** 사람이나 사물을 인식하는 방식	직관 (Intuition, **N**)
사고 (Thinking, **T**)	**판단 기능** 판단의 근거	감정 (Feeling, **F**)
판단 (Judging, **J**)	**생활양식** 선호하는 삶의 패턴	인식 (Perceiving, **P**)

재미로 보는
성격 스펙트럼별 MBTI

'자기 확신' A군 성격 스펙트럼

편집성 성격

E	내가 의심하고 있다는 것을 말과 행동으로 적극적으로 표현한다.	의심이 가는 대상을 가만히 지켜보며, 내 의심에 합당한 증거를 수집한다.	I
S	의심에 대한 증거를 수집할 때, 예를 들어 배우자가 다른 사람에게 웃음 짓는 횟수, 손을 잡는 횟수 등 명확한 증거를 수집한다.	의심이 생길 때 사건 이면까지 생각을 확장해, 실제로는 대상이 하지 않은 일에 대해서까지 '가능성'을 고려한다.	N
T	수집한 증거를 바탕으로 자신만의 논리를 내세워 상대를 옴짝달싹하지 못하게 통제하며, 자신의 의견을 따르도록 심리적 압박을 가한다.	부정적인 감정이 때로 폭발의 형태로 표현되어, 물건을 부수거나 의심 대상에게 폭력을 가하기도 한다. 그러다가도 감정이 가라앉으면 상대가 떠나갈까 봐 사과한다.	F
J	내가 의심하는 대상과 상황을 통제하기 위해 계획을 세워 차근차근 실천해나간다.	배우자를 의심하는 경우, 우연히 배우자가 자리에 없을 때 사회적 관계를 끊어놓는다.	P

조현성 성격

E	가족들에게 혼자 있고 싶다고 주장하며, 왜 자신이 사람들과 함께해야 하는지 모르겠다고 한다(그러나 조현성 성격의 특성상 내향적일 가능성이 크다).	레고를 조립하는 등 항상 혼자서 몰입해서 하는 일을 선호하며, 부끄러움이 많고 사람들과의 관계가 불편해, 가만히 혼자 있기를 선호한다.	I
S	사람들의 시선과 내 몸에 닿는 타인의 촉감이 싫고, 때로는 싫은 걸 넘어서서 고통스럽다.	상상 속 친구를 만들어내지만, 그 친구가 다른 사람에게는 보이지 않는다는 것을 안다.	N
T	사람들이 왜 이렇게 감정적으로 동요하는지 전혀 이해하지 못한다.	사람들이 나에게 다가오면 귀찮다(이 또한 조현성 성격의 특성상 감정적으로 냉담하다).	F
J	"혼자서 할 수 있는 걸 찾아보자!"	"일단 나 좀 내버려 둬!"	P

조현형 성격

E	자신도 모르게 상상 속 인물과 대화하고, 이를 가족 구성원에게 말하기도 한다.	아무도 모르는 자신만의 친구가 있다. 그 친구는 다른 사람 눈에는 보이지 않아서 조심해야 한다.	I
S	"나는 네 마음을 읽을 수 있어!", "자, 내가 이 사람을 자리에서 일어나게 만들어 볼게."	"신이 어제저녁에 친히 저에게 찾아와 말씀해주셨습니다. 꼭 이 학교에 들어가야 한다고."	N
T	다른 사람들에 비해서 자신이 볼 수 있는 게 많다고 생각한다.	아무리 친해져도 사람들이 자신에게 함부로 할 거라는 생각을 하거나 세상은 위험천만하다고 여긴다.	F
J	"환상의 영역으로 들어가기 위해선 몇 가지의 의례를 치러야 해."	"뿅!"	P

'타인 통제' B군 성격 스펙트럼

반사회성 성격

E	세상이 자신을 가만히 두지 않는다고 생각하고 분노를 표현하고 대상이 있을 때는 처벌하려 든다.	분노를 즉각적으로 표현하지는 않지만, 은밀하게 자신의 분노와 의심에 합당한 것을 기억하고 있다.	I
S	"왜 내 어깨를 치고 가냐고!"	자기 자신에 대한 근거 없는 자신감이 있는 것으로 보이기도 한다.	N
T	"네가 맞을 짓을 한 거야"라며, 자신만의 타당한 근거를 제시한다.	"사람을 때리는 데에 이유가 있나? 아오, 그냥 내 앞에 지나간 게 잘못인 거지."	F
J	특정 대상 혹은 불특정 다수를 처벌한다는 명목으로 끔찍한 계획을 세운다.	퍽!	P

히스테리성(연극성) 성격

E	세상이라는 거대한 무대의 주인공은 자신이라고 생각하고, 자신의 감정을 우주와 연결하려 든다.	"내가 차마 말로 하진 않겠지만, 세상이라는 거대한 무대의 주인공은 나고, 나여야만 해."	I
S	사람들은 항상 자신에게 친절하고, 사랑을 주어야 하며, 이에 대한 표현은 돈이나 선물로 하면 좋다.	지하철에서 "마스크는 내 영혼을 가려요!"라고 소리치며 마스크를 벗어 던진다.	N
T	"네가 나에게 관심을 보이는 건 옳은 일이지."	사람들에게서 관심을 끌어내기 위해 과장되게 가정 표현하면서 때로는 이를 즐기기도 한다.	F
J	성급한 결정을 잘 내려, 만난 지 얼마 안 된 사람들과 결혼하는 등 갑작스러운 이벤트를 만들어내기도 한다.	"내 방은 혼란스러운 내 마음 상태를 잘 표현하고 있어요."	P

자기애성 성격

E	"내가 제일 잘 나가." 몇 시간이고 자신이 이룬 성취에 대해 떠들어댄다.	특권 의식에 사로잡혀 있으며, 은근히 특별한 사람들과만 어울리려고 든다.	I
S	"내가 뛰어나다고 말해줘"라고 상대에게 요구한다.	자신은 뛰어나고, 잘 될 수밖에 없다고 생각한다. 만약 그렇게 될 수 없다면 그건 다른 사람들이 나에게 피해를 주기 때문이라고 생각한다.	N
T	"왜 (나를 제외한) 사람들은 이렇게 밖에 일을 못하지?"	자신을 뛰어나다고 평가하지 않는 사람에게 화를 낸다거나, 못 들은 척 회피하기도 한다.	F
J	자신의 유능성을 발휘하기 위한 계획을 세우고, 이를 방해하는 사람들의 목소리는 못 들은 척한다.	"난 재주가 많지만, 아직 발휘할 환경을 못 찾은 것뿐이야."	P

경계선 성격

E	"날 뜨겁게 사랑해줄 거 아니면, 꺼져." 극단적인 감정을 표현할 때가 많고, 같은 사람에게도 극단적인 평가를 한다.	경계선 성격은 자기상이 매우 불안정하고 만성적인 공허감을 느끼는데, 이를 벗어나기 위해 타인이 주는 관심에 목매거나 성적 행동, 극단적 자해행위를 하기도 한다.	I
S	"날 사랑한다는 걸 증명해봐!"	"내가 보이지 않을 때도 나만 생각했으면 좋겠어."	N
T	"왜 세상은 이렇게 나에게 고통만을 주는가."	환희와 비참함 등 극단적인 감정 상태를 오가며, 괴로움을 호소한다.	F
J	"버림받지 않기 위해 어떻게 해야 하지?"	"버림받을 바엔 죽어버릴 거야."	P

'불안 초조' C군 성격 스펙트럼

강박성 성격

E	"넌 멍청해서 그것밖에 못 해!"라고 하면서 상대가 조금만 실수해도 깔보고 무시한다. 그리고 자기 자신에게도 채찍질한다.	"이걸 하지 않으면 날 버릴지도 몰라."	I
S	자신이 통제할 수 있는 공간만이 안전하다고 느낀다.	"세상은 혼돈으로 가득 차 있어. 이를 바로잡아야 해."	N
T	"완벽하게 하지 않을 바엔 애초에 시작하지 않는 게 나아!"	"나도 고통스럽지만, 어쩔 수 없어."	F
J	"나를 제외한 사람들은 모두 안이하게 일해"라고 생각하면서 주변 정돈을 잘한다거나 항상 하는 일에 완벽을 기대하기 때문에 만족을 모른다.	(강박성 성격의 경우, J가 압도적으로 많을 것이다.)	P

회피성 성격

E	"여기까지가 선이니깐 넘어오지 마세요." 친밀감의 욕구가 어느 정도 있지만, 일정 선을 넘기지 않고 이를 상대에게 표현한다.	눈치를 보거나 은연중에 다른 사람에게 책임을 돌리고, 자신감 또한 없는 걸로 표현될 수 있다.	I
S	"내가 예쁘지 않아서 그 사람이 나를 떠나간 거야."	"결국 너도 나를 싫어하게 될 거야."	N
T	자신이 타인과 일정한 거리를 둬야 하는 근거를 찾는다.	"사람들하고 가까워 봤자 기분만 안 좋아."	F
J	비판이나 거절을 받지 않을 만한 일이 무엇일까 생각한다.	눈을 덮을 정도로 앞머리를 길러 사람들의 시선을 피한다.	P

의존성 성격

E	"안아 줘!" "제 재산을 당신께 다 드립니다."	"당신 말이 다 옳습니다."	**I**
S	항상 자신보다 뛰어난 사람을 찾아 그 사람을 따른다.	영적 지도자를 찾아 그를 통해 자신의 영혼이 구원받을 수 있다고 여긴다.	**N**
T	상사나 지도자에게 인정받기 위해 어떤 일을 하면 좋을지 찾아낸다.	상사나 지도자에게 사랑받고 안정감을 얻기 위해 노력한다.	**F**
J	인정이든 사랑이든 자신이 원하는 목표를 향해 실천해 나간다.	순발력 있게 자신이 인정받거나 사랑받을 수 있는 타이밍을 잡는다.	**P**

6장

정신장애, 문화와 사회적 영향을 받는다

다중인격장애, 정신의 일부가 분리되다

다중인격장애(해리성 정체감 장애)는 해리장애의 가장 독특한 유형이다. 해리(dissociation)란 개인의 정신이 통합된 형태로 유지되지 못하고 일부가 분리되는 것을 뜻한다. 감당하기 어려운 정신적 충격에서 스스로 보호하기 위해 나타난다고 여겨진다. 아침 드라마에서 남편의 외도를 목격한 사모님이 기절했다가 깨어난 뒤, 자기가 본 것을 기억하지 못하는 기억상실증 역시 해리의 일종이다.

다중인격장애는 아예 다른 사람의 인격이 나타나는 경우인데, 현상의 특이성과 희귀성 때문에 종종 영화의 소재가 된다. 11개의 인격을 가진 연쇄 살인마를 다룬 영화 〈아이덴티티〉, 23+1개의 인격이 등장하는 〈23 아이덴티티〉, 자신의 또 다른 인격과 마주하는 〈파이트 클럽〉 등이 대표적이다.

다른 사람의 인격이 나타난다

행동 특성

본래의 자신과 전혀 다른 자기 인식, 행동 패턴을 보인다. 나이, 성별, 출신 지역 및 과거의 기억이 전혀 다른, 말 그대로 다른 사람이 된 것처럼 행동한다. 환각과 망상 등 조현병과 구분하기 어려운 면이 있으나, 다중인격장애의 해리된 인격들의 행동은 상당히 체계적이고 구체적인 특성이 있다.

실존 인물이자 영화 〈23 아이덴티티〉의 모티브가 된 빌리 밀리건은 고등학교 중퇴의 학력이었다. 그러나 '아서'라는 인격이 나타나면 아랍어와 아프리카어를 유창하게 구사하고 수학, 물리학, 의학에서 전문가 수준의 능력을 보인다. '레이건'일 때는 크로아티아어를 자유자재로 구사하고, '타미'일 때는 전자제품을 능숙하게 잘 다루었다.

〈23 아이덴티티〉의 케빈(제임스 맥어보이) 안에는 9살 소년 헤드윅, 우아한 여성 패트리샤, 강박적 성격의 데니스, 패션 디자이너 배니 등 서로 다른 연령대, 성별, 성격을 가진 23명의 인격이 살고 있다. 심지어 영화 후반부에서는 24번째 인격도 등장한다.

보통 본래 인격일 때는 해리되어 나타나는 다른 인격의 존재를, 새롭게 나타난 인격은 본래 인격에 대해 알지 못한다. 그러나 주변인들의 증언이나 정황증거 등에 의해 알게 된다. 다중인격장애의 이러한 특성은 영화의 반전을 위한 장치로 사용되기도 한다.

영화 〈프라이멀 피어〉의 대주교 살해 용의자 에런(에드워드 노튼)은 다중인격 '로이'가 나타난 상태에서 살인을 저질렀다는 이유로 무죄판결을 받는다. 그러나 사실 에런은 다중인격장애 환자가 아니며 무죄를 받기 위해 연기한 것이었다.

무의식적 행동과 욕구

다중인격은 자신을 보호하기 위한 무의식적 동기의 발현이다. 주인공들은 끔찍한 과거의 기억에서 벗어나기 위해, 잊고 싶은 누군가와의 관계 때문에, 의미 없는 삶을 견디기 힘들어 새로운 세계와 거기에 걸맞은 새로운 인격을 창조한다.

영화 〈파이트 클럽〉의 주인공(에드워드 노튼)은 소심한 자동차 리콜 심사관으로, 이케아 가구를 모으는 것이 유일한 낙인 지루하고 의미 없는 삶을 살고 있다. 그러던 어느 날 비행기에서 만난 불법 비누제조업자 타일러 더든(브래드 피트)을 만나면서 무료했던 그의 삶은 짜릿하고 활기 넘치는 삶으로 바뀌게 된다. 둘은 함께 '파이트 클럽'을 만든다. 그러나 영화 후반부에선 타일러가 자신의 또 다른 인격임을 깨닫게 된다.

칼 융은 사람들이 밖으로 드러내어 유지하는 이미지가 강조될수록(빛을 많이 받을수록) 그에 반대되는 그림자(shadow) 역시 커진다고 보았다. 우리는 문화적으로, 또는 양육과 학습으로 자신의 어떤 모습은 숨기고 어떤 모습은 드러내며 살아갈 것을 요구 받는다. 그 괴리가 개인의 정신이 감당할 수 있는 한계를 넘게 되면 해리가 일어난다고 본다. 이러한 빛과 그림자의 갈등은 고전 《지킬 박사와 하이드》나 마블 히어로 '헐크' 등 서구권에서 해리성 성격의 인물이 등장하는 이야기를 관통하는 주요 주제다.

왜 다중인격이 되는가?

부모의 끔찍한 학대와 충격

부모의 끔찍한 학대나 도저히 통합된 자아를 유지할 수 없는 외상적인 사건들이 원인이 된다. 〈23 아이덴티티〉의 모티브가 됐던 인물 빌리 밀리건은 9살 무렵부터 양아버지에게 성적 학대를 당했으며, 〈아이덴티티〉의 연쇄 살인마 말콤은 창녀인 어머니가 모텔을 전전하며 일하는 동안 밖에서 그 소리를 들으며 어린 시절을 보냈다.

자아를 유지할 수 없는 외상적 경험

통합된 자아를 유지할 수 없게 만드는 외상적 경험들. 대개 확고한 자아가 형성되기 이전 시기(영유아기), 주로 부모와의 관계에서 비롯되는 일들이 많다.

정신이 분리된 다중인격 자체가 병

다중인격 자체가 병리다. 심리학과 정신의학은 일관되고 통합된 자아를 유지할 수 있는 능력을 정신건강의 척도로 본다. 자아가 분열되었다는 것 자체가 개인이 더 이상 삶을 영위할 수 없다는 의미다. 한편, 해리장애로 분류되고 있는 다중인격은 과거에 '귀신 들림', '빙의'로 이해된 측면이 있다. 갑자기 전혀 다른 사람이 된 것처럼 행동하는 이들에 대한 과거의 설명 방식이라고 할 수 있다. 물론 귀신이나 영혼 등 초자연적 존재에 대한 논쟁이 끝난 것은 아니다. 현대의학은 개인의 정신이 '분리되어' 다중인격이 나타난다고 하지만, 전혀 가본 적 없는 나라의 말을 자유롭게 구사하거나 해본 적 없는 일을 능숙하게 처리하는 등 다중인격에는 본래 인격의 경험에서 유추할 수 없는 부분들이 많다.

다중인격장애 캐릭터 설정하기:
부모와 최악의 관계, 분열하는 자아

부모와의 관계, 양육

부모와의 관계 면에서는 최악이라고 할 수 있다. 문자 그대로 보통 사람들의 상상을 초월해 인류애를 상실할 정도의 '끔찍한 학대'를 의미한다. 앞서 살펴본 성격장애들에서도 부모의 학대가 영향을 미치지만, 다중인격장애의 경우는 부모가 사이코패스 수준으로 도를 넘어야 한다.

아이들의 자아는 보통 2~3세부터 형성되기 시작하여 청소년기에 발달이 마무리되는데, 이 시기 아이들과 핵심적인 상호작용을 하는 이들이 부모다. 부모가 적절한 모델이 되어주지 못하거나 안정적인 자기상을 발달시킬 피드백을 제공하지 못하면, 아이들은 부적응적 성격(성격장애)이 되거나, 분열된 자아(조현병), 또는 심리적 위기에서 분열하는 자아(다중인격)를 형성하게 된다.

취약 상황, 갈등 요인

애초에 다중인격을 만들 정도로 회피하고자 했던 심리적 위기 또는 그와 비슷한 상황에서 다중인격이 촉발될 수 있다. 다중인격의 수가 많을 때는 다중인격 간에 갈등이 일어나기도 한다. 문제해결 또는 치료를 위해 다중인격들 사이의 갈등을 이용하기도 한다.

〈아이덴티티〉에서 심리학자는 연쇄 살인마 말콤의 다중인격을 치료하기 위해 형사 인격(에드)을 이용해 다른 인격들을 제거한다. 에드는 결국 최악의 적인 범죄자 인격(로즈)을 죽이고 자신도 숨을 거둔다. 마지막까지 남은 인격인 창녀(패리스)는 고향으로 돌아가 오렌지 농장을 꾸리려는데, 죽지 않았던 진짜 범죄자 인격(티모시)이 나타나 패리스마저 죽인다.

특정 상황에서의 행동

범죄: 다중인격 범죄는 처벌받지 않는다

자신도 모르는 인격이 무슨 일을 저지를지 알 수 없다. 다중인격의 원인으로 꼽히는 주인공의 불행한 과거 때문에 다중인격 중 일부는 과격하고 불법적인 방식으로 자신의 좌절된 욕구를 해소하려는 경향이 있다.

범죄자의 일관된 범죄 의도를 중시하는 현대 법체계에서 다중인격 상태에서 저지른 범죄는 고의로 저질렀다고 보지 않기 때문에 범죄자 본인의 책임이라고 보지 않는다. 이 경우 일반 교도소에 수감하지 않고 치료감호 처분으로 특수 시설(한국의 경우 국립법무병원)에서 보호 및 치료하게 된다.

다중인격 범죄 영화나 드라마는 범죄행위의 판단에 대한 철학적 질문을 던지기도 한다. 영화 〈프라이멀 피어〉처럼 다중인격장애를 악용해서 무죄 혹은 감형받으려는 시도 또한 소재가 될 수 있다.

해리성 장애, 심리적 충격으로 과거 기억을 잃다

해리성 장애는 해리성 기억상실, 해리성 둔주, 해리성 정체감 장애(다중인격장애)로 나뉘진다.

자신의 과거를 전혀 기억하지 못하는 사만다 케인은 8년 전 한 시골 마을 해변에서 임신한 상태로 발견되었고, 과거의 기억이 없었다. 그는 딸 케이틀린을 낳은 후 결혼도 하고 유치원 교사로 행복한 나날을 보내고 있다. 하지만 괴한이 침입하여 머리에 충격을 입고, 자신이 과거에 미국 CIA 요원이었음을 알게 된다. 지나 데이비스가 열연한 영화 〈롱 키스 굿 나잇〉의 줄거리다.

해리성 기억상실, 힘든 기억을 제거하다

해리성 기억상실은 심리적 충격으로 과거의 일을 기억하지 못한다. 그런데 〈롱 키스 굿 나잇〉 안에는 보는 이를 의아하게 만들 수 있는 대목이 나온다. 사만다는 8년 동안 보통 사람으로 살았는데도 딸을 납치한 이들을 상대로 총과 칼을 자유자재로 쓰는 킬러로 변신한다. 서울대 박한선 교수는 "해리성 기억상실에 걸려도 과거에 습득한 일반적 지식과 특정한 기계를 다루는 방법, 운전법 등에 대한 기억은 그대로 남아 있고, 새로운 것을 습득하는 능력도 유지된다"[21]고 설명했다. 킬러 본색이 드러난 것은 영화 속 허구가 아니라는 말이다.

박한선 교수에 따르면 해리성 기억상실은 갑작스럽게 나타나지만, 회복 또한 갑작스럽게 이뤄질 수 있으며 영화나 드라마에서 머리를 어딘가에 부딪친 후 갑자기 기억이 돌아오는 장면이 종종 등장하는 것도 이런 측면을 고려했기 때문이라고 한다.

정신건강의학과 전문의들은 해리성 기억상실이 "억압과 부정 등 심리적 기전을 사용해 견디기 어려운 기억을 의식에서 제거하는 행위"라고 말한다. 자신의 이익을 위해 거짓말을 하는 것과는 경계해야 한다는 지적도 나왔다. 중앙대 정신건강의학과 서정석 교수는 "꾀병, 거짓 등을 통해 자신의 이익을 얻으려는 행위[22]와 해리성 기억상실은 구분돼야 한다"고 말한다.

해리성 둔주, 인격도 변한다

해리성 장애 중 영화나 드라마 소재로 가장 많이 사랑받는 것은 다름 아닌 '해리성 둔주'다. 둔주(fugue, 遁走)는 특별한 목적지도 없이 여기저기를 배회하거나 도망쳐 달아난다는 의미로, 해리성 둔주가 일어나면 자신의 과거에 대한 기억이 완전히 사라질 뿐 아니라 인격도 완전히 변해 다른 사람이 된다. 정신건강의학과 전문의들은 해리성 둔주가 "해리성 기억상실과 비슷하지만, 주거지에서 이탈하는 등 어딘가로 떠나는 것이 특징"이라고 설명한다.

해리성 둔주의 특징을 잘 녹여낸 대표적인 영화는 〈너스 베티〉다. 평소에 병원을 배경으로 한 드라마의 남자 주인공에 빠져있던 베티(르네 젤위거)는 남편이 살해당하는 충격적인 장면을 목격한다. 그 후 자신이 드라마 속 남자 주인공의 연인이라 굳게 믿고 남자 배우를 만나기 위해 로스앤젤레스로 여행을 떠나면서 이야기는 계속된다. 베티의 특징은 충격적인 사건을 경험한 후 자신이 살던 곳을 떠나 새로운 직장을 구하거나 여행을 떠나는 해리성 둔주 증상과 딱 맞아떨어진다.

실제로도 종종 검사나 판사가 며칠씩 실종되었다가 돌아왔다는 기사를 볼 수 있다. 극심한 업무 스트레스로 인한 해리성 둔주로 추정된다. 법률신문의 한 기사를 보면, 2006년 6월 13일에 출근한다며 집을 나간 뒤 연락이 끊겼던 수원지법 민사부 A모(당시 35세) 판사가 5일 만에 돌아왔다. 실종 당시 그의 승용차 안에 휴대전화와 양복 상의, 지갑이 고스란히 남겨진 채였다. A판사는 경찰 조사에서 "머리가 아파 쉬고 싶어 무작정 걷다 보니 고속버스 터미널이어서 아무 버스나 타고 잤는데 깨어보니 부산이었다", "부산에서 거제도 등을 한 바퀴 돌고 찜질방에서 잠을 잤다"고 말했다. 그는 실종 직전, 아내를 차로 지하철역에 내려준 후였다.

2011년 11월 8일에는 대전지검 B모 검사 역시 대전지법 판사인 아내와 부부싸움을 한 후 휴대전화 전원을 끄고 밤중에 사라져 출근하지 않다가, 11일 새벽 자택으로 귀가했다. 계고 조치를 받고 업무에 복귀한 A판사와는 달리 B검사는 복귀 의사를 밝히지 않았다. 두 사례 모두 젊고, 많은 업무를 해내야 하는 중압감을 지고 있는 상태에서 아내와 감정적으로 다툰 뒤 충동적으로 연락을 끊고 사라졌다는 공통점이 있다.

해리성 둔주의 또 다른 특징은 과거의 가족이나 친구를 전혀 기억하지 못한다는 것이다. 여기에 다시 과거의 기억을 되찾으면 다른 지역에서 살았던 일 또한 기억하지 못한다. 서울에서 개인사업을 하던 사람이 부도가 난 뒤 정신적 스트레스로 인해 가족을 떠나 부산에서 결혼해 살면서 서울에 있는 가족에 대한 기억이 전혀 없는 사례가 바로 해리성 둔주다.

영화와 드라마, 소설 창작자에게 해리성 둔주라는 질환은 너무나 극적이기 때문에 선호할 수밖에 없다. 하지만 현실의 해리성 둔주는 영화나 드라마처럼 아름다운 결말로 끝나지 않는다. 사업 실패, 직장 퇴출 등으로 인한 정신적 충격으로 해리성 둔주에 걸려

방황하다 실종된 이들이 적지 않기 때문이다. 김한규 정신의학과 전문의는 "갑자기 집이나 직장을 떠나 예정에 없던 여행을 하거나 행방불명이 되는 것이 해리성 둔주"라며, "짧게는 몇 시간, 길게는 수년간 나타날 수 있다"고 했다.[23] 통계에 전혀 잡히진 않지만, 정신질환 유병률이 높을 것으로 추정되는 노숙자 중에도 해리성 둔주에 의해 가족과 일터를 떠나 방황하는 사람들이 있을 수 있다. 의학 드라마 중에서도 응급실에 실려 온 노숙자가 자기 자신이 누군지도 모르는 상태에서 뇌의 종양을 제거하거나 적절한 약물 처치를 받은 후 극적으로 정체성을 되찾는 에피소드를 종종 볼 수 있다.

해리성 정체감 장애는 꾸며낼 수 있을까?

분열된 정체성이 정말 존재하는지, 아니면 개인이 책임이나 스트레스에서 벗어나기 위해 꾸며낸 것인지는 늘 존재하는 의문이다. 해리성 정체감 장애(다중인격장애)를 가진 사람들은 피암시성(타인의 암시에 빠지는 성질)이 높아, 치료 중이나 최면 중 상담자의 유도 질문에 의해서 새로운 대체 성격(alters)을 만들어낼 수 있다.

해리성 정체감 장애 환자의 50%는 어릴 때 상상의 친구를 가져 본 적이 있다. 약 9세경 현실과 환상의 차이를 구별하는 능력이 발달하는데, 피암시성이 높은 사람은 외상을 입을 때 하나의 정체성을 유지하지 못하고, 다수의 정체성으로 분리될 수 있다. 어린 시절의 외상을 치료하는 데 있어 가장 큰 논란 중 하나는 초기 외상 기억, 특히 성 학대 관련 초기 외상 기억이 정확한가 그렇지 않은가가 쟁점이다.

과거 미국에서 해리성 장애에 대한 관심이 높아졌을 때, 거짓 기억에 입각한 잘못된 고발로 인해 수많은 심리치료사가 고소당한 적이 있다. 거짓 기억을 만드는 것이 너무나도 쉽기에 환자 스스로 자신의 기억이 진실이라고 철석같이 믿을 수 있다. 많은 연구를 통해 사람들에게 가짜 기억을 심어주면 그것이 진짜인 양 기억하고, 점점 더 있지도 않은 세부 기억을 보강한다는 것을 알 수 있다.

한국인들에게 세월호 사건은 집단적 트라우마로 남았다. 배가 침몰한다는 뉴스가 나오는 순간을 아주 생생하게 기억한다고 진술하는 사람도 매우 많다. 하지만 그들이 기억하는 순간의 기억은 아마 자신이 확신하는 것처럼 사진같이 정확하진 않을 것이다. 그것을 잊는다는 것 자체가 희생자들에게 못 할 짓이라고 생각하기 때문이다. 또한 잘 기억나지 않거나 왜곡되더라도, 당시 그 순간을 기억해야 한다고 여기기 때문이기도 하다. 실제로는 얼마나 많은 이들이 자신의 당시 기억을 왜곡하고 있을지는 아무도 모른다.

정체성이 바뀌는 순간

캐릭터가 해리성 정체감 장애를 가진다면, 그는 과거에 자신이 감당할 수 없는 트라우마를 입고 자신을 보호하기 위해 여러 정체성을 갖게 되었을 것이다. 캐릭터가 해리성 정체감 장애를 연기하여 처벌을 피하거나 누군가를 처벌하려 한다면, 정체성이 바뀌는 순간인 '스위치'의 묘사가 매우 중요하다.

영화 〈프라이멀 피어〉에서 에런(에드워드 노튼)은 말 더듬는 순진한 19세 소년이다. 그러나 교구의 존경받는 대주교 러쉬맨에게 성적으로 학대당하자 그를 살해한다. 변호사 마틴 베일(리처드 기어)은 감방에 갇힌 에런에게 성적 학대의 증거물인 섹스 테이프를 보여주자, 그가 다른 인격인 로이로 변하는 것을 보고 정신이상 무죄를 주장하기로 한다. 베일은 법정에서 같은 방법으로 에런을 몰아붙여 악한 인격인 로이로 스위치 하여, 결국 해리성 정체감 장애로 인한 정신이상 무죄를 선고받고 병원으로 가게 된다. 그러나 줄곧 마음 한구석에서 에런을 의심하던 베일은 그를 찾아가고, 에런은 에런과 로이라는 정체성 모두 자신의 연기였음을 폭로한다.

창작자는 해리성 정체감 장애를 연기하는 다른 캐릭터의 약점을 캐거나, 그의 장애가 그저 연기임을 간파하여 폭로하고 상대방을 공격하는 캐릭터를 만들려면 다음과 같은 실제 사례를 참고하면 유용할 것이다.

1970년대 후반, 미국 로스앤젤레스 등지에서 10명의 젊은 여성들이 목 졸려 살해된 시신으로 발견되었다. 이후 멀리 떨어진 워싱턴에서도 같은 수법으로 2명의 여성이 살해된 채 발견되었다. 이 연쇄 살인범은 '언덕의 교살범(Hillside strangler)'으로 불렸으며, 이후 케네스 비안치가 용의자로 검거되었다. 그는 수사 과정에서 자신의 변호사를 통해 자신이 해리성 정체감 장애를 가지고 있고, 살인은 다른 정체성인 '스티브'가 저지른 것이라고 주장했다.

이에 맞서 검사 측은 최면과 해리성 장애의 대가인 정신의학과 전문의 마틴 언을 법정 증인으로 세웠다. 언은 케네스와 면담하는 동안 일부러 "진짜 해리성 정체감 장애가 있으면 적어도 3개의 정체성이 나타난다"고 얘기해주었고, 케네스는 즉석에서 세 번째 정체성 '빌리'를 만들어냈다.

언은 케네스의 주변 인물들을 통해 체포 이전에는 세 번째 정체성이 존재하지 않았다는 것을 알아냈다. 그리고 정체성이 정말로 파편화되었다면, 각 정체성은 성격검사나 심지어는 육체적 능력 간에도 분명한 차이가 존재한다는 것을 확인하였다. 그런데 케네스의 '정체성들' 간에는 유의미한 성격검사 차이가 보이지 않았다. 이러한 마틴 언의 고증 때문에 케네스의 정신장애로 인한 무죄 탄원은 기각되고, 그는 무기징역형을 선고받았다.

서번트 증후군, 낮은 지능과 제한된 감정 그리고 천재적 재능

서번트 증후군(savant syndrome). 정상 이하의 지능을 가졌거나 감정 폭이 극히 제한적인 사람이 특정 분야에서 천재적인 재능을 보이는 희귀한 증상을 일컫는다. 서번트 증후군의 권위자 미국 위스콘신의대 대럴드 트레포트 교수에 따르면, 서번트 증후군은 자폐 스펙트럼의 10% 정도이다. 서번트라는 말은 학자나 현자를 뜻하는 프랑스어 'savant'에서 왔다. 뇌 기능 이상이 원인으로 알려져 있으며, 남성이 여성보다 4배 많다. 그래서인지 영화나 드라마에 등장하는 서번트 증후군 환자도 남성이 많다.

영화 〈레인 맨〉의 레이먼(더스틴 호프먼). 전화번호부를 한 번 보고 모든 전화번호를 외우거나 쏟은 이쑤시개의 개수를 순간적으로 파악하는 등 엄청난 기억력의 소유자.

영화 〈그것만이 내 세상〉의 오진태(박정민). 한 번 들은 곡은 그대로 칠 수 있는 능력이 있다.

드라마 〈굿 닥터〉의 박시온(주원). 자폐가 있지만 뛰어난 암기력과 공간지각능력으로 훌륭하게 의사 업무를 수행한다.

영화 〈증인〉의 지우(김향기). 뛰어난 기억력으로 살인사건 해결의 결정적 증인이 된다.

특정 분야에서 천재적인 재능을 보인다

행동 특성

특정 영역의 천재적인 능력이 이들의 특징이다. 실제 서번트 증후군 환자인 영국의 화가 스티븐 윌트셔는 헬리콥터를 타고 뉴욕 상공을 20분 정도 비행한 뒤 자신이 본 장면을 그대로 그림으로 재현해 냈다.

다른 사람들과의 소통에 문제가 있는 자폐증 환자가 뛰어난 능력을 발휘한다는 것이 독자들의 상상력을 자극하는 이유다. 또한 서번트 증후군 환자들의 능력은 드라마의 극적 전개나 문제 해결의 결정적 단서가 되기에도 좋다. 뛰어난 능력을 드러내지 않을 때 보여지는 그들의 취약한 모습도 일종의 대비 효과로 인물에 대한 몰입감을 극대화할 수 있다.

좌뇌와 우뇌의 불균형

좌뇌와 우뇌의 기능 불균형이 원인으로 추정된다. 어떤 이유로 좌뇌의 기능이 손상되면 이를 보상하기 위해 우뇌가 비정상적으로 활성화되는데, 이것이 특정 능력의 발현으로 이어진다는 것이다. 대개 태아 시기, 좌뇌가 발달할 시점에 남성 호르몬이 과다 분비되면 좌뇌에 손상을 입으면서 서번트 증후군이 될 수 있다. 이런 이유로 남성 유병자 비율이 높다.

좌뇌와 우뇌를 연결하는 뇌량이 기능을 하지 않거나, 치매나 질병으로 좌뇌에 손상을 입는 경우도 비슷한 현상이 일어난다.

지적 능력과 감정 표현 부족으로 소통이 어렵다

서번트 증후군 환자들은 특정 영역의 뛰어난 능력을 제외하면 지적 능력도 낮고 감정 표현도 제한적이다. 따라서 대인관계와 사회적 역할의 수행에 문제를 보인다. 주변의 도움이 없으면 일반 학교에서 공부하거나 직업을 갖는 등의 일상적 생활이 어렵다.

서번트 증후군 캐릭터 설정하기: 자폐 스펙트럼 중에서도 드문 경우

부모와의 관계, 양육

서번트 증후군은 거의 생물학적 원인으로 설명되기 때문에, 이들의 존재에 대한 설정은 의미가 없다. 그렇다고 서번트 증후군이 있는 인물을 남발하는 것은 콘텐츠의 개연성을 떨어뜨린다. 서번트 증후군은 유병률 1% 미만의 자폐 스펙트럼 장애 중에서도 극히 드물게 나타나는 현상이기 때문이다.

취약 상황, 갈등 요인
자폐 환자 특유의 상호작용 방식이 다른 등장인물들과의 갈등을 초래할 수 있다.

특정 상황에서의 행동

범죄: 다른 사람들과의 상호작용에 관심이 없다
기본적으로 자폐 환자들은 다른 사람들과의 상호작용에 관심이 없어서, 이들이 범죄 의도를 갖고 어떤 범죄를 저지르는 것은 상상하기 어렵다. 다만 의도치 않은 행동의 결과로, 또는 이들의 천재적 능력을 이용하려는 세력이 있다면 범죄에 관련될 수도 있다.

만화 《고성소의 슈베스터》는 구교(천주교)와 신교(개신교)가 대립하던 1542년 신성 로마제국(현 오스트리아 잘츠부르크)를 배경으로, 마녀의 아이로 클라우스트롬 수도원에 강제로 보내져 학대당하던 주인공 '엘라'가 같은 처지의 소녀들과 레지스탕스를 구성하여 수도원을 전

복시키는 이야기를 다룬다.

여기서 안타고니스트(antagonist, 반동 인물)이자 수도원의 총장인 에델가르트는 교황청까지 장악하려는 야심을 가지고 수단과 방법을 가리지 않는 인물로, 구교 귀족과 교황청 주교들의 약점을 잡기 위해 '한 번 읽은 자료는 절대 잊지 않는 기억력'을 가진 헬가 포일겐을 이용한다.

헬가는 수도원에서 도망치려다가 고문을 당하고 심신이 망가진 소녀인데, 고문의 후유증으로 마치 서번트 증후군 같은 능력을 얻게 된다. 만화에서는 수도원생들을 고문하여 서번트 증후군을 끌어내기 위한 극적인 장치로 '감각 차단 탱크'[24]를 사용한다.

대부분의 수도원생이 정신적으로 망가진 데 비해, 헬가는 각성하면서 서번트 증후군을 갖게 된 것으로 묘사된다. 그러나 실제로는 자폐스펙트럼과 서번트 증후군은 선천적인 것으로, 후천적으로는 얻을 수 없다. 헬가가 고문 후유증으로 마음을 닫고 타인과 상호작용을 멈춰버린 것은 실제로도 가능한 일이나, 서번트 증후군 같은 능력을 얻은 것은 극적 허용에 불과하다고 볼 수 있다.

아스퍼거 증후군, 지능은 정상이지만 공감력은 떨어진다

드라마 〈이상한 변호사 우영우〉의 인기로 대중들의 아스퍼거 증후군(Asperger syndrome)에 대한 관심이 증폭되었다. 아스퍼거 증후군도 서번트 증후군과 마찬가지로 자폐 스펙트럼 장애의 한 종류이다. 의사소통과 사회적 상호작용에 문제가 있지만, 특정 분야에 뛰어난 능력을 보이기도 한다는 점에서 서번트 증후군과 혼동된다. 하지만 아스퍼거 증후군의 경우, 언어와 지능의 발달은 정상적이라는 차이점이 있다. 인도 영화 〈내 이름은 칸〉의 칸(샤룩 칸)은 IQ 168의 천재이며, 천재적인 사업가 빌 게이츠와 일론 머스크 등의 인물도 아스퍼거 증후군이라는 설이 있다.

사회적 교류가 어렵다

행동 특성

언어 발달은 정상적이나 다른 사람의 말을 이해하는 능력(공감)은 떨어진다. 특이한 화법이나 억양 등이 있다. 특정 주제에 강한 관심을 가지며 상대방의 반응을 고려하지 않고 행동하여 사회적 교류에 어려움을 갖는다.

아스퍼거 증후군의 원인은 명확하지 않으나 가족 중 아스퍼거 장애가 있으면 발병 확률이 높은 사실에 미루어 유전의 영향이 있을 것으로 추정된다. 대뇌 손상 등 뇌 신경계 관련 질병이다. 원인과 증상이 불분명하여 ADHD나 조현성·조현형 성격장애, 강박장애 또는 양극성 장애와 혼동되기도 한다.

아스퍼거 증후군 캐릭터 설정하기: 타인과의 상호작용이 어렵다

취약 상황, 갈등 요인

서번트 증후군과 유사한 특징은 있으나 원인과 증상을 특정하기가 어렵기 때문에 창작물의 주인공으로 설정하는 데는 무리가 있다. 간혹 아스퍼거 증후군 환자가 천재로 묘사되기도 하지만, 서번트 증후군처럼 아스퍼거 증후군 자체가 곧 천재적 능력을 의미하는 것은 아니므로 주의해야 한다. 〈이상한 변호사 우영우〉는 일반적인 자폐 스펙트럼 장애 환자와 자폐 스펙트럼 장애에 대한 사회의 편견을 묘사하여 이 부분에 대한 우려를 상쇄시켰다.

아스퍼거 증후군이 있는 사람은 정상 지능(IQ 80 이상)을 가진 사람이다. 적절한 훈련과 보살핌을 받는다면 겉으로 보기에는 무리 없이 사회생활이나 직장생활을 해내기도 한다. 그러나 아스퍼거 증후군이 있는 사람은 그렇지 않은 사람과 상호작용을 할 때 어려움을 겪는다. 타인과의 관계에 무심한 자폐인과 달리 아스퍼거 증후군의 사람은 대화를 주고받을 수 있고, 눈 맞춤도 어느 정도 할 수 있으며, 타인과의 관계에 대한 욕구가 있어 서투르지만 상호관계를 맺으려고 노력한다.

문제는 이들이 사회적 상호작용에서 부적절하게 반응하기 때문에 다른 사람들과의 관계 형성에서 실패하고 상처받을 확률이 높다는 점이다. 이들은 관심 분야가 좁고 깊어 다른 사람과 수다를 나누거나 잡담을 하지 못한다. 남과 공통된 주제나 가볍게 의견을 교환할 수 있는 주제에 대한 지식이 있어야 하지만, 그들은 자신이 좋아하는 주제가 아니면 대화 자체를 하지 않거나 자신이 하고 싶은 말만 한다.

언어의 사용에도 문제가 있다. 예시를 들면 장황하고 말이 많다거나, 갑작스럽게 대화의 주제를 바꾼다거나, 뉘앙스를 이해하지 못하고 문자 그대로 이해한다거나, 자기 자신에게만 유의미한 은유를 사용한다거나, 듣는 데에 문제가 있다거나, 유식을 과시하거나, 형식에 경도되거나, 특이한 화법, 목소리의 크기나 억양, 운율, 리듬이 문장 내내 단조롭게 나타나는 것 등이다.[25] 자폐 스펙트럼 장애와 유사하게 감각적으로 매우 예민하여 음식을 가리거나 특정한 스타일이나 특정 재질의 옷이나 도구만을 고집하기도 한다.

사회적 의사소통이 어려운 점, 반드시 지켜야 하는 자신만의 원칙과 상동행동 등이 다른 인물들과의 갈등을 빚는 원인으로 묘사된다. 그들만의 원칙과 뛰어난 능력으로 보통 사람들이 보지 못하는 문제를 해결해 가는 것이 주요 스토리 라인. 자폐 스펙트럼 장애에 대한 사회의 편견 역시 중요한 갈등 요인이다.

특정 상황에서의 행동

일상: 결혼하는 경우도 있다

자폐 스펙트럼을 가진 사람들은 전체 인구의 1% 정도로 적지 않지만, 이들의 80%가 취업을 하지 못하고 취업한 사람들도 능력을 밑도는 일을 하고 있다. 그러나 일부 업계, 특히 이공계에서는 하나에 집중하는 그들의 능력을 높이 사서 일부러 고용하기도 한다. 실리콘밸리에서 일하는 엔지니어 중 자폐 스펙트럼을 가진 사람의 비율이 높다. 이에 실리콘밸리에서 일하는 사람들의 자녀 중 (유전력에 따라) 자폐 스펙트럼을 가진 아이들이 다른 직군보다 많다는 이야기도 있다.

아스퍼거 증후군의 사람들은 인간관계를 깊이 갖지 않지만, 직업훈련을 통해 혼자서도 할 수 있는 일을 찾으면 그럭저럭 결혼하고 살기도 한다. 에세이 《고릴라 왕국에서 온 아이》의 저자 던 프린스-휴즈는 서른여섯 살에 자폐의 일종인 아스퍼거 증후군을 진단받았다. 그때까지 그는 자신이 남과 왜 다른지 알지 못한 채 멸시와 냉대를 던지는 인간 세상에서 상처받으며 살았다.

그러던 어느 날 우연히 방문한 동물원에서 고릴라들의 세상에 발을 들여놓게 되고, 사람들과는 나누지 못했던 상호작용을 고릴라를 관찰하며 배워간다. 고릴라를 통해 다양한 감정의 본질과 규칙을 깨닫게 되고, 자신의 감정을 제대로 표현하고 상대방의 감정을 파악하는 법과 인간과 자기 자신이 소통하는 법을 배우게 된 것이다. 그렇게 그는 고릴라를 연구하는 인류학 박사가 된다. 한편 동성애자인 그는 반려자로 멋진 여성을 만나 가정을 꾸려 아이를 낳고 살고 있다. 치료와 주변의 이해, 도움이 있다면 아스퍼거 증후군의 사람들도 가정을 만들 수 있다는 걸 보여주는 사례이기도 하다.

영화 〈이미테이션 게임〉은 주인공인 앨런 튜링(베네딕트 컴버배치)이 제2차 세계대전 동안 독일이 이니그마 기계를 이용해 군사정보를 암호화 한 것을 풀어내는 실화를 다룬 이야기다. 앨런 튜링은 수학자, 암호학자, 논리학자이자 컴퓨터 과학의 선구적 인물이며, 알고리즘과 계산 개념을 '튜링 기계'라는 추상 모델을 통해 형식화함으로써 컴퓨터 과학의 발전에 지대한 공헌을 한 인물이다.

앨런 튜링은 아스퍼거 증후군이 있는 매우 똑똑한 사람이지만, 다른 사람과의 관계에선 서투르기 짝이 없었다. 앨런 튜링은 독일 베를린의 잠수정 등에서 보내온 메시지를 코드화하여 해독하는 암호학 부서(GCCS)의 10명 남짓한 뛰어난 인물들로 이루어진 연구팀의 수장이 된다. 그러나 튜링은 팀원들과 협력할 수 없어서 어려움을 겪는다. 그런 와중에 독일군의 암호를 해독해냈으며, 당시 컴퓨터의 발달에도 큰 영향을 끼쳤다.

업적을 인정받아 해피엔딩으로 끝났으면 좋았겠지만, 그는 당시엔 죄인 취급받던 동성애자였고 결국 경찰에 동성애 혐의로 체포되었다. 그는 연구를 계속하기 위해 감옥행을 면하는 대신 전환 치료[26]를 강요당하고 화학적 거세를 당했으며, 결국 시안화칼륨(청산가리)을 바른 사과를 먹고 자살한다. 영화 초반, 연구실에서 시안화칼륨이 없어졌다고 경찰에 신고한 뒤 경찰이 출동했음에도 정리상태가 엉망인 연구실을 청소하며, 경찰과의 상호작용이 잘되지 않는 장면을 보여주는 연출이 있다. 이는 그가 비극적 죽음을 맞이하는 결말에 대한 힌트이며 수미상관이라 하겠다.

마블 히어로즈 영화 〈가디언즈 오브 갤럭시〉에서 아내와 딸을 잃은 복수를 하기 위해 가디언즈 오브 갤럭시에 합류하는 드랙스(데이브 바티스타)는 눈치 없고 힘만 센 외계인이다. 그가 속한 종족은 특성상 직설적이고 예스러운 말만 한다. 그러다 보니 다른 팀원들과 얘기할 때 성적인 얘기나 더러운 얘기 등 보통 대화에서 사람들이 선택하지 않는 주제에 대해 자기가 하고 싶으면 그냥 해버리는 눈치 제로의 언행을 보인다.

그렇지만 감정을 느끼지 못하거나 남과 어울리지 않고 고립되려 하는 것은 아니며, 가디언즈 오브 갤럭시의 일원들 모두를 아끼고 가족처럼 생각한다. 드랙스의 언행은 아스퍼거 증후군의 성향을 외계인으로 바꾼 것이라고 이해하기 쉽다. 이런 면은 다른 사람과의 신체 접촉을 통해 그의 감정을 읽는 엄청난 능력이 있지만, 에고의 행성에서 유일한 생명체라 사회성은 젬병인 맨티스와 대화할 때 시너지를 일으켜 손꼽히는 개그 신으로 평가받기도 했다.

범죄: 인터넷상의 키보드 배틀

아스퍼거 증후군의 사람들이 보이는 '사회성 결여' 때문에 그들은 '별나다, 찐따, 이상한 애' 등의 평가를 받으며 학교 폭력의 피해자가 되기 쉽고, 이 때문에 아예 친구 사귀기를 포기하기도 한다. 신입에게 너그러운 종교 생활을 하기도 하지만, 종교 생활 역시 사회성 결여 문제로 길게 하기 어렵다.

자폐 스펙트럼 장애와는 달리 친교의 욕구가 있다. 그래서 아스퍼거 증후군이 있는 사람들은 얼굴을 보며 대화하고 비언어적 신호를 해석하지 않아도 되는 인터넷 활동을 선호한다. 그러나 대화나 글쓰기가 계속될 경우, 뉘앙스 해석이나 은유를 알아듣는 능력이 떨어지는 게 드러나기도 한다. 또한 직설적으로 말하는 버릇으로 인해 인터넷상 말싸움, 소위 '키보드 배틀'에 휘말리게 되는 경우도 종종 있다. 몇 년 전 특정 게시판에서 유행한 '완전체'라는 사회적 스킬 결여자에 대한 묘사 중 일부는 아마 아스퍼거 증후군이 있는 사람들을 겨냥한 것이 아닐까 싶다.

리플리 증후군,
본래의 나 말고
다른 멋진 인물이 되고픈 욕구

리플리 증후군(Ripley syndrome). 자신이 만들어낸 세계를 사실이라고 믿는다. 미국 소설가 퍼트리샤 하이스미스의 소설 《재능 있는 리플리 씨》에서 명칭이 유래되었다. 허언증, 공상허언증이라고도 한다. 사실이 아닌 것을 사실로 믿는다는 점에서 망상장애(조현병 스펙트럼)로 볼 수도 있고, 자신이 만들어낸 세계를 지키기 위해 범죄 등 반사회적 행동까지 할 수 있다는 점에서 반사회적 성격장애의 특성도 나타난다.

자신이 만들어낸 세계를 사실로 믿는다

행동 특성

자신의 본래 모습을 철저히 감추고 자신이 되길 원했던 다른 사람의 모습을 연기한다. 영화 〈리플리〉의 리플리처럼 치밀하게 조작하기도 하지만, 영화 〈거짓말〉의 아영처럼 거짓말을 더 큰 거짓말로 덮다가 곤경에 처하기도 한다. 영화 〈화차〉의 경선 역시 치밀한 설계 끝에 완벽한 타인의 삶을 얻었다고 생각했으나, 신용카드 조회라는 단순한 절차에 발목이 잡히고 만다.

의외로 연기력은 큰 문제가 되지 않는다. 리플리 증후군의 사람들에게 자신은 이미 자신이 만든 다른 인물 자체이므로.

소설 《재능 있는 리플리 씨》의 리플리. 호텔 종업원인 톰 리플리는 부자에다 사교계 유명 인사인 친구 디키를 살해하고 그의 신분으로 살아간다. 그의 가짜 삶은 디키의 시체가 발견되고 나서야 멈출 수 있었다. 알랭 들롱 주연의 〈태양은 가득히〉로 영화화되었으며, 1999년에도 맷 데이먼 주연의 영화 〈리플리〉로 리메이크되었다. 우리나라에서도 드라마 〈미스 리플리〉로 번안되었다.

영화 〈화차〉에서 빚에 시달리던 경선(김민희)은 가족도 없고 혼자 사는 선영(차수연)에게 접근하여 살해한 뒤 선영으로 살아간다. 동물병원 원장 문호(이선균)와 결혼 약속까지 한 선영은 시부모에게 인사하러 가던 중 고속도로 휴게소에서 사라진다. 일본 작가 미야베 미유키의 소설이 원작이다.

영화 〈거짓말〉의 아영(김꽃비)은 젊은 나이임에도 큰 평수의 고급 아파트를 보러 다니고 백화점에서 비싼 가전제품을 척척 구매(곧 환불하지만)한다. 외제 차를 타는 부자 남자 친구와 결혼을 앞둔 완벽한 인생을 살지만, 사실은 피부과 조무사로 일하는 가난한 직장인이다.

무의식적 행동과 욕구

이들은 실제의 내가 아니라 사람들이 경외할 정도의 멋진 내가 되고 싶다는 욕구로, 자기애성 성격장애와 히스테리성(연극성) 성격장애가 있을 가능성이 크다. 높은 자기 이상이 암담한 현실을 만날 때, 아예 이 현실을 벗어나 다른 사람으로 살고픈 욕구가 치솟는다. 마치 게임에서 플레이하던 캐릭터가 싫증이 나면 다른 캐릭터를 선택하듯이 다른 존재로 위장하며, 자신이 원하는 모습이 되기 위한 현실적인 노력을 기울이진 않는다.

자신의 위장한 모습에 속는 사람들에게 전혀 양심의 가책을 느끼지 않고, 실제 자기 모습이 드러날 위험을 피하는 데에만 관심을 기울인다.

왜 리플리 증후군이 되는가?

정확한 원인은 밝혀지지 않았으나 리플리 증후군 증상을 보이는 이들이 대개 가난하고 하층 계급의 인물이라는 점에서, 그리고 그들이 만들어내는 세계가 실제 자신과는 정반대인 점으로 보아, 현실을 부정하고 좌절된 욕망을 쉽게 실현하려는 욕구와 관계가 있을 것으로 추정한다. 지각에는 문제가 없어 조현병과 같이 자신의 상상을 실제로 믿는 등의 현실 검증 능력이 떨어지진 않는다. 그러나 실제 자신이 처한 상황(현실)을 부정하기 위해 자신의 상상을, 특정 대상이나 특정 상황에서 현실화하기로 선택한다.

위장된 자신과 현실과의 괴리가 점점 커지면

거짓말로 인해 위장한 자신과 현실과의 괴리가 커지면서 위장된 자신이 발각될까 봐 불안과 스트레스는 점점 커진다. 불안을 잊기 위해 위장된 자기 모습에 더 매달리게 되고, 그러다 결국 현실에서의 삶을 살 수 없는 상태(망상장애)가 되거나 무력감과 우울증에 빠져 극단적인 선택을 하기도 한다.

이청준의 단편 소설 《조만득 씨》의 조만득은 뻔한 이발사 수입과 모셔야 하는 노모, 매번 돈을 달라고 찾아오는 동생 때문에 괴로워하다가 자신이 거부(巨富)라는 망상을 갖게 된다. 자신을 치료하는 주치의에게 백지 수표를 끊어주는 조만득은 더 이상 돈 문제로 고민할 필요가 없다. 그러나 그의 현실은 더욱더 나빠질 뿐이다.

내가 만든 세계를 지키기 위하여

이들의 범죄 동기는 자신이 만들어낸 세계를 지키기 위함이다. 자신이 원하는 인물의 신분을 얻기 위해, 자신의 거짓말이 들통나지 않기 위해 살인도 서슴지 않는다. 이들은 존재 자체가 거짓이기 때문에 신분 위조와 위장 취업, 사기 등 거짓을 지어내고 유지하기 위한 모든 행동이 범죄가 될 수 있다.

리플리 증후군 캐릭터 설정하기: 자기애가 높은 성격

경제적·환경적 상황이 어려울 때

경제적으로나 환경적으로 상당히 어려운 상황일 때, 이 인물은 그러한 상황을 도저히 받아들이지 못할 만큼 자기애가 높은 성격일 가능성이 크다. 게다가 더 이상 그러한 상황을 버티지 못할 만큼 심각한 사건이라도 일어나면 다른 사람이 되고 싶은 충동이 일어날 법하다.

다른 사람들을 속일 만큼 뛰어난 두뇌와 치밀함이 더해진다면 훌륭한 스릴러나 범죄물의 소재가 될 수 있다.

취약 상황, 갈등 요인

거짓말이 탄로 나거나 주인공의 언행을 의심하는 주변인들이 있을 때 갈등이 심화된다. 주인공의 거짓말과 대비되는 비참한 현실도 감상자들의 긴장을 고조시킬 수 있다.

뮌하우젠 증후군과 대리 뮌하우젠 증후군

리플리 증후군과 간혹 혼동되는 것이 뮌하우젠 증후군이다. 리플리 증후군이 과대한 자기상을 현실에서 실현하려는 욕구에서 기인한다면, 뮌하우젠 증후군은 보다 타인의 관심을 끌려는 욕구와 관계있다. 특히 실제로 앓는 병이 없음에도 아프다고 거짓말을 하거나, 자해해서라도 타인의 관심을 끌려고 하는 증상으로 나타난다.

이들은 대개 지나친 과보호로 자립 능력이 부족하거나, 부모와 좋지 않은 관계로 타인의 관심과 사랑을 갈구하는 사람들이다. 의존성 성격과 히스테리성(연극성) 성격이 혼합된 증상이라 할 수 있다. 주로 신체 증상과 고통을 지어낸다는 점에서 리플리 증후군과는 구별된다.

한편, 자신의 증상과 통증이 아니라 다른 이의 병을 지어내서 타인의 관심을 받고자 하는 경우를 '대리 뮌하우젠 증후군'이라고 한다. 영화 <런>이나 <러브 유 투 데스>가 이러한 사례를 바탕으로 만들어진 작품이다.

뮌하우젠 증후군:
꾀병을 꾸며내어 관심을 얻으려고 하는 병적 심리

'어금니 아빠' 이영학

자신과 자녀를 걸고 관심과 돈을 동시에 얻으려고 한 뮌하우젠 증후군의 극단적 사례다. 히스테리성(연극성) 성격장애 및 반사회적 성격장애 공병도 의심된다. '사이코패스 검사'라고도 알려진 PCL-R 검사에서 이영학은 실제로 27점(25점 이상 득점 시 사이코패스로 판단)을 받아, 의심이 사실로 확인되었다.

거대백악종이라는 희귀 질환을 자신과 딸이 모두 앓고 있다는 점, 어려서 결혼한 아내와 가난하지만 꿋꿋한 삶을 꾸려나가는 모습을 매스컴에 자주 내비쳤다. 그러나 이러한 자신의 비극을 상품으로 활용하여 출판, 방송 등을 통해 수억 원의 모금을 받아 착복하고, 딸과 함께 딸의 친구를 유인하여 살해하고, 아내를 성매매시키고 결국 자살하게 만드는 등 엽기적 행각을 서슴지 않았다. 결국 무기징역을 최종 선고받고 복역 중이다.

히스테리성 성격장애 환자가 여성일 경우 우아한 연기를 하는 데 반해, 남성은 반사회적 특성이 두드러지기 쉽다. 이것이 사회적으로 여성성을 정의하는 방식이나 DSM-5 같은 진단 도구가 사회적으로 성 편향적이지 않은지 의심해볼 만한 대목이다.

대리 뮌하우젠 증후군:
아픈 사람을 간호해서 관심을 얻으려는 병적 심리

스티븐 호킹 박사의 아내, 일레인

스티븐 호킹 박사는 루게릭병을 판정받은 후 오랫동안 자신을 돌본 아내 제인 호킹과 종교적 문제 등으로 이혼한 뒤, 자신의 간호사였던 일레인과 재혼하였다. 이후 수년간 그는 손목이 부러지고 온몸에 멍이 드는 등의 부상으로 치료받았으며, 일레인은 그를 헌신적으로 간호하였다. 몸이 굳어가는 천재 과학자와 그를 돌보는 의료인 아내라는 조합은 일레인이 매우 큰 관심을 받게 해 주는 요인이었을 것이다.

하지만 전처인 제인과 아들, 그리고 의료진은 스티븐 호킹의 계속되는 부상을 보고 일레인에 의한 대리 뮌하우젠 증후군을 의심하였다. 호킹은 이를 극구 부정하였으나, 한여름에 40도가 넘는 정원에 수 시간 동안 방치된 것을 이웃이 사진으로 찍어 그가 학대당하고 있다는 것이 증명되고 말았다. 일레인은 스스로 변호를 포기했으며, 결국 호킹과 일레인은 이혼했다. 그 후 일레인은 정신병원에 입원하여 치료받게 되었고, 호킹을 간호하며 얻었던 언론의 관심을 잃자 정서불안을 앓는다는 설이 있다.

영화 〈런〉에서 엄마 다이앤(사라 폴슨)은 걷지도 못하고 온갖 질병에 시달리는 딸 클로이(키에라 앨런)을 지극정성으로 돌본다. 그러나 사실 다이앤은 아프지도 않은 딸에게 각종 질병을 유발하는 약을 먹여가며 병자로 만들어 간호하며 클로이를 완벽하게 통제하고 있었다. 클로이는 조사를 계속해 나가다가 충격적인 사실을 알게 된다. 진짜 클로이는 아주 어려서 죽었고, 다이앤이 아기인 자신을 어릴 때 유괴하여 온갖 병을 앓게 한 뒤 간호하면서 지금의 자신으로 키우고 있었던 것이다. 이후 영화는 클로이가 다이앤으로부터 벗어나기 위한 스릴러로 긴박하게 전환되며, 결국 클로이는 의료진과 경찰에 의해 다이앤으로부터 벗어난다.

품행장애, 촉법소년과 비행 청소년

우리는 보통 청소년 범죄자를 '비행(非行) 청소년'이라고 부른다. 법률적 관점에서 비행이란 성인기 이전 청소년이 형법상 위법인 행위를 저지르는 것을 말한다. 즉 범죄를 저지른 사람이 성인이 아닐 경우, 그 범죄는 비행이 된다. 하지만 가출, 통금 시간 위반, 무단결석 등의 행위도 청소년 비행으로 보기도 한다.

비행은 사회적 정의에서는 범죄 유무를 떠나 청소년이 저지르는 모든 일탈 행동을 뜻한다. 예를 들면 남에게 공격적으로 행동하기, 무단결석, 좀도둑질, 공공기물 파손, 약물 남용, 성적 문란 등등이다. 보통 '일진'들이 하는 행위들이다. 사회적으로 청소년이 부적절한 행동을 했을 때 학교나 지역 청소년 단체에 인계되거나 소년법원에 의해 처분받게 되지만, 법률적 관점에서는 범죄로 인정되지 않기도 한다.

한국에서는 형벌 법령에 저촉되는 행위, 즉 범죄를 저지른 만 10세 이상 14세 미만인 소년, 소녀는 촉법소년이라고 한다. 이 촉법소년은 형사책임 연령인 만 14세에 이르지 못했으므로 범행에 책임을 지지 않고 따라서 처벌받지 않고 있다. 그 외 만 18세가 되지 않은 청소년들은 처벌받긴 하나, 형사법원을 통해서가 아닌 가정법원을 통해서 성인과는 다른 절차를 거친다.

비행 청소년들의 품행장애와 반사회적 행동 성향

비행 청소년들은 일반적으로 품행장애(conduct disorder)나 반사회적 행동(antisocial behavior) 성향을 보일 가능성이 크다. 품행장애는 절도, 방화, 가출, 결석, 기물파손, 동물 학대 등이 포함된다. 품행장애 특성을 보이는 청소년이 성인기 이후에도 심각한 공격 행동을 보일 경우, 반사회적 성격장애를 진단받을 가능성이 크다.

청소년이 심리적, 사회적 성숙에 다다르기 전에 지적 성숙도가 먼저 발달하는데, 16세 이상 청소년의 논리 추론 및 언어 능력은 성인과 거의 동일한 수준이다. 위험 지각 및 취약성 추정 능력도 성인과 다를 바 없다. 즉 청소년은 성인만큼 어떤 일이 위험하다는 것을 잘 안다는 것이다. 다만 몇몇 특정 상황에서 성인에 비교해 사회·정서적 판단 능력이 떨어질 수 있다.

예를 들어 부모나 다른 어른의 관리 감독이 없는 경우, 흥분했을 때 즉각적인 보상이 주어지는 경쟁 조건이나 지급 조건 등에서 의사결정 능력을 잃을 수 있다. 가령 아무런 감시, 감독이 없어 돈이나 물건을 꺼내기 쉬운 무인 카페에 들어간 십 대들이 CCTV에 범행이 녹화되는 것을 알면서 절도 행각을 저지르는 것이다. 심지어는 범행 현장을 떠나지도 않고 머무르면서 놀기도 한다. 발각되면 처벌받을 것을 알면서도 눈앞의 보상 때문에 판단 능력이 흐려졌기 때문이다.

하지만 유아나 아동과 달리 청소년은 자신이 하는 행동이 어떤 것이고, 법률상 처벌받을 수 있는 잘못이라는 것을 잘 알면서도 비행 혹은 범행을 저지른다. 또한 그 폭력성이나 잔인함은 성인 못지않다. 특히 학교 폭력에서 이런 점이 두드러지는데 단순한 괴롭힘에서부터 조직적인 폭력과 성폭력, 피해 학생을 교사하여 다른 피해 학생을 대상으로 한 범죄를 교사하는 것, 심지어는 성인 범죄자처럼 범죄 집단을 만들어 피해자를 착취하는 경우까지 있다.

최근에는 이런 청소년 범죄가 언론보도나 피해자 부모를 통해 국민청원이나 언론 제보로 가시화되면서 청소년 범죄도 성인과 같이 처벌하자거나 촉법소년의 하한 연령을 낮추거나 없애자는 국민 여론이 형성되기도 했다.

영화 〈고백〉은 미나토 가나에의 동명 소설이 원작인 작품이다. 비뚤어진 성정의 중학 남학생 두 명이 단지 관심을 끌고 가학심을 충족시키고 싶은 마음에 어린 소녀를 살해한다. 어린 딸을 잃은 해당 학교의 교사는 범인들이 촉법소년이란 이유로 처벌받지 않을 것을 알고, 다른 학생들이 보는 앞에서 그들이 마신 우유에 에이즈 환자의 혈액을 섞어 넣었다는 이야기를 담담하게 한다. 어머니가 딸의 복수를 한다는 내용이 교사가 학생을 대상으로 사적 제재를 한다는 내용과 겹쳐 매우 충격적인 결말을 낸다.

소설 《천사의 나이프》는 야쿠마루 가쿠의 2003년 데뷔작으로, 미스터리 작가와 작품에 수여하는 에도가와 란포 상을 수상한 작품이다. 13살 아이들의 강도살인으로 아내를 잃은 주인공이 일본 형법 41조에 의해 '14세 미만의 소년은 법적 책임을 지지도 체포되지도 않는다'[27]는 것을 알고, 아내의 원수를 갚지 못하는 데 대해 절망하는 내용이다.

인천 아동 유괴 살인사건

2017년 3월 29일, 인천광역시 연수구 동춘동에서 고등학교를 자퇴한 김 모양(당시 16세)이 초등학교 2학년 여학생 A양을 유괴 살인한 사건이다. 당시 김 모양은 범행 두 달 전 트위터 '자캐 커뮤니티(자신이 만들어낸 캐릭터인 '자캐'로 역시 다른 사람의 '자캐'와 정해진 시나리오에 따라 대화나 시나리오를 수행하는 모임)'로 알게 된 방조범 박 모양(당시 18세)과 죽음과 살인에 관한 대화를 해 온 것으로 파악되었다.

범인 김 양이 점찍어둔 피해자를 유인한 뒤 집 안에서 살해하여 시신을 훼손하고, 시신의 일부를 가지고 서울에서 박 양을 만나 이를 건네준 것이 알려져 큰 충격을 주었다. 두 사람 모두 당시 촉법소년은 아니지만, 성인도 아니었기 때문에 구형할 수 있는 최고 형량은 20년형이었다. 처음에는 김 양이 혼자서 범행했다고 진술하다가 박 양이 자신에게 범행을 지시했다고 진술을 바꿨다. 검찰 역시 박 양이 방조했다기보다 살인에 개입한 게 맞아 죄명을 살인 방조에서 살인죄로 변경하였으며, 재판부도 이를 받아들였다. 그러나 최종 상고심에서는 김 양이 징역 20년형에 전자발찌 착용 30년, 공범 박 양은 살인 공모죄로 징역 13년이 확정되었다.

영화 〈케빈에 대하여〉는 학교 대량 학살 살인범이 된 아들을 둔 어머니의 심리를 섬세하게 그려낸 영화로, 라이오넬 슈라이버의 동명 소설이 원작이다. 원치 않은 임신으로 결혼 후 아들 케빈(에즈라 밀러)을 키우게 된 에바(틸다 스윈튼)는 케빈이 어딘가 다른 점이 있다는 점을 눈치챈다. 케빈은 배변 훈련을 완강히 거부하고, 아빠 앞에서는 착한 아이인 것처럼 군다. 오히려 에바의 말은 일부러 듣지 않고 엄마가 고통받기를 원하는 것처럼 행동한다. 에바 역시 이런 케빈을 이해하거나 감싸려 들지 않고 차갑게 대한다.

모자 관계는 에바가 케빈과 터울이 지는 둘째 딸 실리아를 낳으면서 악화된다. 에바는 케빈과는 달리 귀엽고 말도 잘 듣는 딸을 편애하고 케빈은 이런 에바에게 더욱 반항한다. 케빈이 화장실에서 자위하고 있는데 에바가 들어오자, 그녀를 빤히 쳐다보면서 나갈 때까지 자위를 멈추지 않는다. 이는 케빈이 엄마인 에바에게 가진 적개심과 서운함을 잘 표현한 장면이다. 케빈은 동생에 대한 질투로 실리아의 한쪽 눈을 사고로 위장해 실명하게 만들고, 결국 아빠가 사준 스포츠 활로 아빠와 동생을 죽인 후 학교로 간다. 케빈은 체육관 문을 걸어 잠근 후 그 안에 갇힌 학생들을 활로 쏘며 대량 살인을 저지른다.

케빈이 이렇게까지 한 이유에 대해서는 여러 해석이 있지만, 케빈이 평생 원했던 것은 오로지 엄마의 조건 없는 사랑이었다. 에바는 죽이지 않고 주변 사람들을 학살한 케빈의 행위는 에바가 자신에게 평생 묶이길 원한 어린애의 잔혹성과 의존성을 보여준다고 봐도 무방할 것이다.

결국 에바와 케빈의 진실한 대화는 케빈이 18세가 되어 성인 교도소로 가게 되기 직전에서야 이뤄진다. 에바는 케빈에게 왜 자신에게 반항하는지 왜 그런 대량 살인을 저질렀는지 처음 물어보지만, 케빈은 그때는 알았던 것 같은데 지금은 모르겠다고 대답한다. 에바는 성인 교도소로 가게 되면 지금까지 소년범으로서 받았던 보호는 사라지게 될 거라고 대답하고 교도소를 나선다.

사이코패스와 소시오패스, 타인의 고통에 무감각하다

성격적 특성, 여러 가지 성격장애, 이런저런 증후군을 참고하여 등장인물을 창조하면 그 등장인물 간의 상호작용도 생각해야 한다. 주동 인물과 반동 인물, 선인과 악인, 주인공이 성장하기 위해 도전하고 부숴야 하는 악당 등 그들 하나하나에 개성을 부여하여 생명력을 주어야 한다.

만약 주인공과 대립하는 반동 인물(안타고니스트)에게 주인공과는 다른 부정적이고 악한 면을 주고 싶을 때, 어떤 특성을 주고 어떤 인물로 만들어야 할까? 아마 사이코패스 혹은 소시오패스를 떠올린 이들이 많을 것이다.

신비로운 악인은 아니다

보통 '사이코패스, 소시오패스란 어떤 사람인가?'라는 물음에는 공감 능력이 없는 사람, 죄책감을 느끼지 못하는 사람, 악행을 하면서 즐거워하는 사람, 타고난 악인 등의 특징을 댈 것이다. 어느 정도는 맞는 말이지만 사이코패스와 소시오패스의 의학적, 심리학적 정의상 아주 정확한 묘사는 아니다.

정신의학과 심리학에서는 사이코패스와 소시오패스를 굳이 구분하지 않게 된 지 몇 년이 흘렀다. 그보다는 둘을 혼용하여 사용하거나, 공감 능력을 다루는 뇌의 특정 부위와 도덕관념을 다루는 뇌의 특정 부위의 문제가 있는 뇌 기능 장애의 일종으로 보는 시각이 대세가 되었다. 즉, 신비로운 악인이 아니라 뇌 기능 문제에 의하여 사회적 기능의 일부를 결핍한 채 살아가게 만드는 병을 앓는 환자로 여기는 것이다.

창작자는 사이코패스 혹은 소시오패스인 인물을 주인공과 대비시키거나, 혹은 비슷한 점을 서로 강조하면서 행성과 항성처럼 서로를 돋보이게 할 수 있다. 또는 사이코패스와 소시오패스가 주인공이 절대 할 수 없거나 하지 않으려 하는 일을 쉽게 저질러서 그들의 악함을 강조하거나, 주인공의 선함을 강조할 수도 있다. 주인공이 아무리 노력해도 타파할 수 없는 절대 악이나 필요악을 상징할 수도 있고, 주인공의 임무를 사사건건 방해할 수도 있다. 이런 악연 설정은 스토리를 풀어나가는 데도 큰 재미를 줄 것이다.

주인공이 갖는 장단점은 사이코패스와 소시오패스가 갖는 정반대의 장단점이 될 수도 있다. 우리가 단것을 아무리 좋아해도 먹다 보면 물리기 마련이다. 주인공의 좋은 점도 독자에겐 마찬가지로 지루할 수 있다. 하지만 주인공의 장점과 대비되는 성격과 특성의 사이코패스와 소시오패스가 나타난다면? 독자의 재미는 환기될 수 있다. 마치 짠 것을 먹어서 단것에 물린 혀를 달래는 것처럼 말이다. 그리고 다시 단것을 먹으면 더 맛있게 느껴진다. 그래서 우리가 '단짠단짠'에 약한 것이다.

남의 고통을 모르기 때문에 잔인할 수 있는 사람 vs. 남의 고통을 이용하여 잔인해진 사람

정신건강의학과 질병을 분류해놓은 표인 DSM-5에 따르면, 사이코패스와 소시오패스가 속한 반사회성 성격장애는 다음 7가지 중 3가지 이상 해당하는 사람이어야 한다.

1. 법이나 규칙을 지키지 않는다.
2. 반복적으로 거짓말을 하고 속인다.
3. 충동적이고 무계획적이다.
4. 폭력적이고 공격적이다.
5. 자신과 상대방에 안전에 대해 무감각하다.

6. 무책임하고 경제적 의무를 지키지 않는다.

7. 죄책감을 느끼지 못한다.

반사회성 성격장애 중에서도 사이코패스, 소시오패스는 소수이다. 자료마다 차이는 있지만 사이코패스는 1%, 소시오패스는 4%의 빈도로 나타난다. 사이코패스와 소시오패스는 진단명이 아니기 때문에 우울증, 조현병처럼 명확한 진단 기준은 없다. 하지만 정신과 의사, 심리학자들에 따르면 다음과 같은 특징과 차이점이 있다. 간략히 정리하면 다음과 같다.

사이코패스는 생물학적이고 유전적인 성격이 강하며, 충동적이고 즉흥적인 기질을 가지고 태어난다. 즉, 선천적인 문제를 안고 태어난다는 것이다. 반면에 소시오패스는 좀 더 자라나면서 환경적인 요인으로 인하여 성격적인 문제를 가지게 된다는 설명이다. 그러나 문제가 발현되고 나면 고치거나 되돌리는 것은 매우 어렵다. 최근에는 소시오패스도 매우 어릴 때부터 문제 행동을 보이고 자신이 원하는 것을 얻기 위해 수단과 방법을 가리지 않는다고 보는 시각이 우세해졌다.

그러나 명확한 것은 사이코패스는 뇌 기능의 결핍으로 감정 조절에 문제가 있어 충동적인 행동을 한다는 것이다. 또한 남의 감정에 이입하거나 이해하는 것이 불가능하여 사회적 기능이 떨어지거나, 그러한 특성 때문에 범죄를 저지르기도 한다. 소시오패스 역시 남의 감정에 이입하거나 이해하는 데 어려움을 겪거나 그럴 필요성 자체를 느끼지 못한다.

한편 소시오패스는 일반인이 타인의 감정에 이입하고 이에 영향을 받거나 감정에 따른 애정 관계를 형성하는 것을 잘 관찰하여, 이를 흉내 내고 이용할 줄 안다. 실제로 소시오패스와 일반인이 남의 감정을 보고 뇌의 어떤 부위가 활성화되는지 알아본 연구에서 일반인이 감정을 담당하는 뇌의 부위가 활성화될 때, 소시오패스는 이해 및 추론을 담당하는 부위가 활성화된다는 것이 밝혀졌다.

정리해 보자면, 소시오패스는 사이코패스와 달리 타인이 어떤 감정을 느끼는지 알아야 타인을 이용할 수 있다는 것을 이해하며, 이를 이용한다고 볼 수 있다. 그래서 필요에 따라 보통 사람인 것처럼 행동하기도 한다. 도덕성에 문제가 있는 것은 사이코패스나 소시오패스나 매한가지이지만, 굳이 남의 감정을 연구해서 자기 이득을 위해 이해하려고 하고 이를 통해 남을 조종하는 데 사용하는 쪽은 소시오패스다.

한마디로 사이코패스는 평생 선과 악의 차이란 것을 모르고, 그냥 충동과 욕구에 따라 잘못을 저지른다. 심지어 교훈을 얻지 못하는 존재이며, 자기 자신의 잘못으로 남이 고통받는다는 것도 이해하지 못하고 이해할 마음도 없는 것이다. 그러나 소시오패스는 타인을 관찰하여 잘못인지를 알면서도 그에게 고통을 주거나 범죄를 저지르는 존재라고 할 수 있겠다.

주동 인물과 반동 인물의 단짠단짠 케미스트리

빛과 어둠, 클라리스 스털링과 한니발 렉터

영화 〈양들의 침묵〉의 한니발 렉터 박사(앤소니 홉킨스)는 '천재+고학력+고차원적 심미안+식인+통제 불가능한 살인광+탈주범'이라는 좀 과하다 싶게 다양한 요소를 두루 갖춘 캐릭터이다. 앤소니 홉킨스 경의 명연기에 힘입어 이 요소들은 아주 훌륭하게 영화에 구현되었다. 이후 정말 많은 사이코패스 캐릭터에 영향을 끼쳤다.

영화 〈양들의 침묵〉의 한니발 렉터 박사는 주인공과의 교류 없이 등장했을 때 이미 완성되어 있는 특이한 빌런으로, 마치 마왕성의 마왕처럼 '존재한다'. 감옥의 특별 독방에 엄중한 감시를 받으며 갇혀 있지만 그걸 별로 신경 쓰는 것 같지도 않은 모습으로 묘사된다. 조커 같은 광인의 빌런과 달리 그는 매우 제정신이며, 그저 남을 놀리기 위해서 광기를 표출할 뿐이다. 살인도 그의 식인을 위해 하는 것으로, 그의 의학박사 학위는 식량을 고르고 죽이고 다듬는 데 적절히 활용된다.

그는 연쇄 살인마 버팔로 빌을 추적하는 작전에 같은 살인자로서 자신에게 조언을 얻어내기 위해 투입된 젊은 FBI 아카데미 학생 클라리스 스털링(조디 포스터)과 일종의 착취적 프로파일링 사제 관계를 맺는다.[28] 영화 초반부에서 렉터 박사가 순진한 클라리스의 과거를 프로파일링해서 놀리고 겁을 주는 장면이 아주 유명한데, 이는 관객이 클라리스에 감정 이입 하면서 렉터 박사의 악마성에 압도당하는 느낌을 준다.

영화 내내 클라리스와 렉터 박사의 이미지는 극과 극으로 대비되는데, 이를 통해 클라리스는 타락하지 않고 결국 승리할 것이며 렉터 박사는 그를 망칠 수 없다는 느낌을 받게 한다. 하지만 렉터 박사는 클라리스를 무척 맘에 들어 하는데[29] 클라리스가 애송이이고 노련하지도 않지만 순수하고 용기 있는 사람이었기 때문이다. 이는 클라리스가 인간적 매력과 선량함, 주인공의 아우라를 가졌기 때문이었는지도 모른다.

한니발 렉터 박사와 같은 유형의 사이코패스는 독자가 이입할 부분이 별로 없다. 그는 매우 똑똑한데다 무섭고 잔인하며 다음 수를 어떻게 놓을지는 본인만 알기 때문이다. 사실 이런 캐릭터의 천재성은 작가의 수준에 머물기 때문에, 설정을 잘 하지 않으면 존재 자체로 이야기를 망칠 수도 있다. 이미 한니발 렉터 이후 독자가 상정하는 천재 사이코패스의 기준점 자체가 크게 상향 조정되었기 때문이다. 천재 사이코패스 살인마를 조형하고 싶다면 적어도 한니발 렉터급은 되어야 한다.

심연을 들여다보면 심연 또한 너를 들여다본다, 한니발과 윌

영화 〈양들의 침묵〉의 한니발 렉터 박사에 대한 인기가 너무도 좋은 나머지, 그 뒤로도 여러 영화 버전이 나왔다. 그러나 〈양들의 침묵〉 이상의 인기를 끌진 못했다. 하지만 미국의 NBC는 렉터 박사가 클라리스 스털링을 만나기 전에 만났던 다른 프로파일러인 윌 그레이엄과의 관계를 탐미적으로 다룬 드라마 〈한니발〉을 내놓았고, 이는 전 세계적으로 히트했다.

> 드라마 〈한니발〉의 한니발 렉터(매즈 미켈슨) 역시 의학박사이고 다방면으로 전문 지식이 있는 심미안의 소유자이다. 드라마의 한니발 역시 영화 〈양들의 침묵〉의 한니발처럼 식인하지만, 으스스하고 무섭게 그려지진 않는다. 그는 아직 다른 사람들의 세상에서 멀쩡한 척 살아가는 중이기 때문이다.
>
> 한니발은 정신과 전문의로서 FBI 국장의 스카우트 제의로 자문을 맡게 된다. 겉으로는 정말 능력 있는 학자로만 보인다. 그런 점에서 드라마 〈한니발〉의 한니발은 영화 〈양들의 침묵〉의 한니발보다는 좀 더 비밀스러운 그만의 삶에 대한 묘사가 가능해졌다.
>
> 한니발은 보는 사람마저 불안하게 만들 만큼 불안정한 프로파일러인 윌 그레이엄(휴 댄시)과 같이 일하게 되는데, 프로파일링을 할 때마다 지나칠 정도로 살인범과 동화되는 윌에게 무척 강한 흥미를 느끼게 된다. 그러나 한니발의 간계에 의해 윌 내면의 어둠은 점점 더 짙어지고, 결국 윌은 살인범으로까지 몰리게 된다.

영화 〈양들의 침묵〉은 빛과 선을 대변하는 클라리스와 어둠과 악을 대변하는 렉터 박사의 대비와 협력에서 관객이 재미를 느끼게 한다. 반면에 드라마 〈한니발〉은 연쇄 살인마와 프로파일러라는, 대립하는 두 캐릭터가 사실은 존재 깊숙이 같은 것을 공유한다는 점을 강조한다. 또한 해피엔딩으로 마무리하는 〈양들의 침묵〉과는 달리 〈한니발〉은 플롯을 계속 꼬아간다.

사이코패스는 사이코패스가 잡는다, 덱스터

어두운 등잔 밑에 숨은 사이코패스도 이야기를 재미있게 풀 수 있는 설정이다. 지피지기면 백전백승이라고 하였는데, 드라마 〈덱스터〉에선 주인공이 아예 자신의 동류를 추적하는 수사기관의 일원인 경우이다.

> 〈덱스터〉의 주인공 덱스터(마이클 C. 홀)는 과학수사의 관점에서 완전범죄를 구현하는 인물이며, 자신 역시 연쇄 살인마이다. 그는 자신이 살인하기 때문에, 다른 살인마를 잘 이해하며 법망을 빠져나간 살인마들을 자신의 방법으로 사냥해서 '처리'하는 것으로 살인 욕구를 해소한다.
>
> 그가 살인 욕구를 가진 사이코패스로 자란 이유는 어린 시절 생모가 눈앞에서 끔찍하게 살해당하는 걸 지켜본 트라우마 때문이다. 그의 생모를 정보원으로 뒀던 경찰인 계부(제임스 레마)는 죄책감 때문에 덱스터를 입양한다.
>
> 계부는 덱스터의 사이코패스 성향과 살인 욕구를 일찍 알아채고는 들키지 않고 적절한 사냥감을 골라 죽이고 처리하는 방법을 가르친

다. 그가 들키지 않고 사회 속에서 살도록 해준 것이다. 그래서 덱스터는 노련한 혈흔 형태 분석가로 경찰 생활을 시작한다.

극의 플롯은 덱스터가 살인자를 잡아서 자기식으로 처리하고 아무렇지도 않게 남들처럼 살아가는 것과 촉이 좋은 누군가가 덱스터가 살인자가 아닌지 의심하는 것의 두 가지가 얽혀 돌아간다. 실제로 덱스터는 동료 형사의 의심을 사며 고전하지만, 사고로 위장하여 그를 처리해버린다.

반사회성과 공격성은 의외로 범죄자를 쫓거나 연구하는 데 있어 필수요건이다. 자신이 대적하는 대상을 이해하고 뒤쫓고 붙잡아 추궁하는 데 있어 그들을 이해하는 것이 그들을 혐오하는 것보다 도움이 되기 때문이다. 물론 이것을 아주 높은 지능으로 대체하는 캐릭터도 있다. 바로 영국 드라마 〈셜록〉의 셜록 홈스(베네딕트 컴버배치)다.

셜록은 자신을 고기능 소시오패스라고 하면서 무례하게 행동하지만, 무례한 것이 소시오패스의 특성만은 아니다. 그는 그냥 무례한 것이다. 셜록이 사이코패스나 소시오패스라고 하기엔 어폐가 있다. 오히려 해당 드라마의 다른 주인공인 존 왓슨(마틴 프리먼)과 그의 배우자인 메리 왓슨(어맨다 애빙턴)이 속성상 소시오패스 면모가 더 짙다.

왓슨 부부는 전쟁터를 떠나지 못하는 전쟁광이며, 공격욕을 승화된 형태로라도 해소하지 않으면 견딜 수 없는 유형이다. 아프가

니스탄에서 군의관으로 복무하던 존 왓슨은 부상으로 전쟁터를 떠나게 되자 좌절감에 다리를 절게 된다. 그러나 자신에게 사건을 물어다 주는 셜록과 짝을 이뤄서 첫 사건을 해결하게 되자 바로 멀쩡하게 뛰어다닌다. 이는 영국 드라마 〈셜록〉 시즌 1 첫 에피소드의 그 유명한 '셜록이 존을 프로파일링하는 장면'에서 셜록이 존 왓슨에게 "다리를 저는 것은 심리적인 이유 때문"이라고 못 박아 얘기하는 것이 사실이었다는 것을 드러낸다. 유능한 용병이자 킬러인 메리에게 왜 끌리는지 몰라도, 존이 그녀와 백년가약을 맺은 것 역시 메리에게 있는 소시오패스 면모에서 동질감을 느꼈기 때문이라는 해석이 가능하다.

사이코패스와 소시오패스라고 해서 늘 악행만을 저지르는가?

사람은 '성향'에 의해 움직이는 존재이지만, 그 성향이 발휘되는 건 '상황'에 의해서라고 하는 게 이해하기 쉽다. 사람은 상황에 따라 움직이는 존재다. 같은 사람이라도 상황에 따라 다른 결정을 내리고 다른 행동을 한다. 즉, 사이코패스와 소시오패스라고 하여 언제나 같은 행동만 하지는 않는다는 말이다.

거꾸로 사이코패스나 소시오패스가 아닌 사람이라도 어떤 상황에 닥치면 그들과 다를 바 없는 행동을 할 수 있다는 말이다. 극한에 몰아붙여진 상황에서 살기 위해 매우 이기적으로 선택해야 한다면, 대부분 사이코패스나 소시오패스처럼 행동할 것이다.

캐릭터의 성향을 정해놓고 언제나 그 성향에 따라 캐릭터가 움직이게 만든다면, 그 캐릭터는 매우 평면적으로 생각하고 말하고 행동하는 것처럼 보인다. 어떻게 말하고 행동할 것이라고 예상되는 캐릭터가 의외의 상황에서 의외의 행동을 하게 된다면 독자들이 꽤 재미있게 느끼거나 혹은 플롯 자체를 흥미롭게 만들어줄지 모른다.

영화 〈다이하드〉 시리즈의 악당, 영화 〈존 윅〉 시리즈의 악당은 이런 저런 시련을 겪고 좀 조용히 살아보려고 했던 잠자던 사자의 코털을 뽑아버린다. 〈다이하드〉 시리즈의 존 매클레인(브루스 윌리스)과 〈존 윅〉 시리즈의 존 윅(키아누 리브스)은 액션 판타지 세계의 양지와 음지를 대표하는 인물이다. 매클레인은 형사이고 윅은 은퇴한 전설적 킬러라는 게 다를 뿐, 원하지 않는 방법으로 가족을 잃고 되는대로 살아가고 있는 사람들이다.

이들이 작은 행복을 잡으려고 발버둥 칠 때, 소시오패스 악당들이 나타나서 그들의 일상을 짓밟는다. 매클레인의 경우 이혼한 아내가 근무하는 빌딩을 테러리스트가 장악해버리고, 윅은 암으로 죽은 아내가 죽기 전에 자신을 위해 보내준 작은 강아지를 러시아 마피아 출신 강도들이 죽여버리는 식이다.

그들은 어쩔 수 없이 자신의 것을 되찾기 위해 복수극으로 뛰어들며,

이 복수극은 그들이 원하는 것과는 상관없이 거대한 흐름이 되어 이들을 집어삼킨다. 이제 벗어나고 싶어도 벗어날 수도 없는 흐름으로. 매클레인이 "뭐 죽기는 쉬운 줄 알아?"라고 외치거나 윅이 "그래! 난 복귀했어!"라고 외치는 것처럼, 그들은 어쩔 수 없이 시작했지만 완수해야 하는 임무에 자의 반 타의 반 휩쓸려 들어간다. 그리고 이들이 복수를 위해 하는 행동은 사이코패스, 소시오패스 빌런을 능가한다. 거기서 역전의 재미와 카타르시스가 발생한다.

사이코패스, 소시오패스인 척하는 캐릭터

주인공이나 빌런을 속이려고 일부러 악행을 저지르고 빌런과 함께 하는 캐릭터들이 있다. 잘 활용한다면 반전을 만들거나 떡밥 회수할 때 스토리를 풍부하게 만들어 줄 것이다. 만화 《원피스》에서 주요 인물인 나미는 전개 초반에서는 악당이지만, 사실 고향 섬 사람들을 구하기 위해 거액의 돈이 필요했기 때문에 악당인 척했음이 드러난다.

《해리 포터》 시리즈에서 슬리데린 기숙사의 세베루스 스네이프 교수는 사사건건 주인공 해리를 괴롭히지만, 알고 보면 교장 덤블도어와 함께 해리를 지키기 위해 노력하고 이를 위해 다른 사람들도 속이는 스파이 짓을 평생 해왔다. 스네이프 교수는 사실 선량한 사람이라기보다는 자신의 악함 때문에 제대로 구원받지 못한 사람에 가깝다. 그래서 그가 얽힌 서사는 다층적이다.

초월적 존재가 가진 악함과 필멸자인 인간이 가지는 선함을 대비시키기

존재 자체가 사이코패스에 가까운 초월적 존재가 인간과 얽히면서 '인간적'이 되는 경우는 반대 방향의 서사를 창조할 수 있다. 인간을 먹이로 삼는 뱀파이어가 인간과 친구가 되거나 사랑에 빠지게 된다면, 흡혈 욕구를 억제하거나 적어도 친애하는 인간과 그들 주변의 사람들을 다치게 하려고 하지 않을 것이다.

하지만 그의 존재 자체인 흡혈 욕구가 사라지진 않는다. 여기서 갈등과 서사가 발생한다. 이런 묘사는 실제 사이코패스, 소시오패스를 학문적으로 잘 알지 못하고 사실 거기에 큰 관심이 없는 독자에게 인물의 특성을 큰 설명 없이 설득하는 데에도 유리하다.

만화 《뱀파이어 번드》나 넷플릭스에서 호평받은 애니메이션 〈정원의 뱀파이어〉에서는 인간에게 애정을 갖거나 인간과 협력하는 뱀파이어들이 인간을 먹이로 보는 뱀파이어들과 대립한다. 〈정원의 뱀파이어〉에서는 인간과 뱀파이어가 끝까지 행복할 수 있을지 시청자는 조마조마하게 지켜보지만, 이야기는 예정된 파국을 향해 가고 만다. 그럼에도 불구하고 행복을 꿈꾸는 것은 헛되어도 아름답기에 남은 자는 그것을 영원히 기억할 것이다.

사이다 서사와 파괴 욕구의 대리 충족

그러나 우리가 창조하려는 이야기가 항상 이렇게 거대하고 극적이고 압도되는 존재만을 다룰 순 없다. 최근 각광 받는 '사이다 서사'는 소시민들이 작은 영웅으로서 자기 삶에 침입한 악당을 물리치는 얘기를 다룬다.

사실 사이코패스, 소시오패스는 확률상 전 인구의 5% 정도 유병률을 갖는 반사회적 성격장애와 깊은 연관이 있다. 이들은 선천적, 후천적 사회 적응 장애 및 그에 따른 반사회적 언행, 사고를 특징으로 하는 사람들로 사실상 조현병, 자폐 스펙트럼보다 유병률이 높다.

누구나 자신의 주변에 '나를 미치게 만든 사람들'과 부딪힌 경험이 있으며, 이들은 상식선 상에서 '퇴치'되지 않는다. 이들을 상대로 한 '일반인의 특이하고 과감한 복수극'이 짧고 효과적으로 묘사된 사이다 서사는 점점 더 인기를 끌고 있다.

사이다 서사에서 악당은 학교 폭력을 일삼는 일진일 수도 있고, 층간 소음을 유발하고도 적반하장으로 화를 내는 윗집의 몰상식한 이웃일 수도 있다. 젠더 갈등을 유발하는 남성 우월주의자일 수도 있고, 나보다 잘나고 부도덕한 동창이나 직장 동료일 수도 있다. 실제라면 일상의 악당에게 대항했을 때 후련한 승리를 거두긴 어렵다.

그러나 사이다 서사의 화자는 아무 뒤탈 없이 아주 후련하게 모두가 한 번쯤 꿈꿔본 그 방식대로 상대방을 무찌른다. 이 과정의 카타르시스를 위해 상대방이 사이코패스이거나 소시오패스라면 더 좋다. 그래야 내가 불법적이거나 몰상식해도 괜찮고, "아휴 그렇게까지 해?"라는 소리를 들을 필요 없이 '눈에는 눈 이에는 이' 전술을 쓸 수 있기 때문이다.

사실 전 인구의 1/25이 소시오패스일 수 있다는 얘기는 모두가 잠재적인 소시오패스일 수도 있다는 말과 같다. 사이다 서사에서 시원함을 느낀다는 것은 내 안의 소시오패스가 약속된 작은 허구의 폭력을 저지르고, 이를 정당화하는 과정에서 재미를 느낀다는 의미이기도 하다.

'눈에는 눈 이에는 이'라는 말은 작은 일을 큰 복수나 처벌로 발전시키지 않기 위해 함무라비 법전에서 인용한 하나의 법률적 논리지만, 이를 현재도 그렇게 받아들이는 사람은 없을 것이다. 현재는 '네가 그렇게 가해했으니, 나는 그것보다는 좀 더 강하고 악독하게 내가 느낀 절망보다 더 끔찍하게 너를 혼내주고 싶다'는 의미가 더 강할 것이다.

사람이 가진 보편적인 공격 욕구가 사회적으로 재편되어, 빠르고 쉽게 이해가 가능한 길이로 재편되는 공식이 사이다 서사라고 정리해 보자. 그렇다면 남에게 하소연을 넘어서서 자신의 복수를 설득하고 이해받기 위해 쓰는 글에는 어떤 논리가 필요할까? '나도 공격성이 있는 사람인지라 그렇게 대응한 거예요'라고 인정하기보다는 '나를 괴롭히는 악당은 그냥 사이코패스, 소시오패스니까 맞서 대항할 수밖에 없었어요', '그들은 죄책감을 느끼지 못하는 괴물이니까 혼쭐을 내줬을 뿐이에요'라고 정당화하며 대중의 공감을 얻어내야 할 것이다. 사이다 서사의 인기 비결은 아마 그런 공격성의 표출을 정당화하고 싶은 마음에 있을 것이다.

화병 등 신체 증상 장애, 제대로 표출되지 못한 분노

《DSM-4》에 실려있는 한국의 문화적 증후군, 화병(火病). 《DSM-5》에서는 분류가 달라졌지만, 한국 문화와 관련된 우울장애의 한 양상으로 이해되고 있다. 답답함, 열기, 목과 가슴의 뭉침 등의 신체적 증상을 동반하며, 정신의학은 화병을 '충격적인 일에서 생긴 화 또는 분노를 억제한 결과로 나타나는 만성적 심인성 질병'으로 규정하고 있다.

충격적인 일에서 생긴 화, 분노를 억제한 결과

영화 〈사도〉의 사도세자(유아인). 강박성 성격으로 추정되는 아버지 영조(송강호)의 높은 기대와 가혹한 제왕 수업으로 정신병에 걸리게 된 사도세자. 그는 전형적인 화병 증상 외에도 의대증(옷을 찢어버리는 행동) 등 분노 조절 장애에서 기인한 기물파손, 폭행, 살인 등의 범죄와 비행을 저질렀고, 결국 칼을 들고 내전에 침입한 죄로 뒤주에 갇혀 죽는다.

역사적으로 사도세자 외에도 혜경궁 홍씨, 숙종, 명성황후 등이 화병(화증, 火症)을 겪었다고 전해진다. 화병을 앓는 인물은 한국의 문화적 맥락에서 설득력이 있다. 유사한 경험이 외국의 문화적 배경, 특히 개인주의 문화에서는 파괴적 충동 조절 장애(분노 조절 장애)의 형태로 나타날 가능성이 있다.

행동 특성

평소에는 말수가 적고 행동도 눈에 띄지 않는다. 소화불량, 열감, 답답함 등을 호소하며 얼굴에 열이 확확 끼치는 증상을 경험하기도 한다. 성격에 따라 소리 없이 눈물짓거나 종교에 귀의하는 등 '속으로 삭이는' 유형이 있는 한편, 물건을 때려 부수고 사람들을 공격하는 파괴적 충동 조절 장애(분노 조절 장애) 형태로 나타날 수 있다. 성격 탓도 있겠지만 대개 참지 않을 도리가 없는 이들은 전자를, 참지 않아도 되거나 참을 필요를 느끼지 못하는 이들은 후자를 선택한다.

무의식적 행동과 욕구

분노의 표출과 이해 및 공감의 욕구. 화병 환자들의 신체 증상은 표출되지 못한 분노다. 감정의 수용과 적절한 표현으로 분노 수준을 낮추어야 하나, 그럴 수 없는 상황인 경우가 많다. 자신의 감정을 들어주고 이해해주는 이가 있다면 증상은 크게 호전될 수 있다.

왜 화병에 걸리는가?

화병의 원인은 '분노의 억제'로 이해된다. 화병이 있는 사람들을 인터뷰해 보면 억울한 일을 겪고, 그 화를 제대로 표출하지 못한 경우가 대부분이다. 화병 환자들이 호소하는 "가슴에 걸려 있는 불덩어리"는 표출되지 못한 화라고 할 수 있다.

정신적 문제가 신체적 증상으로 표출되는 정신병리를 신체 증상(somatic) 장애라고 하는데, 화병은 이 점에서 신체 증상 장애의 일종으로 볼 수 있다. 정신적 문제가 신체 증상으로 나타나는 이유는 지적 능력이 부족하여 본인의 마음 상태에 대해 정확한 이해를 할 수 없거나, 문화적 규범 또는 사회적 지위 때문에 자신이 괴롭고 마음 상했다는 사실을 드러낼 수 없는 경우이다. 과거 가부장적 문화에서 살아오셨던 나이 든 여성들, 가장, 중간 관리자 등 자신의 사회적 위치 때문에 감정을 호소할 데 없는 중년 남성들에게 많다.

한편 어린이, 청년들은 화병을 호소하는 일이 적다. 이들은 인생에서 부정적 사건을 경험할 확률도 낮고, 부정적 사건을 겪었다고 해도 분노를 표출하고 문제를 해결할 기회도 많기 때문이다.

화의 원인에 대한 감정을 표출하지 못해서

화와 화의 원인에 대한 감정 등을 표출하지 못하는 것이다. 감정의 인식이나 표현을 가로막는 사회문화적 요인들이 작용한다. 자신이 겪은 일을 특히 부당하다고 느끼는 인지 양식 또한 화병의 원인이 될 수 있다.

우울증이나 고혈압, 심장마비 등을 촉발한다

우울증(주요우울장애, 양극성 장애)과 함께 나타날 수 있으며, 극심한 분노는 고혈압이나 심장마비 등 뇌, 심혈관계 장애를 촉발하기도 한다. 아침 드라마에서 회장님이나 사모님들이 화내다가 목덜미 잡고 쓰러지는 경우다. 우울증이 심해지면 모든 인간관계를 끊고 잠적하거나 자살을 시도할 수도 있다.

분노 조절 장애 유형의 범죄

파괴적 충동 조절 장애, 소위 분노 조절 장애 유형의 범죄로 이어질 가능성이 있다. 사실 이런 식으로라도 분노를 표출하게 되면 이미 화병의 영역이라 보긴 힘들다. 재벌가 사람들 같은 지배 계급(?) 인물들은 갑질 등을 통해 자신의 분노를 표출한다.

화병으로 캐릭터 설정하기: 한국인 종특

한국의 문화 증후군이기에 한국 배경의 주인공을 설정할 확률이 높다. 직업, 계층, 성별과 관계없이 화병에 걸릴 수 있으나, 연령은 최소 중년 이상일 필요가 있다.

부정적 감정이나 스트레스

화병은 부정적 감정이나 스트레스를 표현하지 못하는 데서 기인한다. 그러할 만한 설득력 있는 상황을 만드는 것이 관건이다. 남성 중심 문화의 여성이나 신분제 사회의 하층민들, 배움의 기회가 없었던 저학력 계층, 가정이나 기업의 중책을 맡은 사람 등이 주인공으로 적합하다. 표현에 취약한 회피성 성격이나 자신이 경험한 일을 부정적으로 해석하는 편집성 성격 등 성격적인 면도 화병에 영향을 미칠 수 있다.

취약 상황, 갈등 요인

감정 표현을 가로막는 상황은 화병을 악화시킨다. 스트레스는 커지는데 표출할 방법은 없는 상황이 지속되면 건강에 심각한 악영향을 미치기 때문에 건강을 잃지 않으려면 어떻게든 마음을 다스릴 필요가 있다. 화를 한(恨)으로 바꾸는 것도 그 일환으로, 분노의 원인을 외부에서 내부(내 탓)로 돌려 부정적인 감정을 완화하는 것이다.

신병과 빙의,
몸 안으로 들어온 초자연적 존재

신병(神病)은 무당이 될 사람들이 무당이 되기 전에 앓는 병으로, 《DSM-4》에도 올라 있는 한국의 문화적 증후군이다. 몸이 떨리고 아프거나 시름시름 앓고, 헛것이 보이거나 환청을 듣기도 한다. 정상적인 생활이 어려울 만큼 몸과 마음에 변화가 생기지만, 병원에 가도 딱히 원인을 찾을 수 없다. 무당이 되어야 낫는다. 정확한 통계는 없지만 여성에게 많이 나타난다.

한국 고유의 문화적 현상이기에 무당이 되어야 할 운명의 여성 초원(이다해)과 일반인 남성 무빈(김성민)의 사랑을 다룬 드라마 〈왕꽃 선녀님〉 정도를 제외하면 신병을 그대로 다룬 콘텐츠는 찾아보기 어렵다. 만신 김금화 선생의 생애를 다룬 영화 〈만신 김금화〉에서 금화(문소리)가 신병을 앓고 무당이 되는 과정이 묘사되어 있으며, 위안부들의 고통을 다룬 영화 〈귀향〉에서 어린 위안부들의 영혼을 고국으로 데려오기 위해 선택된 은경(최리)이 감당하기 어려운 기억에서 벗어나 신의 도구가 되는 방법으로 신내림을 받는 장면이 나온다.

반면, 빙의(憑依)는 신이나 귀신(악령)이 사람의 몸에 씌우는 것으로 이와 관련된 현상은 시대와 문화에 관계없이 보편적으로 나타나기 때문에 많은 영화와 드라마 등에서 묘사된다. 신병을 앓고 무당이 된 사람(영매)은 자의적으로 신을 받을 수 있고 대개 별 탈이 없지만, 악령이 어떤 의도를 갖고 일반인의 몸에 들어가는 빙의는 큰 문제가 된다.

여러 종교적 배경을 가진 구마(驅魔), 퇴마(退魔), 축귀(逐鬼), 제령(除靈) 등의 의식이 핵심이 된다. 이때는 퇴마사와 빙의된 악령 간의 갈등이나 퇴마사들의 관계, 빙의된 제물의 개인사에 초점이 맞춰지는데 다른 콘텐츠처럼 설득력 있는 캐릭터 설정이 관건이다.

첨단 과학의 시대지만 영화 〈엑소시스트〉, 〈오멘〉 등 외국 고전에서부터 한국 영화 〈검은 사제들〉, 〈곡성〉, 드라마 〈손 the guest〉, 〈방법〉 등 영매와 악령이 등장하는 빙의물의 인기는 여전하다. 주로 공포물의 주제가 되지만, 잘 만들면 영화 〈사랑과 영혼〉이나 〈헬로 고스트〉 등 멜로나 가족물로도 만들어질 수 있다.

최근에는 남자 무당이 주인공으로 등장해 범죄 수사를 돕는 퓨전 형식의 빙의물도 유행하는 추세다. 1978년 실제로 무당이 수사를 도왔던 사건을 다룬 영화 〈극비수사〉부터 드라마 〈지금부터, 쇼타임!〉, 〈미남당〉 등으로 이어지고 있다. 범죄도 범죄지만 무당과 형사 사이의 케미나 귀신들의 사연 역시 충분한 이야깃거리가 될 수 있다.

몸이 시름시름 아프거나, 초자연적 존재의 습격

행동 특성

신이나 악귀냐의 차이는 있지만 신병과 빙의는 모두 '초자연적 존재'가 사람의 몸 안으로 들어오는 것이다. 이전의 성격, 행동과는 전혀 다른 행동 양상을 보인다. 대개 빙의된 존재의 성격이 반영되는데, 급이 있는 신이나 악령을 빙의시키려면 역사, 종교, 문화에 관한 체계적인 연구가 필요하다.

그러나 초점이 초자연적 존재 자체가 아니라 빙의된 사람과 주변인들(퇴마사 포함)의 심리적 갈등에 있다면, 창작자가 신병이나 빙의가 어떤 심리적 원리에 의해 발생하는지 이해하고 있어야 한다.

무의식적 행동과 욕구

신병이나 빙의는 현대 정신의학에서 해리장애의 범주로 이해된다. 앞서 '다중인격장애'에서 살펴보았듯이, 개인이 감당하기 어려울 만큼의 커다란 충격이나 스트레스를 받으면 자아의 통합을 유지하지 못하고 정신 일부가 분리되는데, 과거에는 이를 초자연적 존재의 빙의로 설명해왔다. 물론 빙의 관련 현상을 해리로 100% 설명할 수 있는 것은 아니다.

왜 신병에 걸리는가?

이 병은 무당이 되어야 낫는다. 즉, 병의 원인은 신이다. 물론 신의 존재는 과학적으로 규명된 바 없다. 신과 관련한 신념 체계는 문화에서 비롯된다. 다음은 신병의 원리에 대한 문화심리학의 해석이다.

신병의 문화심리학적 해석

예부터 무당들은 주로 여성이었다. 지역에 따라 남자 무당이 있는 곳도 있으나 대다수는 여성들이었고 이는 지금도 그렇다. 과거에 여성들은 사회적 진출이 제한되어 있었고 배움에서도 소외되어 있었다. 그래서 억울하고 답답한 일이 생겨도 이를 해결할 방법이 요원했다. 게다가 남성 중심의 사회적 질서에서 여성들은 지켜야 할 도리도 많았고, 해서는 안 될 금기도 많았다. 이러한 상황은 정신건강에 매우 해롭다. 스트레스와 분노가 오래 지속되면 몸과 마음이 병들게 된다. 신병과 마찬가지로 《DSM－4》에 올랐던 화병이 그 대표적 예이다.

분노와 우울증이 지속되면 신체적으로도 반응이 나타난다. 면역체계가 망가지고 가슴이 뛰고 피가 몰리는 심혈관계의 증상이 뒤따른다. 한(恨)은 이러한 화를 다스리기 위한 한국인들의 방어기제였다. 분노와 억울을 초래한 원인을 자신에게 돌림으로써 견딜 수 없는 감정에서 벗어나려는 것이다.

그러나 모든 화를 다스릴 수 있는 것은 아니다. 삭일 수 없는 억울함과 분노가 한 사람의 정신에서 감당하기 어려워지면 마음 일부를 자신의 마음에서 분리해 버리는 해리(dissociation)가 일어난다. 이러한 관점에서 신병을 앓는 이에게 실린 신은 '해리된 정신의 일부'라는 설명이 가능하다.

신은 전지전능한 존재다. 배우지 못했고 의사 표현을 억압당해 쪼그라들었던 이들의 정신이 반대 방향으로 극대화되어 표출된 것이 신이 아닐까. 아는 것도 없고 말할 수도 없었던 이들은 신을 몸에 모신 후에는 세상사를 꿰게 되고 상대가 누구든 거침없이 호통을 친다.

신병으로 상징되는 해리된 정신은 내림굿을 통해 통합된다. 물론 다시 합쳐진다는 의미의 통합이 아니라, 정신의 해리된 부분을 내 것으로 인정하고 그 존재와 함께 할 것을 받아들인다는 뜻에서의 통합이다. 정신을 통합한 신병 환자는 더 이상 환자가 아니라, '무당'이라는 새로운 정체성을 갖고 이전과는 전혀 다른 인생을 살게 된다. 자신이 모신 신의 능력으로 다른 사람들을 돕는, 신과 인간의 매개자라는 새로운 정체성을 갖게 되는 것이다.

아직 과학적으로 규명되지 못했지만, 무당들의 신비한 능력은 분열된 자아를 통합하는 과정에서 발견된 인간 정신의 영역이 아닐까. 처절한 무당들의 기도는(물론 제대로 된 무당들에 한해서) 인간의 정신을 고도로 집중시키고, 미처 발견하지 못한 뇌의 어떤 부분을 활성화시키는 수단일지도 모른다.

한편 빙의는 주로 악귀(령)의 목적 때문에 이루어진다. 원한을 가진 악령 또는 고대의 악마 등 소위 급 있는 선수들로부터 흉가의 지박령이나 장난치기 좋아하는 귀신에 이르기까지 자신의 목적을 이루기 위해 누군가의 몸을 빌린다는 서사를 갖는다. 이때 빙의되는 사람은 재수도 없지만 대개 정신적으로 취약한 부분이 있어 쉽게 빙의가 될만한 이유가 있는 편이다.

신체 증상 장애

각종 신체 증상을 동반하기 때문에 신체 증상 장애로도 고려할 수 있다. 다시 말해 마음의 문제가 빙의로 해석될 수 있다는 것이다. 해결되지 않은 과거의 기억들이 신체적 증상으로 발현되고, 이를 의식화할 수 없는 이들이 자신의 증상을 빙의로 설명하고 이해하는 것이다. 이러한 증상은 한국 문화에서 '신을 받아'야 치료되는데, 자식을 무당으로 만들기 싫은 부모나 본인이 무당 되기 싫은 경우 신내림을 거부하기도 한다. 끝까지 신을 거부하면 본인도 매우 고통스러울 뿐 아니라, 가족 중 다른 사람에게 옮겨가거나 주변 사람들이 죽고 다칠 수도 있다(는 믿음이 존재한다).

빙의 치료(퇴마)의 원리와 심리적 기능

빙의된 귀신은 그 사람의 '해리된 정신의 일부'일 가능성이 있다.

빙의의 증상인 환각과 환청은 조현병, 즉 과거에 '정신 분열'이라고 불리던 정신장애의 전형적 증상이기도 하다. 어쨌든 빙의된 상태는 결코 정상이라 할 수 없다. 따라서 치료해야 하는데 대개 종교적 접근이 이루어진다.

구마 의식이나 굿의 과정을 보면 사제(무당)가 사람에게 들린 귀신을 불러내고 여러 의식을 거쳐 귀신을 쫓아내는 방식으로 이루어진다. 이러한 의식의 기능은 환자에게 분열된 정신들을 인식시키고, 그것들을 소멸시키는 과정을 시각화함으로써 환자들에게 문제의 원인이 제거되었다는 것을 확인하게 만드는 데 있다.

인간의 마음이 작용하는 방식은 매우 복잡하고 이해하기 어렵다. 자신이 경험하고 있는 심리적 문제를 정확히 파악하여 그것에 직면하고 또 합리적으로 해결하는 것은 현대사회에서도 쉬운 일이 아니다. 마음에 입은 큰 상처나 해결되지 않은 감정의 찌꺼기들은 사람들의 몸(신체 증상)과 마음에 지속적인 영향을 준다.

떠올리기 싫은 기억 혹은 떠올릴 수 없는 기억이나 감정들이 자신도 모르게 의식을 스치면, 이유는 모르겠지만 몸이 근질근질하기도 하고 뭔가가 가슴을 꽉 누르고 있는 것처럼 느껴지기도 하는 것이다. 그러한 기억이나 감정들은 우리가 떠올릴 수 없는 어린 시절의 기억이거나, 떠올리기에는 의식적 무의식적 억제가 작용하는 종류들이다. 그럴 때면, 내가 '내가 아닌' 듯한 느낌을 받거나 내 안의 어떤 존재가 슬퍼서 울부짖기도 하고, 분노로 가득 차 어쩔 줄 모르는 상태가 된다. 귀신이나 악령 등의 초자연적 존재는 그러한 상태를 설명해 준다.

'당신의 마음을 답답하게 하는 것은 아버지가 잡아 죽인 뱀이다', '자식이 시름시름 아픈 이유는 악령이 씌었기 때문이다', '이유도 없이 어깨가 아픈 것은 억울하게 죽은 누군가가 어깨에 앉아 있기 때문이다', '일이 잘 안 풀리는 것은 조상의 묘를 돌보지 않았기 때문이다' 등 이러한 설명을 들으면 사람들은 일단 마음이 놓인다. 불확실성이 크게 해소되었기 때문이다. 아무것도 모르고 불안과 고통에 시달릴 때에 비하면 많은 것이 분명해진 상태다.

엑소시스트, 무당, 사제, 누가 됐든지 귀신을 쫓는 사람들은 이제 귀신을 형상화하고 그것을 쫓아내는 의식을 시작한다. 사제의 말들은 환자(빙의된 사람)에게는 일종의 암시가 된다. 이제 귀신이 모습을 드러낼 것이고, 몸 밖으로 나간다는 사실이 사제의 말과 의식의 절차, 분위기 속에서 점차 구체화 되는 것이다.

의식이 끝나고 사제가 환자의 몸 밖으로 나온 귀신을 무언가에(그릇이나 용기) 봉인하여 묻거나 태워 소멸시키면, 환자들은 자신의 문제가 이제 자신 밖으로 빠져나가 소멸되었다고 믿게 된다. 퇴마 의식은 내면의 문제가 실체화되어 사라지는 모든 과정을 환자들에게 시각화하여 보여주는 기능을 갖는 것이다. 문제가 사라졌고, 그걸 직접 눈으로 봤으니 마음이 얼마나 편하겠는가. 인간의 병은 대부분 마음에서 온다. 그 마음을 편하게 하면 대부분 병은 나아지는 법이다.

빙의된 캐릭터 설정하기:
정신적 취약성을 가진 캐릭터

빙의가 되는 인물은 정신적 취약성을 가지고 있는 경우가 많다. 불안정한 영유아기 경험이나 살면서 겪은 외상적 사건(트라우마)의 영향일 수 있는데, 부모의 양육 태도와 관련된 부분은 '다중인격장애'(188쪽 참고)를 참조하기 바란다.

취약 상황, 갈등 요인

- 평범한 또는 감상자가 감정을 이입할 수 있는 인물의 원인 모를 빙의.
- 본래 자기 모습과 멀어지는 빙의자의 모습과 이를 지켜보는 주변 인물들.
- 세상의 모순을 파고드는 악령의 존재가 주는 불쾌감, 긴장감.
- 퇴마사와 악령, 퇴마사와 주변 인물(빙의자의 가족)들과의 갈등.
- 퇴마 행위와 사회 규범, 윤리관과의 갈등.
- 퇴마사의 성격이나 개인사가 야기하는 갈등.

범죄

무당, 퇴마사 등의 영 능력자가 악의를 가지고 어떤 사람의 몸에 초자연적 존재를 빙의시키거나 나쁜 일을 생기게 할 수 있다. 영화 〈곡성〉에서 묘사된 '살을 날리는' 행위나 드라마 〈방법〉에서 다루고 있는 방법(물건 등을 이용한 저주)들이 그 예이다. 한국 문화에서 저주를 내리고 남을 해치는 무당은 제대로 된 무당이 아니라고 평가받지만, 장희빈과 인현왕후 등 《조선왕조실록》에도 저주의 방법들이 등장하는 것처럼 예나 지금이나 어둠의 수요는 있는 법이다.

무당들 가운데는 평범한 신체 증상 장애를 신병으로 호도하여 거금을 받고 내림굿을 해주겠다는 이들도 있다. 신령님의 신벌이 함께 하기를.

기타 유의 사항

빙의를 초자연적 존재의 개입으로 볼지, 순수하게 정신적인 문제로 접근할지를 먼저 결정해야 한다. 악령 등 초자연적 존재의 빙의라면 해당 악령의 존재 이유와 그가 빙의자 몸속으로 들어가야 할 타당성을 충분히 확보해야 한다. 정신적인 문제라면(아직 이 관점의 창작물은 못 본 듯한데) 정신역동이론과 정신의학에 대한 심도 있는 이해가 필요하다.

어느 쪽이 됐든, 빙의나 퇴마 등의 주제는 무속학, 민속학 등의 조사 연구가 뒷받침되지 않으면 한국의 문화적 맥락과 유리된 '어디서 본 듯한' 싸구려 잡탕 공포물 밖에 얻을 수 없다. '귀신 나오고 무당 나오면 대충 무섭겠지!' 식의 접근은 곤란하다. 또한 '공포의 문화' 코드와 신, 악령, 영매, 퇴마 등의 문화적 맥락을 이해하는 것은 필수다.

7장

캐릭터에 생명을 불어넣어라

개인의 성격에 영향을 미치는 요인들

성격이란 개인에게 고유하게 나타나는 행동, 사고방식, 정서 표현의 방식이다. 성격이 타고나는 것인지 환경의 영향인지는 오랫동안 논란의 주제였지만, 최근에는 타고나는 부분은 '기질(temperament)'로 칭하고 있다. 성격에서 기질이 차지하는 부분은 적지 않다는 것이 정설이지만 밖으로 드러나는 행동은 환경적인 영향이 크다. 예를 들면, 내향적인 기질을 타고난 사람이 사회생활에 적응을 위해 대인관계에서 적극적으로 행동하는 경우가 그렇다. 그러다 보면 외향적인 행동 방식이 그 사람의 고유한 성격으로 굳어지게 된다.

다음은 개인의 성격에 영향을 미치는 요인들을 간략히 정리해 보았다.

기질

타고나는 성향이나 취향. 내향성 vs. 외향성이 행동으로 드러나는 대표적인 기질이다. 그 외에도, 자극에 대한 민감성(자극 추구 vs. 자극 회피)이나 행동의 조절 초점(향상 vs. 회피), 신경증, 완벽주의, 충동성 등도 기질의 영향일 수 있다. 유전 등 생물학적 원인이 크며 가족력 등이 중요하게 작용한다.

기질은 인물의 성격을 설명하는 가장 손쉬운 방법이다. '그는 원래 그렇게 태어났다'라는 식의 기술만으로 충분하기 때문이다. 하지만 기질은 환경과 상호작용하기 마련이다. 인물의 행동 이유를 기질로 너무 많이 설명해버리면 이야기가 재미없어진다.

성별

남성과 여성은 유전자 레벨의 차이가 존재한다. 신체의 구조와 기능, 호르몬의 분비와 작용 등에 의해 생물학적 남성성과 여성성이 나타난다. 생식에 관여하는 성호르몬의 영향으로 남성은 공격적이고 충동적인 속성을, 여성은 포용적이고 사회적인 속성을 보인다.

다음으로 인류가 남성과 여성의 역할을 구분하여 진화해 온 기간 때문에 나타나는 진화적 레벨의 차이가 있다. 사냥과 전쟁, 집단 간 위계에서 생활해 온 남성과 공동작업, 분배, 사교 등에 익숙한 여성의 뇌는 각기 다른 방향으로 특화되어 있다.

마지막으로 각 사회가 추구하는 성 역할에 따른 사회화(문화화) 레벨의 차이가 있을 수 있다. 어떤 사회는 생물학적, 진화적 성 역할을 보다 강하게 요구하지만, 여러 이유로 남성과 여성의 역할에 차이가 적은 사회도 있다. 성별은 각 문화에서 기질 표현의 차이, 요구받는 성 역할, 성취 및 좌절의 경험 등과 관련하여 중요한 주제로 다뤄질 수 있다.

출생 순위

정신역동 이론가 아들러가 구체화한 이론이다. 아이의 출생 순위에 따라 부모와 사회의 기대, 아이들의 욕구 충족 방식이 달라지며 이는 성격에 반영된다. 예를 들어 맏이는 권위주의적이고 보수적이며, 막내는 자유분방하며 사랑받고자 하는 욕구가 강하고, 중간 순위의 형제들은 경쟁에 밀려 주눅 들거나 부모의 인정을 받기 위해 착한 아이 콤플렉스를 갖게 되는 경향이 있다. 아들러는 7형제 중 둘째였는데, 형과 동생들에게 치여 이른바 '중간 아이 증후군(middle child syndrome)'을 겪었다고 고백한 바 있다.

출생 순위는 시대상이나 문화, 성별 등과 상호작용하여 인물의 행동에 큰 설득력을 줄 수 있다. 예를 들면, 과거 한국은 기본이 5~6남매였고 남녀의 사회적 역할에 큰 차이가 있었다. 그런 시대에 첫째가 아들이냐 딸이냐는 개인의 운명을 좌우하는 조건일 수밖에 없다.

부모의 성격

부모의 성격은 양육 태도에 영향을 미치며, 양육 태도는 심리학에서 자녀의 성격을 예측하는 가장 큰 요인이다. 부모가 엄격하면 자녀는 강박, 회피성 성격이 될 가능성이 크고, 부모가 방임형이거나 정서적이지 않으면 조현성 성격, 부모가 지나치게 강압적이면 반사회성 성격으로 성장할 가능성이 있다. 자세한 내용은 1~3장의 '성격 스펙트럼'을 참조하자.

가정 환경

가정 환경은 욕구 충족과 관련된다. 경제적으로 여유 있는 집은 자녀의 욕구 충족에 민감할 것이고 욕구가 적절히 충족된 아이는 대개 적응적인 성격으로 성장할 가능성이 크다. 반면, 좌절 경험은 우울증이나 불안 등 정신적 문제로 연결될 수 있고, 욕구의 억압이나 억제는 다른 행동을 불러일으킬 수 있다. 또한 사회경제적 수준에 따라 생활하는 거주 환경과 만나는 사람들의 종류 등이 달라진다. 거기서 할 수 있는 경험과 상호작용의 질이 차이 날 수 있다는 뜻이다. 일반적으로 부모의 성격 또는 양육 방식과도 어느 정도 관계가 있다.

문화

문화란 환경에 적응하기 위해 사람들이 만들어낸 가치들의 체계다. 그리고 그 가치들에 의해 사람들은 영향을 받는다. 즉, 사람은 문화를 만들고 문화는 사람을 만든다. 특정 문화에서 나고 자란 사람은 해당 문화가 구성원들에게 요구하는 가치를 내면화하게 된다. 그러한 가치들은 정도의 차이는 있지만, 사람들의 행동 범위를 규정한다.

요즘 들어 특히 어린이들이 보는 애니메이션에서 가끔 느끼는 건데, 등장인물들의 대사나 감정 처리가 상당히 '일본적인' 것이 있다. 아무래도 그런 부류의 콘텐츠 원조가 일본인 것도 있고, 제작에 관여하는 이들이 일본 콘텐츠의 영향을 깊게 받아서 그런 것으로 보인다. 다른 문화의 행위 양식은 아무래도 이질감을 느낄 수밖에 없는데, 그러한 이질감이 쌓이다 보면 이야기에 몰입할 수 없게 됨은 물론이다.

시대, 사회상

특정 시대에 금기시되는 또는 권장되는 가치관은 개인들의 행동을 결정한다. 특히 격변기나 전쟁 등의 사건은 개개인의 삶에 돌이킬 수 없는 변화를 초래하고 중요한 타인과의 이별이나 상실, 추구하던 목표의 좌절 등은 성격에 지대한 영향을 미칠 수 있다. 사극 등 다른 시대를 다룰 때 반드시 염두에 두어야 하는 요소다.

인물의 성격(사고방식이나 정서 표현 등을 포함하여)은 시대와 사회상의 범주에 있어야지 주인공의 능력을 강조하고자 너무나 시대에 동떨어진 설정을 하게 되면 몰입이 확 깨지는 이유다. 예를 들면, 영화 〈나랏말싸미〉에서 승려가 왕에게 눈 똑바로 뜨고 "왕 노릇 똑바로 하란 말입니다!"라며 대드는 장면이 나오는데, 세종이 불교에 관대했다고는 하나 유교의 나라 조선에서 스님이 왕에게 취할 행동은 절대 못 된다.

마지막으로, 이런 요인들은 상호작용하면서 개인의 성격에 영향을 미친다. 요인들의 비중과 특정 요인이 영향을 미치는 시기나 사건을 결정하는 것은 창작자의 몫이다. 성격에 영향을 미칠 만한 요인들을 교과서식으로 추가하거나, 창작자가 특정 요인의 영향력을 과신하게 되면 설득력 떨어지는 사족이 될 수 있다.

이야기 설정을 풍부하게 하는 일반 정신병리

주인공 등 작중 인물의 정신병리는 때로 창작물의 스토리를 극적으로 만들어주는 요인이 된다. 극심한 역할의 혼미는 조현병으로, 목표의 좌절이나 소중한 어떤 것의 상실은 우울장애로 이어질 수 있다. 또한 작중 인물이 겪는 심리장애는 상황 또는 주변인들과 상호작용하여 또 다른 스토리 라인을 파생시킬 수도 있다. 창작자가 이러한 정신병리에 대한 기본적인 것들을 알고 있다면 작품의 이야기와 갈등 구조, 감정선을 풍부하게 하는 데 큰 도움이 될 것이다.

조현병

정신 분열병으로 알려진 조현병은 정신병리 중 가장 많이 알려진 종류다. 흔히 '미쳤다'의 대표적인 증상인 환각, 망상, 기괴한 언행 등이 조현병의 특징이다. 조현병은 사고, 지각, 정서, 행동 및 사회 활동 등 다양한 정신 기능에 이상을 초래하는 주요 정신병적 장애로 질환의 경과와 예후가 다양하고 심각하다.

조현병은 그 증상과 양상에 따라 몇 가지 세부 장애로 구분되는데, 앞서 성격 스펙트럼에서도 살펴본 조현성 · 조현형 성격장애와 망상이 주가 되는 망상장애, 비교적 짧은 기간에 증상이 나타나는 단기 정신증적 장애 등이 그것이다.

조현병의 진행은 전구기, 활성기, 잔류기로 구분된다. 증상이 주로 발현되는 활성기는 길지 않고 위축되어 있고, 생활과 역할 수행에 곤란을 겪는 전구기와 잔류기가 상대적으로 오래 지속된다.

- 전구기: 개인의 역할 수행이 눈에 띄게 저하됨, 사회적 위축, 우유부단, 의지의 결여.
- 활성기: 환각, 망상, 와해 된 언어 및 행동.
- 잔류기: 전구기와 유사한 증상, 증상은 호전되었으나 적응에 어려움을 보임.

조현병은 여러 원인이 복합적으로 작용하여 나타나지만 뇌 기능 이상, 도파민 과다 분비 등의 생물학적 원인이 큰 것으로 이해되고 있다. 같은 경험을 해도 생물학적 취약성을 타고난 이들이 조현병에 걸릴 가능성이 크다는 뜻이다. 생물학적 취약성에 역할 수행의 혼란 등 환경적 영향이 작용하여 발병하는 것으로 이해된다.

물론 창작물에서는 생물학적 요인보다는 주인공이 겪게 되는 역할 혼란이나 스트레스가 더욱 설득력 있게 제시되어야 한다. 영화 〈뷰티풀 마인드〉의 존 내쉬(러셀 크로)의 경우에는 천재의 자부심과 성취욕이, 영화 〈셔터 아일랜드〉의 테디(리어나도 디캐프리오)는 자식들이 죽은 충격과 아내를 죽였다는 죄책감이, 영화 〈블랙 스완〉의 니나(내털리 포트먼)는 어머니의 집착과 인정욕구가 조현병의 원인으로 그려진다.

관객들은 어디까지가 현실이고 어디까지가 주인공의 환각(또는 망상)인지 혼란스러운 가운데, 주인공의 심리적 갈등에 공감하며 이야기에 몰입하게 된다.

주요우울장애(우울증)

가장 유병률이 높은 정신병리다. 우울감과 슬픔, 절망감 등 기분의 변화가 두드러지며, 인지 기능이 손상되고, 대인관계를 기피하고 제대로 상호작용하기 어렵다. 수면 패턴 및 식이 패턴의 변화를 동반하며 세상에 대한 흥미와 욕구가 상실된다. 남성보다 여성들이 많이 경험한다. 여러 가지 다른 정신병리와 함께 나타나며 재발이 흔해 지속적 관리가 필요하다.

원인으로는 사랑하는 이의 죽음이나 목표의 좌절 등 중요한 대상의 상실이 꼽힌다. 생물학적으로는 도파민, 세로토닌 등의 신경 전달물질 이상 또는 부신피질이나 갑상선 기능 이상이 있으며, 가족력 등 유전적 요인도 작용한다. 여성들이 우울증을 많이 경험하는 이유는 임신, 출산, 생리 등으로 인한 호르몬의 변화와 유리 천장, 경력 단절 등 사회적 좌절 등이 이유로 추정된다.

시기적으로는 학업이나 취업 등으로 좌절을 겪기 쉬운 20대나 호르몬 변화가 극심한 출산 후나 갱년기, 자녀가 성장하여 떠나간 경우(빈 둥지 증후군)나 은퇴 후 등에 겪기 쉽다. 어떠한 이유로든 삶의 의미를 상실하게 되면 절망과 무가치감으로 우울해질 가능성이 크다. 또한 조현병이나 불안장애 등 다른 정신병리가 만성화되면서 우울장애로 이어지는 경우도 많고, 우울장애가 만성화되면서 환각이나 망상 등 조현병 증상이 나타나기도 한다.

창작물에서 우울증은 주인공의 좌절과 상실의 결과로 묘사되며, 무기력하고 암울한 상황을 드러내는 장치로 활용된다. 우울장애를 다룬 영화로 반복되는 일상에 삶의 의미를 잃은 여인들을 그린 영화 〈디 아워스〉, 아예 우울증의 증상과 치료 과정을 묘사한 일본 영화 〈츠레가 우울증에 걸려서〉 등이 있다.

양극성 장애(조울증)

조증과 우울증이 번갈아 나타나는 경우. 양극성 장애는 기분이 양극단을 오간다는 의미다. 조증이란 비정상적으로 의기양양하고 자신감과 에너지 넘치는 기분이 1주일 이상 지속되는 증상이다. 이 기간에는 잠을 자지 않아도 피곤하지 않으며, 끊임없이 새로운 생각과 아이디어가 떠오른다. 망상과 환각이 나타나기도 한다.

우울장애에서 양극성 장애로 전환되기도 하며 이혼이나 별거, 직업 부적응, 사회적 고립, 약물 남용 등과 관련이 있다. 일관적으로 기분 나쁜 우울장애와는 달리 조증 기간이 나타나기 때문에 주위 사람들이 '나아졌다'라고 생각하기 쉽다. 그러나 조증에서 우울증으로 넘어갈 때가 정말 위험한 때이며, 이때 극단적인 선택을 할 확률도 높다. 우울장애와는 달리 발병률의 남녀 차는 거의 없다.

유명한 예술가 또는 작가 중에 양극성 장애를 앓는 이들이 많으며, 실제 인물로 빈센트 반 고흐와 슈만, 버지니아 울프가 대표적이다. 양극성 장애를 다룬 영화로는 〈미스터 존스〉, 〈인피니틀리 폴라 베어〉 등이 있다. 양극성 장애의 특성상 주인공의 극적인 감정 변화와 그로 인한 갈등이나 주인공이 주관적으로 경험하는 조증 상태와 우울증 상태의 대비가 극적으로 묘사된다.

불안장애

불안한 감정이 주 증상인 정신장애를 뜻한다. 불안이란 부정적 결과가 나타날지 모르는 위험한 상황에서 불쾌하고 고통스러운 감정이며, 교감신경계의 흥분 및 신체적 반응을 동반한다. 불안을 느끼는 상황과 대상이 다양해 여러 범주로 분류할 수 있다.

① 범불안장애

- 전반적인 상황과 대상에 대한 지속적이고 통제 불가능한 걱정이 특징.
- 6개월 이상의 불안한 느낌, 다양한 신체 증상(과민 대장 증후군 등) 동반.
- 여성이 60%, 10대 중반에서 20대 초반에 발생, 유병률 5%.

② 특정 공포증

- 실제로는 위험이 없는 대상이나 상황을 두려워하고 회피하는 것. 불안장애 중 가장 많은 류가 있다.
- 6개월 이상의 불안 및 공포.
- 유병률 10%, 여성이 2배 정도 흔함, 10대에 많이 발생.
- 상황형: 폐소, 고소, 터널, 다리, 엘리베이터, 지하철 등.
- 자연환경형: 천둥 번개, 절벽, 물 등.
- 혈액-주사-상처형: 피, 첨단, 상처, 의학적 치료 등.
- 동물형: 뱀, 거미, 쥐, 바퀴벌레, 지네 등.

성격과 개인적 경험에 따라 수많은 공포증이 있으며 캐릭터의 특성을 보여주는 장치로 활용되거나 관객의 공포를 자극하는 상황 등이 제시될 수 있다. 영화 〈그것〉은 서구 문화권에서 나타나는 광대 공포증을 소재로 하고 있으며, 한국 영화 〈터널〉은 좁고 닫힌 공간에 대한 폐소 공포를 자극한다.

③ 공황장애

- 현기증, 호흡곤란, 심박수 증가, 극심한 공포 등을 동반한 공황발작을 수반.
- 광장 공포, 발표나 평가 등 사회적 맥락에서 많이 발생.
- 유병률 1.5~3.5%, 여성이 2~3배 정도 흔함, 청년기 및 20~30대 많이 발생.
- 만성화되면서 우울증으로 이어짐(40~80%), 약물 남용, 자살 가능성.

연기나 퍼포먼스 등을 평가받는 직업인 연예인들에게 많다. 영화 〈애널라이즈 디스〉에서 묘사되고 있으며 〈아이언맨〉의 토니 스타크도 공황장애가 있다.

④ 분리불안장애

- 집 또는 애착 대상과 떨어져 있는 것에 대한 불안이 일상생활에 지장을 초래할 정도로 심각하게 나타나는 경우.
- 유병률은 아동 청소년의 경우 4% 정도이며, 7~8세에 가장 흔하게 나타남.

- 어려서부터 아이를 따로 재우는 서구권에서 많이 보이며, 애착 인형, 이불 등에 집착하는 이유이기도 함.

한국 영화 〈클로젯〉은 혼자 자는 아이들의 옷장 공포(분리불안장애)를 다루고 있는데 문화적으로 조금 생소하다. 서양 아이들의 옷장 공포는 애니메이션 〈몬스터 주식회사〉에 잘 나와 있다.

강박장애

통제할 수 없는 생각, 충동, 또는 이미지를 떠올리고 반복적인 행동 또는 강박행동을 하게 되는 정신병리(위생, 정리, 성적 행동과 관련된 증상이 많다)이다. 강박행동의 원인이 불안을 해소하기 위해서라는 점에서 불안장애에 포함되었었지만, 다양한 증상 때문에 《DSM-5》에서는 별도로 분류된다.

- 유병률 2.5%, 10대에 나타나기 쉬우며, 여성은 늦게 발병하는 편.
- 우울증, 다른 불안장애, 섭식장애 등을 동반하기 쉬움.
- 뇌의 과잉 행동성이 원인, 불안을 감소시켜주기 때문에 강박이 강화됨.

강박행동은 개인의 특성이나 불안의 종류에 따라 다양한데, 자기 자신의 신체 일부가 이상하게 생겼다고 믿고 계속해서 이를 교정하려고 시도하는(성형 중독) 경우(신체 이형 장애), 폐품이나 쓰레기를 버리지 못하고 쌓아두는 저장 강박, 머리카락(발모광)이나 피부를 잡아 뜯는(피부 벗기기 장애) 행동 등이 있다.

창작물에서는 강박행동을 하는 주인공이 느끼는 불안이 설득력 있게 제시되어야 할 필요가 있다. 또는 주인공의 성격을 드러내는 장치로 활용되기도 한다. 강박행동을 다룬 영화로는 〈이보다 더 좋을 순 없다〉, 한국 영화 〈플랜맨〉, 스페인 영화 〈강박이 똑똑!〉 등이 있다.

외상 후 스트레스 장애

외상 후 스트레스 장애(PTSD)는 외상 경험을 한 후 흥분 수준이 높아지고, 외상 경험과 관련된 자극을 회피하며, 해당 사건을 회상하며 불안을 겪는 정신병리를 말한다. 외상이란 지속적인 영향을 미치는 큰 심리적 충격을 의미한다. 전쟁이나 태풍, 지진, 쓰나미 등의 자연재해, 참사, 개인적 경험(죽음, 사기, 이별, 군대, 범죄 피해 등)을 들 수 있다.

외상 후 스트레스 장애의 증상은 외상적 사건의 지속적 재경험(기억, 꿈, 사소한 단서에 재발)이며, 이때는 해당 사건 당시의 공포와 충격이 그대로 되살아난다. 환자는 외상적 사건을 떠올리는 관련 자극을 회피하려 하며, 그러한 사건이 다시 일어날지 모른다는 불안에 시달린다.

창작물에서는 주인공에게 닥친 비극의 심각성과 그 사건에서 벗어나지 못하는 주인공의 상황을 묘사하기 위해 활용된다. 외상 후 스트레스 장애에 대한 영화로는 삼풍백화점 붕괴를 다룬 영화 〈가을로〉, 광주 민주화 항쟁의 〈꽃잎〉, 베트남 전쟁의 〈디어 헌터〉, 그리고 실제 사건은 아니지만 한국 남성들의 군대 트라우마를 자극했던 〈용서받지 못한 자〉 등이 있다.

문화가 성격을 만들고, 성격이 문화를 만든다

문화는 세계관이다. 사람들의 행위는 내가 어떤 세상에 산다는 인식에서부터 나온다. 캐릭터의 성격과 행위에 정당성을 부여하기 위한 출발점이라 할 수 있다. 문화는 주어진 환경에 적응하기 위해 사람들이 만들어낸 것들의 총체로서, 의식주부터 주산업, 도구, 무기 등의 유형 문화와 제도, 법, 윤리, 가치관 등의 무형 문화까지 전체를 포괄한다. 여기서부터 사람들의 성격이 형성되고 사람들의 성격은 다시 문화에 영향을 준다.

문화의 생성과 변화, 다시 문화가 사람들의 마음과 행동에 미치는 영향을 작품에 일일이 녹여 넣을 필요는 없다. 그러나 인물들의 마음과 행동은 문화로부터 규정된다는 점은 창작자가 반드시 이해하고 있어야 한다.

문화의 생성

문화는 환경과 사람의 상호작용으로 만들어진다. 우선 고려되어야 할 것은 환경이다. 환경이 결정되면 거기에 적응하기 위한 인간의 노력으로 문화가 나타나게 된다. 문화를 생성하기 위한 기본적인 환경에는 기후와 지정학적 조건, 그리고 지형이 있다.

예를 들면, 온대 기후의 강수량이 적당한 평야 지대에는 농경 문화가, 온대의 평야 지대지만 강수량이 살짝 부족한 지역에는 유목 문화가 꽃피기 쉽다. 해협이나 반도, 섬 등지에는 배를 타고 해산물을 먹는 해양 문화가, 교역로나 중심지 근처에는 상업 문화가 발달하며, 영 먹고 살 방법이 마땅치 않은 곳에서는 예외적으로 약탈 문화가 등장하기도 한다.

농경 지역의 의복은 베나 비단 등 식물이나 곤충에서 얻은 천으로 만들어지며, 유목 문화의 의복은 털가죽이거나 털가죽을 주고 교역한 직물이 기본적이다. 목재가 풍부한 지역에서는 나무집이, 진흙이 많은 지역에서는 벽돌집이, 돌이 많은 지역에서는 돌집이 지어질 것이다.

게임 〈스타 크래프트〉나 영화 〈아바타〉와 같이 외계 종족을 설정할 때는 항성계와 중력, 대기의 구성, 생명 유지 및 번식 방법 등도 고려 대상이 될 것이다. 제대로 한번 설정을 만들어 보려면 천문학과 물리학, 지질학, 생태학, 생물학에 관한 공부가 필요할 테지만 말이다.

문화의 발달

환경에 적응하기 위한 기본적인 형태의 문화에 인간의 욕구가 결합 되면 법과 제도, 윤리 등이 나타나기 시작한다. 산맥과 강이 없어 이동이 자유로운 평야 지대에서는 타 집단과 마주칠 확률이 높아 전쟁이 일어날 가능성이 크다. 유목 민족들이 호전적인 이유다. 거친 바다에 삶을 맡겨야 하는 해양 문화 사람들도 꽤 거칠다. 타 집단과 적당히 분리되어 전쟁이 덜했던 지역 사람들은 상대적으로 유순할 테지만, 지나치게 고립된 사람들은 또 나름의 지옥을 만들기도 한다.

남녀의 성 역할도 기본적으로 생존과 관련되어 있다. 현재 세계에서 가장 성 평등한 지역인 북유럽은 한때 먹고 살기 위해 해외 원정을 다녔던 바이킹의 후예다. 바이킹 여자들은 남자들과 원정길에 동행하기도 하고, 남자들이 떠나고 빈 마을의 생업과 치안을 맡아야 했다. 생존을 위한 역할을 한쪽 성이 많이 맡을수록 불평등한 성 인식이 자리 잡을 가능성이 크다.

결혼제도의 경우 전쟁 및 노동력 수요로 인해 많은 인구가 필요하다면 일부다처제가, 적정 수의 인구를 유지해야 한다면 일처다부제가 나타날 수 있다. 일처다부제는 식량 수급이 어려운 고산지대에서 주로 발견된다. 잦은 전쟁으로 배우자가 자주 바뀌는(?) 상황에서는 한 사람이 여러 배우자와 살거나 성씨가 별로 중요하지 않다는 가치관이 발달한다. 결혼에 가문이 중요하고 배우자가 죽은 다음 남은 사람이 수절하는 문화는 사회가 그만큼 안정적이라는 의미이기도 하다.

문화와 성격

법과 제도, 가치관 등의 무형 문화는 사람들의 성격을 형성한다. 부모는 해당 사회에서 지켜야 할 규범과 가치관들을 자녀에게 교육할 것이고, 비슷비슷한 교육을 받은 사람들의 행동 양식은 일정의 범위 안에서 나타나게 된다. 과거 조선의 예를 들어보자.

조선은 건국 시의 국제적 상황(원-명 교체기) 때문에 불안한 상업보다는 안정적인 농업을 국시로 삼은 나라다. 사람들이 헛바람 들어 싸돌아다니지 않고 차분히 농사를 짓게 하기에 효(孝)만큼 가치 있는 게 없다. 살아계신 부모님께 효도하고, 돌아가신 조상님께 효도하려면 부모님이 계신 집과 선산(과 논밭)이 있는 동네를 떠날 수 없기 때문이다. 마을 어귀의 효자비와 밤에 어른들이 들려주던 효자 이야기들은 이러한 가치관을 강화했다. 사람들은 자연히 효라는 가치 안에서 자신의 행위를 규정하게 된다. 사람들이 지극한 효자와 보통 효자, 불효자와 불효막심한 놈으로 구분된다는 뜻이다.

효와 같은 주된 가치는 문화마다 다르다. 생존을 위해 가장 필요하다고 생각하는 가치가 다르기 때문이다. 효는 조선의 주 산업인 농업을 가장 잘 할 수 있게 해주는 가치이자 사회질서, 예절과 복지제도의 총합이었다. 이러한 주요 가치에서 사람들의 주요 성격 유형이 파생되며, 부지런함, 정직, 예의 바름 등과 같은 부수적 가치로부터 사람들의 세부적 성격들이 갈라져 나온다.

문화적 성격에는 주-유형과 반-유형이 존재한다. 쉽게 말하면 문화의 주류 가치관을 거부하며 저항하는 반항아 캐릭터의 성격이 반-유형이다. 이를테면, 순종적 여성상이 주-유형이었던 조선시대에 진취적이며 성취 지향적인 여성을 설정하는 것이다. 대장금이나 허난설헌 등 실제 존재했던 유형의 성격이지만 이들의 삶은 당대의 사회상에서 규정될 수밖에 없다. 반-유형에 해당하는 이들이 뛰어난 능력으로 승승장구한다면 그것이야말로 설정 붕괴다.

문화와 심층 심리

성격의 형태로 사람들에게 내재된 문화는 이제 그 문화의 독특한 현상들을 만들어낸다. 전통 놀이, 전설, 민담과 괴담, 예술, 미의식, 속담과 격언 등에는 해당 문화 사람들이 욕구와 행위 양식, 방어기제 등이 녹아들어 있다.

예를 들어, 한국의 귀신들은 주로 억울함을 호소하기 위해 나타난다. 그것도 고을 사또 등 6급 이상의 행정 관료들에게 주로 나타나는데, 한국에서 귀신들의 사연은 곧 민원이기 때문이다. 귀신 이야기는 한국인들이 예로부터 무엇을 중요하게 여겼고 그것을 어떤 방식으로 해결했는지를 잘 보여준다.

"오니와 소토, 후쿠와 우치!(도깨비는 밖으로, 복은 안으로!)"를 외치는 일본의 세츠분 풍습에는 밖(소토)과 안(우치)에 대한 일본인들의 생각이 반영되어 있으며, 뭐가 됐든 삼세판을 외치는 한국인들의 습관에는 쉽게 패배를 인정하지 않으려는 심리가 배어 있다. 화병 같은 문화적 정신병리에도 해당 문화 사람들의 욕구와 행위 양식이 잘 드러난다.

종교 역시 대표적인 심층 심리다. 초자연적 존재에 대한 믿음과 삶의 순환 또는 사후세계에 관한 생각 역시 생존과 관련된 가치에서 비롯된다. 신들의 성격과 신들 사이의 관계에는 해당 문화 사람들의 권위자(지배자)와 권위자들에 관한 생각들이 반영되어 있다. 환경이 척박하고 삶이 어려울수록 절대자의 권위가 높아지는 경향이 있으며, 가부장적 사회일수록 신과 인간의 관계는 멀다. 이주 집단이 원주민들을 지배해 온 지역에는 복잡한 위계의 다신교 신앙이 존재하는 경향이 있다.

사후세계에 대한 믿음은 사회의 보상 체계와 관련이 있는 듯하다. 이번 세상에서는 영 안 되겠다 싶으면 내세에서의 복을 약속하는 식이다(발할라~).

문화의 변화와 심리

문화는 변화한다. 생존을 위한 조건이 바뀐다면 더욱 그렇다. 환경의 변화와 산업의 변화는 주거 형태와 가족제도, 가치관과 사람들의 행위 양식을 변화시킨다. 1970년대 가속화된 산업화는 한국을 농업사회에서 산업사회로 바꾸었고, 한옥은 아파트로, 대가족은 핵가족으로, 집단주의는 개인주의로 변모했다. 지금은 핵가족에서 1인 가구로 더 분화되고 있으며 원룸 등의 주거 형태나 배달 문화 등 새로운 삶의 형태가 연쇄적으로 나타나고 있다.

그러나 변화하는 문화에 못지않게 유지, 지속되는 문화 역시 존재한다. 비교적 빨리 변화하는 것이 의식주와 가족(결혼)제도 등 외형적인 부분이라면, 천천히 바뀌거나 잘 변하지 않는 부분은 문화의 심층적인 측면이다. 이를테면, 한국의 떼창이나 떼춤 같은 놀이문화나 음주 문화 등은 무려 삼국지 위지 동이전부터 등장하는 유서 깊은 행위 양식이다.

심층 심리와 관련된 문화는 쉽게 변하기 어려운데 이는 문화가 사람들에게 주는 안정감과도 관련 있다. 변화하는 환경에 적응은 하겠지만, 변하지 않는 것들이 주는 안정감을 무시할 수 없기 때문이다. 급격한 변화를 겪은 이들은 초조하고 조급하며 쉽게 우울증에 빠진다. 심층 심리는 대개 가장 편안한 것, 가장 즐거운 것, 가장 신성한 것, 가장 두려운 것들과 관련되어 있다.

이방인의 심리

자문화를 떠나 타문화로 이주한 이들은 심리 변화를 겪는다. 크게 자문화에 대한 태도(유지/거부)와 타문화에 대한 태도(수용/거부)에 따라 4개의 차원으로 구분되는데, 분리(자문화 거부, 타문화 거부), 주변화(자문화 유지, 타문화 거부), 동화(자문화 거부, 타문화 수용), 통합(자문화 유지, 타문화 수용)이 그것이다.

분리는 자문화에 대한 정체성도 없고, 이주한 문화를 받아들일 생각도 없는 경우다. 내 나라가 싫어서 떠나왔으나 새로운 나라에 대한 애정도 없는 이들은 어디에도 속하지 못하고 떠돌며 부적응적인 삶을 살게 된다.

주변화는 자문화에 대한 정체성은 유지하지만, 이주한 나라의 주류 사회에 섞일 생각은 없는 경우다. 자기들끼리 모여 살며 ○○타운 같은 일종의 자치 구역을 형성한다.

동화는 자문화에 대한 정체성 없이 타문화만 받아들이는 형태이다. 자신을 숨기고 다른 나라 사람이 되려는 경우나, 정복자의 동화 정책에 의해 흡수되는 망국의 백성들이 해당한다.

통합은 자신의 문화를 지키면서 타문화를 수용하는 방식으로 가장 바람직한 형태의 정체성 관리 전략이지만, 타국에 적응해야 하는 이주자의 입장으로는 쉽지 않다.

실재하는 문화를 다룰 때:
오리엔탈리즘과 옥시덴탈리즘

다른 문화의 인물을 창조하는 것은 쉬운 일이 아니다. 창작자는 이미 한 문화의 산물이므로 전혀 다른 문화의 사고방식과 가치관, 행동 양식을 전부 이해하기 어렵다. 자칫하면 설정과 이름만 외국인이고 결국 자기가 잘 아는 문화의 이야기를 하게 되는 경우가 많다. 그렇게 되면 본질적으로 '이세계물(異世界物)'과 다를 바가 없다. 작품에 외국인을 등장시키고 싶다면 그 나라 문화에 대한 기본적인 조사는 필수적이다. 그러나 타국에 대한 자료들 자체가 이미 왜곡되어 있을 가능성부터 고려해야 한다.

실재하는 나라의 문화를 다룰 때 가장 주의해야 할 점은 오리엔탈리즘 사고다. 서구에 의해 왜곡된 동양(비서구)에 대한 편견을 오리엔탈리즘이라고 하는데, 동양은 대략 더럽고 미개하지만 신비한 정신 세계와 무술이 있는 곳이라는 생각이다. 이와 같은 생각은 제국주의 시절 동안 고착되어 동양 사람들이 스스로 인식할 때도 반영된다.

한편 동양에도 서양에 대한 왜곡된 인식이 있는데, 이를 옥시덴탈리즘이라고 한다. 서양은 과학기술이 발달하고 문명화되었지만, 비인간적이고 지나치게 물질주의적이라는 생각이다. 동양이나 서양이나 그런 모습이 아예 없는 것은 아니지만 이러한 사고방식의 문제점은 첫째, 너무 이분법적이라는 것이고, 둘째, 은연중에 동양에 대한 서구의 우월성을 내포하고 있다는 점이다.

사실 문화에 대한 이해는 이렇게 짧게 이루어질 수 있는 성격이 아니다. 다만 캐릭터의 행동은 캐릭터가 살아가는 문화에서 규정된다는 점을 강조하고 싶다. 문화와 인간 행동의 관계를 좀 더 자세히 이해하고 싶다면 필자(이번 글에서 '필자'는 한민이다)가 쓴《슈퍼맨은 왜 미국으로 갔을까》와《선을 넘는 한국인 선을 긋는 일본인》을 추천한다.

프로파일러가 현장에서 본 범죄, 그리고 피의자와 피해자

사람들을 만나서 프로파일러라는 필자(이번 글에서 '필자'는 유지현이다)의 직업을 밝히게 되면 다들 상투적인 감탄사를 늘어놓은 다음 "가장 기억에 남는 사건은 무엇인가(그 사건을 아는가)?", "○○하는 사람들은 진짜 ×× 한가?"라는 질문을 한다. 전자를 묻는 사람들은 필자의 생업에서 선정적인 부분만을 궁금해하는 것이고, 후자를 묻는 사람들은 인간의 심연을 궁금해하는 것이다. 다른 사람이 뭘 해서 먹고살고, 어떤 일을 경험하며, 어떤 것을 느끼는지는 말해준다고 해도 당사자가 아니면 아무도 모를 테지만 말이다. 이 두 질문만 가지고서도 보통 사람들이 범죄와 거기 얽혀 있는 사람들에 대해 가진 생각, 좀 나쁘게 말하면 선입견이 어떠한지 충분히 실감할 수 있다.

나는 이 질문들을 들을 때마다 즐거운 불쾌감을 느끼면서도 몇 년간 일종의 질문 데이터베이스를 쌓아오면서 단순한 호기심을 넘어, 인간의 심연에 관심이 있는 사람들이 늘 전체 인구의 일정 비율을 차지한다는 것을 알게 되었다.

범죄심리학 팟캐스트, 실제 사건을 다룬 다큐멘터리, 사회 고발 프로그램을 애청, 탐독하는 사람들이 꽤 많다. 필자 역시 그런 인간이고, 이를 탐구하다가 심리학을 전공했으며, 생업도 범죄를 저지르는 사람을 대하는 일을 하고 있다. 나 말고도 그런 사람들이 많다는 것은 나와 같은 사람들이 드물지는 않다는 안도감을 주었다. 하지만 '직업적으로 허용된 방법으로 탐구심을 승화'하지 않고 흥밋거리로 범죄와 그에 얽힌 사람들과 그들의 마음과 행동을 '소비하는' 욕망을 가진 사람들이 존재한다는 것도 생각하지 않을 수 없었다. 필자를 포함한 이런 취향의 사람들은 자신의 공격성과 통제욕, 그리고 심연에 끌리는 천성을 사회가 용인하고 자신들도 죄책감을 느끼지 않는 방법으로 승화했다고 보아도 무방할 것이다. 아마 이런 천성은 특정 장르의 소비, 특정한 특성의 캐릭터를 애정하는데 큰 영향을 미쳤을 것이다.

업무 특성상 그간 서류로 파악한 사건과 그에 따라 만나거나 서류상 처리한 사람의 수가 2천 명이 넘는다. 사람들은 모두 자신만의 사연이 있고 이유가 있었지만, 사건의 성격에 따라 어느 정도 느슨한 공통점이 있었다. 필자 개인의 미천한 경험에 의한 의견일 뿐이지만, 독자들에게는 도움이 될 것이란 생각에 정리해 보려고 한다.

살인

살인 피의자(경찰 수사 단계에서 범죄 혐의를 받고 조사 중인 사람)의 대다수는 우발적으로 범행을 저지른다. 살의를 오랫동안 품고 있었는지에 대한 여부는 제각각이지만, 범행 자체는 살의가 치민 순간 소위 욱하는 심정에서 '저질러진'다.

범행 흉기는 예기(칼)인 경우가 많다. 국내외 프로파일러들은 둔기가 사용된 살인의 경우, 예기를 사용한 경우보다 좀 더 개인적이고 폭력성도 크게 나타나는 경향이 있다고 지적한다.

살인에 고의는 없었지만 결과적으로 폭행으로 인해 사망하거나 부상으로 사망하게 되는 폭행치사, 상해치사의 경우에는 우발적 범행인 경우가 더 두드러진다. 보통 피의자나 피해자가 술을 마신 상태에서 다투던 중인 경우가 많다. 피의자는 구형의 정도를 낮추기 위해 범행을 반성한다거나 술에 취한 상태였다거나 우발적으로 저지른 실수였다고 변명하는 경우가 많은데, 의외로 침착하게 앞으로의 일을 걱정하거나 출소 후의 미래를 설계하기도 한다.

피해자가 사망한 것은 되돌릴 수 없는 일이므로 의외로 순순히 범행을 인정하는 편이다. 다만 살인으로 치닫게 된 이유에 대해서는 피해자 탓을 하는 경우가 드물지 않았다. 면담했던 살인범들의 다수는 몇 년 정도 교도소에 복역하게 될지 궁금해했다. 그들의 관심사는 이미 경찰 조사 이후 시점에 쏠려있는 것이다.

피의자와 피해자 다수가 남성이다. 피해자가 여성인 경우는 가해자가 대개 잘 알고 있는 관계 즉, 배우자, 연인, 친인척, 지인들이며 서로 심리적 거리가 가깝다. 따라서 피해자가 어떤 욕망의 대상이 되어 희생되는 경우이다. 최근 대두되는 여러 종류의 여성에 대한 성적 착취가 피해자를 살해하는 최악의 상황으로 치닫는 경우가 이에 해당한다.

피해자가 사망하여 피해 진술을 할 수 없기에 오로지 피의자 시점에서 사건 청취가 된다는 점도 큰 특징이다. 사건 조사는 피의자 시점의 반쪽짜리 서술에 근거해 진행된다. 창작자는 사건의 서술이나 진술 시점에서 이 점을 활용할 수 있을 것이다. 살아남은 사람의 시점에서 플롯이 비틀린다거나 가해자가 사실 피해자였다는 것, 또한 우발적 범행임을 강조하지만 사실 매우 오랫동안 치밀하게 계획한 살인이었다거나, 숨은 조력자가 있었다는 등등. 우발적 범행이라도 조사받는 시점에서 자신을 보호하기 위해 진술을 계획적으로 번복하는 경우가 많다.

성범죄

대표적인 계획범죄이다. 대부분의 성범죄는 가깝거나 서로 아는 관계에서 발생한다. 피의자가 피해자와 아무 일도 없이 단둘이 있거나, 피해자나 피의자 거주지에 찾아가서 예의 있게 구는 것을 몇 번 반복하는 등[30] 이른바 피해자에게 자신이 성범죄를 저지를 사람이 아니라고 안심하게 한 후, 피해자가 방심하고 있을 때 범행을 저지르기도 한다.

요즘은 만남 애플리케이션 채팅을 통해 대화하다가 심리적으로 가까워지면 오프라인상 처음 만난 상태에서 범행이 일어나는 경우가 많다. 이런 경우 채팅을 통해 급속도로 가까워진 후 다른 지역에서 찾아왔으니 재워달라고 하거나, 코로나 거리두기 방침으로 술자리를 길게 가질 수 없으니 모텔에 가서 술을 더 마시자고 하는 등의 수법을 사용한다. 직장 내에서 피의자가 피해자의 상관이거나 거래상 영향을 미치는 관계인 경우도 개미지옥처럼 자기 영향력을 이용하여 피해자를 옥죄고 범행한다.

피의자들은 피해자가 자신을 유혹했다거나, 적극적으로 저항하지 않고 거부 의사를 밝히지 않았다고 변호한다. 게다가 피해자가 자신을 신고·고소한 것은 자신과 성관계한 것이 드러나면 부모나 남자 친구, 남편에게 체면이 서지 않으므로 자존심 때문에 혹은 합의금 등 대가를 요구하기 위해 무고한 것이라고 피해자를 폄훼한다.

여러 강력 사건 중 피의자가 가장 억울해하는 사건이다. 면담 과정에서도 가장 감정적으로 행동한다. 조사 받은 후 스트레스로 정신과 치료를 시작했다고 하는 비율도 가장 높다. 변호사를 선임하는 비율도 가장 높다.

피해자는 체구가 작고 소심하고 거절을 어려워하며 자기주장을 잘하지 못하는 성격일 확률이 높다. 피해자에게 잘못이 있다는 이야기가 아니다. 피의자가 계획적으로 '만만한 먹잇감'을 노리고 있다는 방증이다. 직장에서 발생한 성범죄, 지인 간 성범죄에서 피해자는 높은 비율로 성격적으로나 가정 환경, 직업 환경, 사회경제적 지위에서 자기방어에 취약했다. 피해자가 미성년자이거나 장애인의 경우 이러한 자기방어는 더더욱 취약할 수밖에 없다. 취약한 피해자만 노리는 피의자의 경우 비슷한 범죄 전과가 있을 확률이 매우 높다.

단순히 위의 사실만을 기술하는 것만으로도 피의자 묘사는 악독해질 수밖에 없다. 논픽션을 이길 수 있는 픽션은 없다. 성범죄만큼 일반인의 상식을 벗어나는 악독함이 드러나는 범죄도 드물 것이다.

가정 폭력, 데이트 폭력

가정 폭력과 데이트 폭력은 성범죄만큼이나 암수 범죄가 많은 범죄이다. 암수 범죄는 해당 범죄가 실제로 발생했으나 수사기관에 인지되지 않거나, 수사기관에 인지되어도 용의자 신원 미파악 등 해결되지 않아 공식적 범죄 통계에 집계되지 않은 범죄를 말한다.

친밀한 관계에서 일어나기 때문에 피해자가 자기 탓을 하기 쉽고, 피의자가 그것을 이용하기도 쉽다. 폭력성이 점차 증가되면서 피의자 스스로 그러한 폭력성 증가를 자기합리화하는 비율도 높은 범죄이다.

흥미로운 점은 제삼자가 피해자를 실제 만났을 때, 피해자의 실제 모습이나 언행이 피의자가 묘사한 피해자의 모습과는 동떨어지는 점이 아주 많았다는 것이다. “피해자는 독선적이고 이기적”이라고 피의자가 진술할 때, 제삼자가 본 피해자는 자기주장을 잘하고 똑똑한 사람이며 자신이 당한 부당함을 직접적으로 토로하며 사태를 해결하거나 관계에서 벗어나려고 했을 확률이 높았다.

제삼자가 양측을 다 만나보고 나서야 비로소 피의자가 타인에게 피해자 묘사를 나쁘게 하고 있다는 걸 알 텐데, 피의자 주변 사람들은 그걸 모르니 거의 피의자 편에서 피해자를 같이 적대시하게 된다.

또한, 피의자의 가스라이팅이 처음부터 끝까지 적용되는 범죄이다. 피의자는 피해자를 자기 영향력 아래 두기 위해 여러 가지로 협박하기도 한다. 경제적 자립을 막기도 하고, 자녀를 인질로 잡기도 하고, 불법 촬영물에 이용하기도 한다. 피의자가 가장 비열하고 위선적으로 행동하는 범죄이다.

폭행

대표적인 우발적 범죄이다. 여러 번 되풀이하여 일어나는 경우 계획성이 가미된다. 대개 남성 간 술에 취한 상태에서 시비를 걸거나, 지인 간 살인까지는 가지 않더라도 악의를 가진 상태에서 욱하거나, 혹은 자신의 지위나 힘을 과시하기 위해서 자행한다. 피의자는 자신보다 신체적, 정신적으로 약한 사람을 무의식적으로나 의식적으로 선택하는 경우가 많다.

요즘은 피해자가 상해진단서를 발급받거나 휴대하고 있던 스마트폰으로 동영상을 촬영하거나, 근처에 있는 CCTV 영상으로도 범죄 피해를 입증하는 경우가 많아서 "그 정도로 때린 것은 아니다"라는 변명을 주로 한다. 대개 쌍방폭행으로 마무리되는 경우가 많다. 사람들이 주먹이나 발로 신체에 직접 위력을 가해야 폭행이라고 생각하지만, 폭행은 피해자를 향해 물건을 던지거나 멱살을 잡거나 밀치는 정도로도 성립한다. 그래서 판례에 따르면 정당방위는 성립되는 경우가 적다.[31]

학교 폭력, 직장 내 괴롭힘도 이 범주에 들어간다. 남의 재산을 망가뜨리는 재물손괴도 폭행의 일종으로 본다면, 교묘히 정신적 괴롭힘과 재물손괴를 섞어서 광범위한 폭행을 하는 경우도 많다. 피해자는 참다 참다 궁지에 몰렸을 때야 비로소 신고나 고소를 하는 경우가 많다.

방화

쾌락을 위하여 불을 내기 보다는 다른 범죄의 증거를 훼손하기 위해 혹은 보험금을 위해 범행하는 경우가 많다. '범인은 현장에 반드시 나타난다'에서의 그 범인이 피의자라고 생각하는 경우가 많은데, 실제로 보험금을 위한 범행일 경우 적지 않은 수의 피의자가 신고자이자 목격자다. 따라서 화재가 발생하면 신고자, 목격자를 조사하는 경우가 많다. 무력이 필요하지 않기 때문에 피의자가 여성인 경우도 적지 않다.

강·절도

'한국은 카페에서 노트북을 놔두고 화장실에 가도 훔쳐 가지 않는 나라다'라는 말이 있지만, 이것은 CCTV가 광범위하게 보급된 최근 몇 년간 생겨난 말이다. 10년 전만 해도 카페 역시 다른 장소와 마찬가지로 개인물품을 놓아두었을 때 절도가 발생할 확률은 엇비슷한 장소였다.

대형 커피 프랜차이즈 업체들이 점포 내에 상품을 진열하기 시작하자 당연히 이를 훔쳐 가는 절도도 늘었다. 이를 방지하고 범인을 검거하기 위해 매장 내 CCTV를 설치하게 되었다. 감시의 눈이 생기자 카페 내 절도는 크게 줄었다. 하지만 보통 CCTV 사각지대에 많이 놓아두는 자전거 절도는 여전히 시민과 경찰의 골칫거리이다.

의류 역시 탈의실에서 몰래 껴입거나 가방 등에 넣어가는 방법으로 절도의 대상이 되어 왔다. 그러나 이 역시 매장 내 CCTV가

보급되면서 많이 줄어들었다. 특히 편의점은 직원이 한 명뿐인 경우가 많아서 CCTV 없이는 운영 자체가 불가능하다.

예전에 비해 서울의 인구가 늘고 늦은 저녁까지 길에 다니는 사람이 많아지고 점포 개장 시간도 길어지면서, 소위 '퍽치기', '부축빼기(아리랑치기)' 같은 취객 상대나 으슥한 곳에서 홀로 다니는 사람 상대의 강도 행위도 많이 줄어든 상태이다.

피의자들은 택시나 지하철, 버스 등에서 다른 사람이 놓고 내린 지갑, 스마트폰 등을 주워서 돌려주지 않고 자신이 가져가는 점유이탈물횡령을 저지르는 경우도 많다. 동종 전과가 없는 사람들도 많으며 요즘은 고가의 명품 지갑, 안에 들어있는 카드, 고가의 스마트폰에 혹해서 절도범이 되어 사회적 체면을 구기고 전과도 생기는 잘못을 저지르는 경우가 많다.

예전에는 '생리 도벽'을 주장하는 여성들이 있었으나 요즘은 거의 없어졌다. 생리 중 절취행위를 심신미약으로 보지 않는 추세이기 때문이다. 정신의학의 발전과 정신과 치료를 보는 시각의 개선으로 우울증이나 불안에 의한 충동적 행위를 치료하는 사람들이 늘어난 결과로 보인다.

캐릭터를 적절하게 고생시키는 생활 스트레스 활용법

현실에서는 〈세상에 이런 일이〉란 방송에 나오는 것처럼 개연성이 없는 일이 자주 일어난다. 그러나 픽션을 만들 때는 캐릭터 특성을 만드는 것만큼 캐릭터가 겪는 일에 대한 개연성이 적절한가를 신경 쓰지 않을 수 없다. 어떤 일을 상상해서 쓰는 것은 직접 겪은 일을 묘사하는 것에 비해 개연성이 떨어지며, 예민한 독자는 이것을 금방 알아채기 때문이다.

캐릭터가 겪을 일들, 특히 캐릭터가 겪을 고난이나 고통은 독자에게 극적 재미와 몰입을 가져다준다. 그래서 캐릭터에게 적절한 고난과 고통을 부여하고, 캐릭터에 맞게 '배분'하는 것은 중요하다. 캐릭터를 적절하게 고생시키는 것은 스토리 진행에 있어 중요하기 때문이다.

미국의 심리학자 토머스 홈스와 리처드 라헤는 사람들이 일생을 살면서 겪게 되는 일들에 관해 스트레스 점수를 주고 순위표를 만들었다. 이를 통해 사람들이 겪게 되는 일들의 종류와 그것이 주는 스트레스의 정도를 알 수 있다.

이들이 제시하는 순위표는 최근 6개월간 일어난 일들에 대해 점수 계산을 할 수 있도록 해준다(303쪽 참고). 이를 통해 스토리 내에서 어떤 캐릭터가 어떤 고통을 겪고 얼마나 더 고통스러울지를 수치화할 수 있다. 점수에 따라 질병에 걸릴 확률도 수치로 나타난다. 만약 어떤 캐릭터가 스트레스 받는 사건을 연달아 겪은 뒤 무너지는 것을 그리고 싶다면 참고할 만하다.

예상했듯이 배우자 또는 연인의 죽음이 가장 큰 스트레스를 준다. 100점 만점에 100점이다. 재미있는 것은 결혼도 스트레스 점수가 50점이나 된다는 것이다. 순위표에 따르면, 직장에서 능력을 인정받고 승진한 뒤 타 도시로 영전하여 새로운 집을 구하기 위해 1억 정도 대출받고, 매달 이자와 원금을 갚아가며 새 팀의 팀장으로 적응하기 위해 고군분투하는 사람은 스트레스 점수가 150점을 넘는다.

남들이 보기엔 잘만 나가는 사람처럼 보여도 그가 질병에 걸릴 확률은 35%나 높아졌다. 여기에 순위표 중 상위를 차지하는 어떤 일이 얹히면 그는 무너질지도 모른다. 그리 극적인 일이 아니라 성인으로서 사회생활을 하며 감내해야 하는 일들이 차곡차곡 쌓이는 것만으로도 캐릭터의 육체적·정신적 안녕은 위협받는다.

필자(이번 글에서 '필자'는 유지현이다)의 개인적 경험을 들자면, 이

책을 쓰기 전 6개월 동안 이사(20점)를 하고, 외조부가 돌아가셨으며(63점), 어머니가 건강진단에서 악성종양이 있다는 진단을 받았고(44점), 어머니의 입원 및 수술을 계획하면서 한 달 동안 잠을 설쳤고(16점), 집필을 위해 일부러 시간을 내서 글 쓰는 습관을 들여야 했다(24점). 물론 코로나 방역도 계속하고 있었다(18점). 종합하면, 필자의 스트레스 점수는 185점이다. 필자가 질병에 걸릴 확률도 35% 증가한 것이다. (결국 필자는 퇴고 무렵 지병인 근골격계질환이 악화되었다. 독자들이여, 스트레칭을 하시라!)

생활 스트레스 순위표를 보며 캐릭터가 어떤 생활을 하면서 어떻게 고뇌하고 고통받을지 상상해보자.

심리학자 홈스와 라헤가 분류한 생활 스트레스 순위표

순위	항목	점수	순위	항목	점수
1	배우자의 죽음	100점	23	자녀의 출가	29점
2	이혼	73점	24	시댁과 문제	29점
3	별거	65점	25	우수한 개인적 성취	28점
4	교도소 수감 생활	63점	26	배우자의 맞벌이 시작 또는 중지	26점
5	가까운 가족의 죽음	63점	27	입학 또는 졸업	26점
6	상해 및 질병	53점	28	거주환경 변화	25점
7	결혼	50점	29	개인적인 버릇 교정	24점
8	해고	47점	30	상사와 갈등	23점
9	부부간 별거 후 재결합	45점	31	근무시간 및 근무조건의 변화	20점
10	정년퇴직	45점	32	거주지 변화	20점
11	가족의 병	44점	33	학교의 변화	20점
12	임신	40점	34	오락활동의 변화	19점
13	성적인 장애	39점	35	교회활동의 변화	19점
14	가족 수의 증가	39점	36	사회활동의 변화	18점
15	사업의 재적응	39점	37	1,000만 원 이하의 저당	17점
16	재정 변화	38점	38	수면 습관의 변화	16점
17	가까운 친구의 죽음	37점	39	동거인 수의 변화	15점
18	전직 및 부서 이동	36점	40	식습관의 변화	15점
19	배우자와 말다툼 횟수의 변화	35점	41	휴가	13점
20	1,000만 원 이상의 저당	31점	42	성탄절	12점
21	저당물의 압수	30점	43	가벼운 법률 위반	11점
22	일의 책임상의 변화	29점			

스트레스 지수 체크 방법

- 6개월 내에 자신에게 해당되는 항목의 점수를 모두 더한다.
- 같은 항목의 발생이 2회 이상인 경우에는 점수에 발생한 횟수만큼 곱한다.

0~150점 건강	**151~190점** 질병에 걸릴 확률 35%	**191~299점** 질병에 걸릴 확률 50%	**300점 이상** 질병에 걸릴 확률 80%

단, 개인마다 영향을 받는 정도가 다르므로 절대적인 것은 아니다.

그거 너무 많이 써먹었어요, 전형적인 캐릭터 알고 쓰기

매력적이고 꼭 필요하지만, 너무 많이 자주 다뤄진 나머지 등장과 사용이 예상을 크게 벗어나지 못 하는 캐릭터와 설정들이 있다. 이런 캐릭터 사용은 영웅과 빌런 같은 '주요 인물 vs. 대립 인물' 관계에서 두드러진다. 마치 '공식'처럼. 만일 캐릭터를 만들면서 앞서 다룬 성격장애나 문화적 특성을 무난하게 적용할 경우, 이런 아주 익숙한 느낌의 캐릭터와 그 대립 관계가 만들어질 것이다. 나쁜 선택은 아니지만, 자신의 이야기에 자신만의 매력을 불어넣고 싶다면 이런 공식을 피하거나, 사용하되 자신만의 뒤틀기를 넣어 보자. 그러면 약방의 감초로서 이런 캐릭터를 구태의연하지 않고 신선하게 사용할 수 있을 것이다.

범죄자보다 더 범죄자 같은 법 집행자

“괴물과 싸우는 사람은 그 싸움 속에서 스스로 괴물이 되지 않도록 조심해야 한다. 우리가 그 심연을 오랫동안 들여다본다면, 심연 또한 우리를 들여다보게 될 것이다.” (니체, 《선악의 저편》 중에서)

법 집행을 위해 범죄자보다도 악독하게 행동하거나, 수사에 있어 불법을 포함하여 수단을 가리지 않거나, 그냥 악인인데 어째서인지 법 집행자인 것으로 묘사되는 캐릭터들이 있다. 범죄물에서는 그 존재가 유서 깊은 인물 특성으로, 특히 수사기관의 반동 인물(안타고니스트)들이 이러한 설정을 등에 업고 있다. 별명이 ‘미친 개’인 형사, 출세만 중요하고 정의 구현은 관심 없는 검사, 대체 저런 판결은 왜 하는지 모르겠는 판사 등등.

이런 캐릭터들은 사건을 해결해야 하는데 방해하는 존재로, 주인공일 수도 있고 빌런일 수도 있다. 혹은 사건을 진행 시킬 결정적인 뭔가를 하는 인물로 등장한다. 악의 실행에 관해 멋지고 긴 궤변을 늘어놓는 게 주특기다. 반사회성 성격장애, 자기애성 성격장애, 편집성 성격장애 등이 있는 것으로 묘사되곤 한다.

“폭풍이 오기 전의 이 고요함이 좋아. 베토벤이 생각나거든.”[32]

영화 〈레옹〉의 노먼 스탠스필드(게리 올드먼).

“호의가 계속되면 그게 권리인 줄 알아요.”

"각본 쓰는 검사, 연출하는 경찰, 연기하는 스폰서."

영화 〈부당거래〉의 검사 주양(류승범).

주인공이 형사거나 억울한 범죄 피해자일 때, 빌런으로 설정되기도 한다. 주로 주요 인물에게 갈등을 주고 서사의 중간 보스 내지 최종 보스 역할로서 대립각을 세운다. '흑막'이기도 하고, 사실상 실제의 적이었다는 반전의 요소로 쓰이기도 한다. 하지만 이런 경우엔 독자가 금방 눈치를 챌 것이다. 요즘은 이런 인물의 변주로 '재벌'이 등장하기도 한다. 반전 요소로 쓰려면 처음부터 너무 강한 사람, 독자가 제일 먼저 용의선상에 놓을 사람을 선택하지 말자.

불행한 과거 때문에 광기에 찬 복수귀가 된 인물

보통 이런 캐릭터들은 과하다 싶을 만큼 누군가를 찾아서 처벌하거나 죽이려는 것에 집착한다. 그 이유가 극의 진행에 따라 서서히 밝혀진다. 대개는 이렇다. 원인이나 그렇게 된 상황이 너무 운이 없이 꼬인 것, 자신에게 매우 소중한 것을 빼앗긴 것, 스스로의 선택 때문에 모든 것을 망쳐버려서 그걸 되돌리려고 하는 것 등이다.

이런 설정들은 캐릭터가 벌이는 행동이나 설정한 목표를 그럴듯하게 만들어주기 때문에 소위 캐릭터의 '입체성'을 만들어준다고 여겨진다. 그들은 먹지도 자지도 않고 복수에만 집중하며 집

안에는 소중했던 사람의 유품이나 사진, 빈 냉장고만 있을 뿐이다. 악몽을 꾸고 자살 충동에 시달리고 사건이 해결되려고 할 때, 사실 그 모든 것의 원인이 자신이라는 게 반전으로 밝혀지면서 파멸한다.

"완벽한 사냥을 위해선 더 지독한 사냥개가 필요하다."

드라마 〈나쁜 녀석들〉의 오구탁(김상중). 주인공 오구탁은 과거 재능 있는 딸을 사랑하는 자상한 아빠였다. 그러나 딸의 유학비용을 마련하기 위해 악당과의 부당거래에 응했고, 그 과정에서 검거되지 않고 있던 연쇄 살인범의 수법대로 딸이 살해당하고 만다. 그는 심증만으로 용의자 이정문(박해진)을 폭행했다가 그 과정에서 정직당하고 만다. 결국 오구탁은 경찰로서의 가치를 버리고, 다시금 부당거래를 해서 이정문을 감옥에 보내고 만다. 그리고 검거를 위해서는 수단 방법을 가리지 않는 냉혈한이 된 채 수감자들로 구성된 '나쁜 녀석들'을 데리고 연쇄 살인범을 검거하는 작전에 투입한다. 그러나 결국 모든 것은 자신이 자초한, 자신이 만든 지옥이었다는 것을 깨닫는다.

소설 《눈물을 마시는 새》의 케이건 드라카. '나가'라는 종족 전체에 대한 복수를 맹세하며 나가를 죽여 잡아먹는다. 그가 속한 파티에는 다른 주인공인 륜 페이라는 나가가 있다. 케이건이 나가에 갖는 증오는 륜과 다른 종족인 파티원에겐 늘 껄끄러운 요소이며, 소소한 갈등과 재미를 준다. 이야기가 한참 진행되고 나서야 그가 나가에 대해 보이는 증오는 과거 그의 아내가 속임수 때문에 나가들에게 산 채로

먹히는 것을 눈앞에서 본 데서 비롯되었다는 것이 밝혀진다.

〈배트맨〉 시리즈의 투페이스. 정의감에 찬 고담시 지방 검사(고담 검찰청장)였으나, 사고로 한쪽 얼굴에 화상을 입는다. 이후 내면의 이중성이 드러나 동전을 던져 앞면과 뒷면이 나오는 것에 따라 행동하는 악당이 된다.

이런 인물을 움직이려면 연료를 부지런히 공급해야 한다. 보통 반전의 포석을 깔기 위해 사용되는 캐릭터여서 기승전결이 부드럽게 그리고 차근히 이뤄져야 적절한 시점에서 독자를 놀라게 할 수 있다. 즉, 예상할 수 없는 개연성이라는 모순이 요구되는 것이다. '떡밥'을 뿌렸다면 반드시 회수하되 독자가 고개를 끄덕일 만큼 이유가 타당할 필요가 있다. 그렇지 못하다면 그냥 '뭐야 뭔가 일어날 것 같더니 이게 끝이야?'란 인상만 주고 말 것이다.

수사물의 브레인? 이제 그만!
경찰대 출신의 엘리트 형사

경찰대학교는 모든 학비를 지원하며, 남자의 경우 군 복무가 면제되고, 실력에 따라 해외 유학의 기회도 주어지기 때문에 입학 경쟁률이 높다. 여자의 경우 전체 입학 정원의 10%만 선발하기 때문에 더더욱 입학하기 어려웠다(최근 성별 제한을 없애자 여성 합격률은 2배가 되었다).

그러나 대부분의 순경 공채 입직자들이 일반대학 졸업자이고, 고시 특채, 변호사 특채, 외국어 전공자 특채 등 다양한 전공 특채 입직 경로가 열려 있는 경찰에서 경찰대 출신자만 유독 '엘리트'라고 묘사하는 것은 게으른 표현이라 하지 않을 수 없다. 경찰대 출신이 상대적으로 조직 내 승진이나 출세가 쉬운 것은 사실이나, 모든 경찰대 출신이 다 입신양명하는 것도 아니다.

구색 맞추기는 이제 그만! 여성 경찰

수사물에서 전형적인 토크니즘(tokenism, 사회적 소수 집단의 일부만을 대표로 뽑아 구색을 갖추는 정책적 조치 또는 관행으로, 겉으로는 사회적 차별을 개선하기 위해 노력하는 것으로 보이게끔 하는 것) 캐릭터이다. 수사물이다 보니 경찰, 검찰, 법원 모두 남초 직군이라 남자 캐릭터가 많다. 그러나 요즘 같은 세상에 여성 캐릭터를 쓰지 않을 수 없으니 토큰 블랙(token black)[33]으로 한 명 끼워 넣는 것이다. 대개는 구색 맞추기로 만들어진 캐릭터여서, 비중 낮은 '열혈 여형사' 기믹(gimmick)[34]으로 설정한 경우가 많다.

최근에는 여성 시청자를 의식해서 비범한 인물로 만들어 감정이입하게 하거나 극을 이끌어가는 주요 사건의 관계자로 설정한다. 심지어는 피해자가 되어 납치되게 하는 등 극의 진행에 있어 중요하게 사용된다. 특히 이 여성들의 과거 사연과 그로 인한 성격 형성, 행동 특성은 극의 진행에 있어서 주인공 남자 캐릭터를 돋보이게 하거나 방해하는 요소로 쓰이는 경우가 많았다. 드라마 〈나쁜 녀석들〉에도 오구탁의 경찰 동료로 홍일점 유미영 경감(강예원)이 등장하지만, 극에서 인상적인 활동을 하진 못했다. 일본의 여성 경찰 버디물인 만화《체포하겠어!》가 한국에 번역 소개된 때가 벌써 1997년도이건만, 여성 경찰의 묘사는 20년이 흐르도록 큰 발전이 없었다.

팀 내 여성 브레인, 그게 답니까?

그간의 여성 경찰 캐릭터가 조연이나 남자 주연의 발목이나 잡는 역할에 그쳤다면, 최근에는 이들이 주체적이고 능력이 있다는 점에서 캐릭터가 발전된 것으로 보인다. 그러나 극 전체에서 이렇게 작용하는 것은 그들 한 명뿐이라는 점에서 유감스럽게도 매우 전형적인 캐릭터 선정이다. 능력을 강조하기 위해서 경찰대 출신이나 해외 유학 경험이 있는 프로파일러로 설정하는 경우가 많다.

> 드라마 〈비밀의 숲〉의 한여진(배두나). 경찰대 출신 경위이며 감정을 느끼지 못하는 검사 황시목(조승우)이 성장하는 것을 돕는 올곧은 성격의 강력계 형사이다.

많이 활용되는 여성 프로파일러

여성 수사관의 능력을 강조하기 위해서 혹은 경찰대 해외 유학파 남성 프로파일러가 식상해서 이를 여성으로 설정하는 경우가 많다. 그러나 이런 설정을 사용한 서사는 대부분 빌런과의 마지막 싸움에서 끝까지 독자가 납득할 정도의 수준 높은 두뇌 싸움을 하기보다는, 여성과 사이코패스 남성의 무력 차이를 아슬아슬하게 무너뜨리는 데서 마무리되는 느낌이 많아 아쉽다. 여성 프로파일러는 이미 많이 등장했으므로 사용하려면 다층적으로 설정하자.

> 드라마 〈보이스〉의 강권주(이하나). 경찰대 출신 경위이며, 뛰어난 청력으로 112 지령 상황센터에서 지휘관으로 근무한다. 신고 전화에서 상황을 파악하여 범인을 프로파일링하는 능력자다.

여성리더, 팀장

수사물에서 여성이 리더인 것은 외국에서는 이미 20년 전부터 시도된 플롯[35]이다. 물론 이 리더들도 극 내에서 사용되는 방법은 토크니즘에 가까웠다고 할 수 있다. 이들 대부분이 미모의 금발 백인 여성이기 때문이다! 어쨌든 한국에서는 팀장이 여자인 것만으로도 극이 특별해진다. 한국 경찰에서 여성 지휘관의 수가 매우 적은 현실을 잘 반영한 것으로 보인다.

> 드라마 〈시그널〉의 차수현 팀장(김혜수), 드라마 〈미세스 캅〉 시즌 1

의 최영진 서울지방청 강력1팀장(김희애)과 시즌 2의 고윤정 서울지방청 강력1팀장(김성령), 드라마 〈비밀의 숲〉 시즌 2의 경찰청 한여진 경감(배두나).

점점 대세가 되는 여성 리더 캐릭터, 그렇다면 여성 수사 버디물은 어떨까?

영화 〈걸캅스〉의 디지털 성범죄 수사를 위해 나선 민원실 말썽꾸러기 삼총사. 전직 형사 박미혜(라미란), 그의 올케이자 역시 전직 형사 조지혜(이성경), 그리고 엉뚱한 해커 빰치는 실력의 주무관 양장미(수영).

직업적으로는 유능하지만, 사생활은 메마르거나 모자란 구석이 있는 킬러

단지 ○○을 위해 존재하는 사람은 정말 극단적이어야 재미있다. 영화 〈레옹〉의 킬러 레옹(장 르노)이 원조라고 할 수 있다. 킬러로서의 능력치는 세계 최고 수준이지만, 그 외 생활면에서는 보통 사람보다 많이 떨어지거나 아예 사생활이 없는 것으로 묘사한다. 슈퍼맨이나 스파이더맨이 평소엔 어리숙한 보통 남자로 그려지는 것과 비슷한 맥락이다.

그러나 여기서는 킬러가 의심받거나 검거되지 않는다. 게다가 생활력이 부족한 특성은 주인공과 우연히 엮인 후 주인공의 보살핌을 받거나 함께 살게 되고 살아갈 수 있는 이유를 찾게 만드는 극적 장치가 되기도 한다.

애니메이션화 된 만화 《스파이 패밀리》에서 암살자이자 스파이 '황혼' 로이드 포저의 위장 아내인 요르 포저는 정말 살인 외에는 할 줄 아는 게 없는 사람이다. 누나 요르에 대한 심각한 시스터 콤플렉스를 가진 남동생 유리 브라이어도 공안 업무와 고문 빼면 다른 부분에선 형편없는 사람이다. 위장 가족을 이끌고 요리를 하고 위장 딸인 아냐를 돌보는 일은 거의 위장 남편 로이드 포저가 하고 있는 실정이다. 요르는 암살 기관 가든의 명령을 따르는 것 외에는 일상생활이나 인간관계에서도 매우 서툰 면을 보이는데, 일부 독자는 요르가 고기능 자폐 스펙트럼에 속하지 않느냐는 가설을 내놓기도 했다.

실전!
어떤 성격 유형의 캐릭터를 만들까?

지금까지 심리학적 유형에 따라 달라지는 사람의 심리적 특성, 행동 특성에 대해 알아보았다. 이제 특정 유형의 사람들은 어떻게 생각하고 행동하는지 약간의 감을 잡았을 것이다. 주변 사람 중 비슷한 사람을 떠올렸을 수도 있고, 심지어는 자신의 일부분이 어느 유형에 속할지도 모른다는 자기 분석을 마쳤을 수도 있다. 우리는 지금까지 머릿속에서 충분히 어떤 캐릭터에 대한 대략의 설정을 마쳤다. 이제는 그 캐릭터를 밖으로 끄집어내서 생명을 불어넣어 줄 차례이다.

좋아하는 작품의 주인공, 내가 좋아하는 사람의 유형, 내가 싫어하는 사람의 유형을 우리가 살펴본 유형에 놓고 분석해보는 것도 좋다. 자기 자신을 분석해보는 것도 좋다. 재미 삼아 성격테스트를 받아보는 것도 좋다.

MBTI 유형별 특성에 대해 틱톡이나 유튜브 등에서 많이 소개하는데, 재미있게 묘사하여 인기가 좋은 영상의 경우 특정 유형의 대표적 특성을 잘 잡아내 시청자의 공감을 산 경우이다. 공부 삼아 시청한 후, 제작자가 어떤 특성을 어떻게 묘사했는지 살펴보거나 자신의 성격적 특성을 다음 캐릭터 분석 시트에 적어 분석해보자.

예시로 제시한 분석 시트 외에 인터넷에서 다양한 캐릭터 시트 입수가 가능하다. 둘러보고 마음에 드는 것을 가져다 쓰거나, 참고하여 직접 커스텀 해보는 것도 좋겠다.

<table>
<tr><th>캐릭터</th><th colspan="4"></th></tr>
<tr><td>이름</td><td rowspan="3">특성</td><td>장점</td><td colspan="2"></td></tr>
<tr><td rowspan="7">사진이나
설정화</td><td>단점</td><td colspan="2"></td></tr>
<tr><td>취향</td><td colspan="2"></td></tr>
<tr><td>직업</td><td></td><td>사회적
위치</td><td></td></tr>
<tr><td>현재상황</td><td colspan="3"></td></tr>
<tr><td>인간관계</td><td colspan="3"></td></tr>
<tr><td>주대사</td><td colspan="3"></td></tr>
<tr><td>성격 유형
방어기제</td><td colspan="4"></td></tr>
<tr><td>현재의
주요 동기</td><td colspan="4"></td></tr>
<tr><td>현재
하는 일</td><td colspan="4"></td></tr>
</table>

우선 주인공 캐릭터의 특성을 결정하자

그 사람은 어떤 유형의 사람인가? 자기 자신을 어떻게 생각하는가? 어떤 것을 좋아하거나 싫어하는가? 어떤 사람과 얽힐 것 같은가? 여기서 주인공의 안티테제와 동료, 연인, 조력자, 기타 인물 등이 결정된다.

주인공은 자신의 인생을 살아가면서 어떤 선택을 강요당하거나 갈림길에 섰을 때 어느 쪽으로 기울게 될 것 같은가? 여기서 작품의 대강 줄거리가 결정될 것이다.

캐릭터가 양심의 가책 없이 타인을 이용하는 성격의 사람이라고 설정했다면 반사회성 성격장애(52쪽 참고), 자기애성 성격장애(77쪽 참고) 등을 참고할 수 있다. 그렇다면 주인공에게 이용당하는 사람들의 성격 유형도 설정이 가능하다. 예를 들면, 의존성 성격장애(129쪽 참고) 주인공을 이용한다고 생각하지만 본인은 별다른 생각이 없는 유형(예를 들면 조현성 성격장애, 회피성 성격장애 등)도 존재할 수 있다.

벌써 인물이 둘 이상인 줄거리가 짜였다. 참 쉽죠?

<table>
<tr><th>캐릭터</th><th colspan="5"></th></tr>
<tr><td>오리
(자칭 Mr. Duck)</td><td rowspan="3">특성</td><td>장점</td><td colspan="3">귀여움</td></tr>
<tr><td rowspan="7"></td><td>단점</td><td colspan="3">독설가임</td></tr>
<tr><td>취향</td><td colspan="3">뜨거운 탕목욕, 육식</td></tr>
<tr><td>직업</td><td colspan="2">목욕 도우미</td><td>사회적
위치</td><td>어린이 장난감으로
오해받음</td></tr>
<tr><td>현재 상황</td><td colspan="4">주인공의 목욕 장난감이었으나,
갑자기 생명력을 부여받아서 주인공과 동거하고 있다.
(다른 차원의 왕자인데 영혼만 오리 장난감에 들어와서
화가 난 상태이다.)</td></tr>
<tr><td>인간 관계</td><td colspan="4">주인공</td></tr>
<tr><td>주대사</td><td colspan="4">“멍청아!”
“육회 2인분 추가”</td></tr>
<tr><td>성격 유형
방어기제</td><td colspan="5">자기애성 성격
반사회성 성격
부정 투사</td></tr>
<tr><td>현재의
주요 동기</td><td colspan="5">자신의 차원으로 돌아가기 위해 차원의 열쇠를 찾기</td></tr>
<tr><td>현재
하는 일</td><td colspan="5">주인공을 구글 검색기로 부려 먹기</td></tr>
</table>

주인공은 별 특징 없는 아무개였는데 특징적인 인물이 등장해서 주인공의 평범하거나 지루한 일상을 깨버릴 수도 있다. 그 특징적인 인물은 주인공의 인생에 개입해서 드라마틱한 서사를 창조하게 된다. 아예 다른 세계의 존재이기에 사고 체계나 행동거지가 달라 주인공과 충돌하면서 서사를 창조할 수 있다.

떠오르는 이미지에 따라 성별, 이름, 외모, 개인사를 부여해보자

우리가 이미 살펴본 심리학적 유형에 따르면 그에 바탕한 성격과 행동이 원인이 된 결과, 그만의 독특한 인생 서사가 짜질 것이다.

캐릭터 간 상호작용을 하게 하여 사건이 일어나게 해보자

사실 캐릭터 설정 자체보다는 캐릭터 간 '개연성 있는 상호작용'을 하는 것이 이야기를 만들고 재미를 부여하는 데 있어 가장 중요한 점일지도 모른다. 그 캐릭터는 왜 그런 말을 하는지, 왜 그런 행동을 하는지, 왜 다른 캐릭터와 그런 관계를 맺는지 말이다. 하지만 우리는 이미 성격 유형과 방어기제, 나이와 환경 등에 따라 사람이 어떤 언행을 하는지 살펴보았다. 이제 그 공식을 주인공과 그 주변 인물에게 적용해보자. 일단 그들을 만나게 해서 특성에 따라 행동하게 하고, 그들이 주고받는 합을 독자가 납득할 수 있도록 하는 것이다.

<table>
<tr><th>캐릭터</th><th colspan="5"></th></tr>
<tr><td>주인공의 여동생</td><td rowspan="3">특성</td><td>장점</td><td colspan="3">이성적</td></tr>
<tr><td rowspan="6">(떠오른
이미지를
그려봅시다.)</td><td>단점</td><td colspan="3">지나치게 귀여운 것을 좋아함</td></tr>
<tr><td>취향</td><td colspan="3">귀여운 인형</td></tr>
<tr><td>직업</td><td colspan="2">연구원</td><td>사회적
위치</td><td>겉으론 멀쩡한
커리어 우먼</td></tr>
<tr><td>현재상황</td><td colspan="4">주인공 집에 놀러 왔다가 Mr. Duck을 보고
그 귀여움에 홀딱 반한 상태</td></tr>
<tr><td>인간관계</td><td colspan="4">주인공, Mr. Duck</td></tr>
<tr><td>주대사</td><td colspan="4">“구려”
“(마음속 비명) 귀 여 워!”</td></tr>
<tr><td>성격 유형
방어기제</td><td colspan="5">(빈칸을 채워봅시다.)</td></tr>
<tr><td>현재의
주요 동기</td><td colspan="5">(빈칸을 채워봅시다.)</td></tr>
<tr><td>현재 하는 일</td><td colspan="5">(빈칸을 채워봅시다.)</td></tr>
</table>

한 사건이 일어났으면 다음 사건을 일으켜라

캐릭터들이 만나서 상호작용을 했다면 어떻게 하면 좋을까? 그 상호작용에 의해서 다른 사건이 발생하거나 다른 캐릭터를 만나게 되면 자연스럽게 이야기가 이어져 나갈 것이다.

‘그런데’, ‘갑자기’, ‘사실은’ 이란 단어로 시작되는 뜬금없는 에피소드는 지양하는 것이 좋다. 이야기가 흘러가다 막혔을 때 이런

데우스 엑스 마키나(deus ex machina, 극이나 소설에서 가망 없어 보이는 상황을 해결하기 위해 뜬금없이 동원되는 힘이나 사건)를 자꾸 사용하다 보면 이야기가 유기적으로 진행되지 않고 뚝뚝 끊기거나 캐릭터들의 동기나 행위의 당위성이 어색하게 느껴지게 된다. 독자의 '왜?', '어째서?'라는 물음에 답할 수 없는 이야기는 바로 독자의 흥미를 잃게 한다. 주제에 따른 진행에 대한 도움은 책 《넷플릭스처럼 쓴다》가 좋은 참고가 될 것이다.

주연이 됐든 조연이 됐든 인물이 가진 어둠은
서사에 깊이와 이야기를 부여한다.

주

1. 《DSM-5 정신 질환의 진단 및 통계 편람 제5판》, APA, 학지사
2. 양극성 장애(조울증)는 조증 삽화와 우울증 삽화를 보이는 질환으로, 기분장애의 일종이다. 일반적으로 조증이란 기분이 '하늘을 나는 것과 같은' 매우 고양된 기분 상태를 말하며, 조증일 때에는 나무에 올라가는 등 신체적으로 위험한 행동을 하기도 하고, 절절하게 사랑을 표현하거나 새로운 일을 우발적으로 시작하는 등 호기로운 모습을 보인다. 조증 삽화가 지나고 우울증 삽화일 때에는 무기력한 모습과 내적 고통을 호소한다.
3. 망상은 전혀 근거가 없는 엉뚱한 믿음을 가지고 있는 것을 뜻하며, 환각과 함께 조현병의 가장 특징적인 증상이다. 주위에서 일어나는 일을 자신과 연관시켜서 개인적인 특별한 의미를 부여하는 관계망상, 나를 감시하고 있다거나 누군가가 나를 조종한다고 느끼는 피해망상, 과대망상, 내가 구세주이거나 하나님의 계시를 받았다고 하는 종교 망상이 자주 나타난다. 망상은 합리적인 설득이나 논쟁으로 쉽게 교정되지 않는다는 특징이 있다. (서울아산병원 홈페이지 질환백과 '조현병' 참고, https://www.amc.seoul.kr/asan/healthinfo/disease/diseaseDetail.do?contentId=31578)
4. 《DSM-5 임상사례집》, 〈18.2 특이한 고립〉, 학지사, p461

5. 《DSM-5 정신 질환의 진단 및 통계 편람 제 5판》, 301. 20, 학지사, p712
6. 《DSM-5 임상사례집》, 〈18.2 특이한 고립〉, 학지사, p461
7. 《DSM-5 정신 질환의 진단 및 통계 편람 제5판》 301. 20, 학지사, p713
8. 《DSM-5 이상심리학(Essential of Abnormal Psycxhology, 제7판)》, 사회평론, p462
9. 국내 연구진 영화 택시 드라이버 성격장애 첫 규명(2016.1.21.), 연합뉴스, https://www.yna.co.kr/view/AKR20160121140300004
10. 〈조현형 성격장애 : '세상에 이런 일이' 출연자들의 변〉(2020.11.21.), 허지원(고려대학교 심리학과 교수), 내 삶의 심리학 mind, http://www.mind-journal.com/news/articleView.html?idxno=1101
11. 《DSM-5 임상사례집》, 학지사, p479
12. 영화 〈베티블루 37.2〉에 나오는 대사의 일부이다.
13. 프로이트는 인간을 움직이는 강한 욕망을 에로스와 타나토스라고 불렀다. 에로스는 창조하고, 삶을 영위해 나가고자 하는 욕망이다. 반면에 타나토스는 파괴하고 죽음으로 향하는 욕망으로, 프로이트는 인간에겐 에로스와 타나토스가 공존한다고 보았다.
14. 《DSM-5 임상사례집》, 학지사, p474
15. 〈[내 마음은 왜 이럴까?] '아싸'라 괴로워요. 회피성 성격의 진화〉(2018.8.12.), 박한선(정신의학과 전문의), 동아사이언스, https://www. dongascience.com/news.php?idx=23382
16. 《성공적 삶의 심리학》, 조지 E. 베일런트 지음, 한성열 옮김, 나남출판사, p131
17. 연구의 원래 이름은 '하버드대학교 종단 연구(Harvard Longitudinal Study)'였으며, 이듬해 '하버드대학교 그랜트 사회적응연구(Harvard

Grant Study of Social Adjustments)'로 바뀐 뒤, 1947년에 현재 공식적으로 인정되는 이름인 '하버드대학교 성인발달연구(Harvard Study of Adult Development)'로 불리게 되었다. 그러나 연구자, 연구대상자, 초기 저술에는 '그랜트 연구'로 알려져 있다. 연구 목적은 1938년 당시 의학계가 병리학에 대해 갖고 있던 선입견을 뛰어넘어, 최적의 건강 상태와 이를 결정하는 잠재적 요인이 무엇인지, 그리고 이러한 건강과 건강한 삶을 결정하는 잠재 요인을 향상시키는 조건이 무엇인지를 알아내려는 목적으로 시작되었다. 연구의 최초 대상자는 1939년, 1940년, 1941년에 하버드대학교를 졸업한 64명의 엄선된 2학년 남학생이며, 뒤이어 1942년, 1943년, 1944년 졸업생들도 참여하여 최종적으로 268명의 대상자 집단인 코호트(이러한 종류의 연구에 참여한 대상자 집단)가 구성되어 2022년 현재까지 이어지고 있다.

18. 《성공적 삶의 심리학》, 조지 E. 베일런트 지음, 한성열 옮김, 나남출판사, p350
19. 위와 같은 책, p557
20. 신뢰도는 해당 검사가 측정하고자 하는 것을 얼마나 '정확'하게 측정하는지를 나타내는 정도이며, 타당도는 해당 검사가 측정하려는 '내용'을 얼마나 충실하게 측정하고 있는지를 나타내는 정도다. 성격검사뿐 아니라 심리학의 모든 연구는 신뢰도와 타당도가 기준점 이상 높아야 한다.
21. 〈해리성 장애, 드라마보다 더 드라마틱한 현실의 그림자〉(2015.10.31.), 한국일보, https://www.hankookilbo.com/News/Read/2015103 12246767590
22. 뮌하우젠 증후군, 대리인에 의한 뮌하우젠 증후군
23. 〈해리성 장애, 드라마보다 더 드라마틱한 현실의 그림자〉(2015.10.

31.), 한국일보, https://www.hankookilbo.com/News/Read/2015103 12246767590

24. 감각 차단 탱크(sensory deprivation tank, isolation tank, float tank, flotation tank, sensory attenuation tank)는 피부와 같은 온도의 소금물로 채워서 안에 들어간 사람을 띄우는, 빛과 소리를 차단하는 탱크다. 시각, 청각, 촉각 등의 감각이 차단된다. 모든 감각이 릴렉스 되어 힐링 된다거나 영적으로 아이디어를 얻는다고 하는 사람들도 있지만, 환각이나 환청을 경험하는 사람들도 많다.
25. 위키백과 '아스퍼거 증후군', https://ko.wikipedia.org/w/index.php?title=%EC%95%84%EC%8A%A4%ED%8D%BC%EA%B1%B0_%EC%A6%9D%ED%9B%84%EA%B5%B0&oldid=30224907
26. 위키백과 '전환 치료', https://ko.wikipedia.org/w/index.php?title=%EC%A0%84%ED%99%98_%EC%B9%98%EB%A3%8C&oldid=30103236
27. 2001년 일본 형법상 촉법소년의 하한 연령이 16세에서 14세로 조정되었다.
28. 이런 착취적 사제 관계의 건강한 버전은 영화 〈본 콜렉터〉의 범죄심리학자 링컨 라임(덴젤 워싱턴)과 아멜리아 도나휘 형사(안젤리나 졸리)를 참고하면 된다. 수사 버디물에서는 두뇌파와 육체파·행동파가 짝을 이루는 고전적인 법칙이 있었다. 그러나 〈본 콜렉터〉의 라임과 도나휘는 남녀, 흑인과 백인, 장애인과 비장애인, 행동의 제약이 있는 변형된 안락의자형 두뇌파(마비되어 침대에 누워있는)와 신출내기 행동파 경찰이라는 신선한 조합으로 기존의 남남 형사 버디물과는 차별점을 보여주었다.
29. 클라리스와 렉터 박사가 자료를 주고받을 때 렉터 박사가 클라리스의 손가락을 자신의 손가락 하나로 쓰다듬는 장면이 있는데, 이 부

분이 꽤 성적인 느낌을 준다고 한 관객이 많았다.

30. 문간에 발 들여놓기 기법(foot-in-the-door technique)으로, 보다 큰 요구에 앞서 작은 요구에 동의하게 하는 기법이다. 대표적인 예로 미국의 사회심리학자 프리드먼(Freedman)과 프레이저(Fraser)가 1966년 진행한 실험을 들 수 있다. 이들은 한 마을의 주부들에게 안전운전위원회에서 나왔다고 하면서 국회에 제출할 안전운전 진정서에 서명(작은 요구)해 줄 것을 부탁했다. 부담 가지 않고 사회적으로도 바람직한 일이기도 하여 대부분 흔쾌히 서명하였다. 몇 주 후, 다른 실험자들이 서명 주부들을 다시 방문하여 '조심스럽게 운전합시다'라고 적힌 크고 보기 흉한 표지판을 집 앞에 설치(큰 요구)하도록 요구한 결과 55%가 동의했다. 그러나 서명을 부탁한 적이 없는 새로운 주부들을 방문해서 표지판 설치를 요구한 결과 단지 17%만 동의했을 뿐이었다.
31. 춘천지방법원 원주지원 2014.8.13. 선고 2014고단444 판결, '야간 주거 침입해 절도 중이던 도둑을 집주인이 빨랫대로 수 회 내리치고 착용 중이던 혁대를 풀어 수 회 내리쳐 외상성경막하출혈 등의 상해를 가해 속칭 식물인간으로 만든 사건', 법조신문, http://news.koreanbar.or.kr/news/articleView.html?idxno=11842
32. 게리 올드먼이 〈불멸의 연인〉이라는 베토벤 전기 영화에 베토벤 역으로 출연하여 배우 개그가 성립했다.
33. 할리우드 영화에서 백인들 뿐인 등장인물 사이에 흑인을 조연으로 넣어서 인종차별 문제를 비껴가는 것과 그에 따른 캐릭터 사용을 말한다. 애니메이션 〈사우스 파크〉에서는 아예 '토큰 블랙(token black)'이라는 캐릭터가 등장해서 흑인에 대한 클리셰를 몽땅 집어넣었다.
34. 대중의 관심을 끌기 위한 전략적 특성.

35. 한국에 법 과학물 돌풍을 일으킨 미국 드라마 〈CSI: 라스 베이거스〉에서 캐서린 윌로우스(마그 헬겐버거)는 야간팀의 팀장을 맡으며, 〈클로즈 투 홈〉의 애너베스 체이스(제니퍼 피니간)는 출산휴가를 마치고 복직한 정의감 넘치는 검사이다. 〈로 앤 오더: SVU〉에서 형사였던 올리비아 벤슨(마리스카 하지테이)은 시즌이 진행되는 동안 성장하여, 시즌 15에선 팀장 대리를 거쳐 팀장이 된다! 〈더 클로저〉의 브렌다 리 존슨(카이라 세드윅)은 남부 억양을 쓰고 촌스러운 숄더백을 들고 다니는 달다구리 중독 기분파이지만, 목표로 한 범죄자는 무조건 단죄하고 만다. 필자(유지현)개인적으로 브렌다가 범인을 심리적으로 몰아붙이는 방식을 매우 좋아한다. 〈더 클로저〉에서 브렌다와 업무나 성격에서 대척점에 서 있는 셰런 레이더(메리 맥도넬)는 이후 시즌 7에서 〈메이저 크라임〉으로 극 타이틀이 바뀌면서 새 주인공이 되었다. 두 명 다 목표를 위해서라면 지지 않고 밀어붙이며, 팀원을 독려하는 모습은 똑같다.

창작자를 위한 캐릭터 설정 가이드

문제적 캐릭터 심리 사전

초판 1쇄 발행 | 2022년 10월 20일
초판 5쇄 발행 | 2024년 3월 27일

지은이 | 한민 · 박성미 · 유지현
펴낸이 | 전준석
펴낸곳 | 시크릿하우스
주소 | 서울특별시 마포구 독막로3길 51, 402호
대표전화 | 02-6339-0117
팩스 | 02-304-9122
이메일 | secret@jstone.biz
블로그 | blog.naver.com/jstone2018
페이스북 | @secrethouse2018
인스타그램 | @secrethouse_book
출판등록 | 2018년 10월 1일 제2019-000001호

ISBN 979-11-92312-23-1 03800